dtv

Reihe Hanser

KARIN BRUDER

Zusammen allein

ROMAN

Deutscher Taschenbuch Verlag

Dank
Zu Dank verpflichtet bin ich dem Förderkreis Deutscher Schriftsteller in Baden-Württemberg und der Frau Ava Gesellschaft für Literatur für die finanzielle und moralische Unterstützung. Ich danke Elvine und Gicu Maracinaru für ihre Gastfreundschaft und Inspiration, und Karl Arthur Ehrmann von der Saxonia Stiftung für die geleisteten Informationen. Ich danke Frau Dr. Vera Ehgartner, meiner Mutter, Liane Tittes und Christa Degen.

Originalausgabe 2010

Umschlag: Lisa Helm unter Verwendung eines Fotos
von getty images/Nichdas Otty
Satz: Greiner & Reichel, Köln
Gesetzt aus der Galliard 10,5/13'
Druck und Bindung: Druckerei C. H. Beck, Nördlingen
Gedruckt auf säurefreiem, chlorfrei gebleichtem Papier
Printed in Germany · ISBN 978-3-423-62450-3

Die Sonne und der Nordwind schlossen eine Wette ab, wem es gelänge, einem Bauern den Mantel auszuziehen. Der Nordwind blies und blies, aber der Bauer schnürte den Mantel noch enger. Die Sonne lächelte ihn nur an – und schon warf er den Mantel ab.

Dan Desliu

Für Jürgen

I

Mein Vater ging als Erster. Nach langen Streitereien. Mit lange meine ich zehn, zwölf Jahre. Seit ich denken kann, nichts als Streit zwischen Mamusch und Tata.

Tata wollte in den Westen, da wollten alle hin. Fast alle. Mamusch wollte nicht.

»Warum nicht?«, fragte mein Vater. »Alle sind sie drüben, und hier wird das Leben unerträglich.«

»Das Tragische an den Unzufriedenen ist ihre Unzufriedenheit! Das hat ein Philosoph herausgefunden. Ich weiß nicht mehr, wer es war«, erklärte meine Mutter.

Ich fand den Satz nicht besonders philosophisch.

Tata wurde ernst. Sein Profil gleicht dem eines Adlers. Seine Nase, spitz und gekrümmt, fordert Respekt. Wenn auch noch die Augen etwas Raubtierhaftes annahmen, sah er zum Fürchten aus.

»Joi, bilde ich mir das Unglück etwa ein?«, posaunte er los. »Man kann es greifen, man kann es sehen.« Demonstrativ fuhrwerkte er mit seinen langen Armen durch die Luft, stieß dabei auf lauter Unglück, denn seine Mundwinkel zuckten. »Und es wird immer größer.«

»Aber du bist Lehrer, du hast Verantwortung.« Mamusch holte tief Luft. »Und sie lassen dich sowieso nicht raus. Wir haben immer noch keine Angehörigen ersten Grades drüben.«

Mit drüben war der Westen gemeint. Mit Westen

Westdeutschland. Mit Westdeutschland das Schlaraffenland. Das Land, das wir aus Erzählungen und aus der *Bunten* kannten. In der *Bunten* sahen nicht nur die Menschen, sondern auch die Dinge glücklich aus. Autos, Margarine, Unterwäsche. Unglaublich. Schlug man die *Bunte* auf, bekam man den Mund nicht mehr zu.

Warum sich meine Mutter so stur stellte, begriff niemand.

»Bleibst du wegen der Hure hier?«, schrie mein Vater. Er wusste nicht, dass ich im Türrahmen stand. »Wenn wir uns nicht beeilen, sind drüben die Arbeitsplätze weg.«

Meine Mutter kämpfte gegen aufsteigende, nein, gegen flutende Tränen an und schluckte sichtbar.

»Nenn Puscha nicht immer Hure.«

»Du hast sie selbst so genannt.«

»Das ist lange her. Sie hat für alles bezahlt.« Die Schleusen öffneten sich, meine Mutter fing an zu weinen. Tata ließ sich davon nicht beeindrucken.

»Wenn sie nicht mitkommen will, dann ist das ihre Sache. Du hast gelernt, ohne sie zu leben.«

»Es ist nicht wegen ihr, das weißt du.«

»No, worum geht es dann?«

»Hier kenn ich mich aus. Wer weiß, wie es drüben wirklich ist.«

»Wir fahren«, unterbrach sie Tata. »Wir haben lange genug gewartet. Hier schließen die deutschen Schulen, die Kirchen sind leer.«

»Je kleiner die Gemeinde, desto wichtiger der Einzelne. Die Sachsen sind seit achthundert Jahren im Land. So schnell geben wir nicht auf.« Wie ein Profiboxer wich meine Mutter seinen Schlägen aus, verteidigte sich mit kleinen Ablenkungsmanövern. Aber ich spürte, dass dieser Kampf sie überforderte. Sie wirkte müde und resigniert. Leise schnäuzte sie ihren Kummer ins Taschentuch, und ich ging zu Bett.

Im Sommer 1986 bekam Tata die lang ersehnte Besuchserlaubnis. Um seinen Cousin Erwin wiederzusehen. Sechs Monate hatte er warten müssen, und gekostet hatte ihn das zahlreiche Wartestunden auf dem Amt, einen fast neuen Füllfederhalter, drei Päckchen Westkaffee und sechs Paar Seidenstrumpfhosen. Vom Bargeld nicht zu reden.

Erwin lebte seit siebzehn Jahren im Westen. Auf der Drabender Höhe, bei Köln. Ihm und seiner Familie ging es sehr gut. Sie hatten alles. Butter und Wurst und Autos. Mehrzahl. Und eine große Wohnung mit Balkon. Ein Haus noch nicht, das wurde aber gerade gebaut.

»Die Sachsen kratzen sich drüben alles wieder zusammen, was sie durch die Kommunisten verloren haben«, sagte Tata beim Mittagessen. »Zu dem vielen Neuen brauchen sie auch das Alte. Aus Nürnberg die gute Bratwurst von einem siebenbürgischen Metzger, an Hochzeiten Baumstriezel von einem Baumstriezelbäcker. No, und Erwins Mutter ist im siebenbürgischen Altersheim. Stell dir vor, sie hat sich einen Spaten besorgt und damit den gepflegten Rasen umgegraben. Jetzt wachsen vor der Heimterrasse Zwiebeln, Knoblauch und Paradeiserstauden. Im Westen ist das Paradies«, wiederholte Tata mit einer Überzeugung, die aus Beton gegossen schien.

Die Suppe war kalt geworden, da er immer weitere Beispiele dafür fand, warum eine Übersiedlung essenziell war.

»Was heißt essenziell?«, wollte ich wissen.

»Liebe Agnes, mit fünfzehn Jahren weiß man das, oder man weiß es nie.«

Mein Vater kam nicht zurück.

Essenziell, dieses harte Vaterwort, nahm ich nie wieder in den Mund.

Ein Jahr später hielt es meine Mutter nicht mehr aus, sie reiste ihm nach.

Servus, sagte sie zu mir. Und ich dachte, sie meint Servus: bis bald. Neben ihr stand der Handballtrainer, sie fuhr zu einem Freundschaftsspiel nach Ungarn. Doch die Mannschaft kehrte ohne sie zurück.

Das Wort *Servus* benutze ich weiterhin. Es ist ein sehr schönes Wort. Im Mittelhochdeutschen gibt es den Ausdruck »serwe«, was so viel wie bewaffne, rüste dich bedeutet. Ich bewaffnete mich. Mit einem Hasspanzer.

Die Erikatante rief mich am 15. Mai 1987 an, zehn Tage nach meinem sechzehnten Geburtstag. Ich erinnere mich genau. Die Kastanien im Park trugen ihre Blüten wie Kommunionkerzen, voller Stolz und Zuversicht.

Erikatante hatte keinen Telefonanschluss und musste zur Nachbarin gehen. Im Hintergrund verkündete eine Radiosprecherin:

Der Kapitalismus und Imperialismus wird in Rumänien keine Chance haben.

»Ein Brief für dich, komm vorbei.«

Tante Erikas Stimme klang sehr rau. So klingen Krankenschwestern oder Ärzte, bevor sie einem die schreckliche Diagnose überbringen.

Um Zeit zu gewinnen, fragte ich: »Wer spricht da?«

»Eri, deine Godi.« Die Telefonleitung vibrierte. »Es geht um einen Brief, er ist von deiner Mutter.«

»Wieso Brief? Mamusch ist in Ungarn, sie macht Ferien.«

»Deine Mutter ist im Westen, sie kommt nicht zurück.«

Ich legte den Hörer vorsichtig auf, als wäre er ein rohes Ei und ich ein Elefant. Ich wäre gern ein grauer Riese gewesen. Elefanten strahlen Stärke und Zufriedenheit aus. In der Literaturgruppe sollten wir uns ein Tier überlegen, in dessen Haut wir schlüpfen wollten. Wir sollten einen Text dazu schreiben. Die halbe Klasse verwandelte sich in Vögel und Insekten, die in wunderschön lyrischen Wortbildern den Himmel eroberten; der Rest war zu Raubkatzen mutiert, die sich vor niemandem fürchteten. Meine Elefantengeschichte kam nicht gut an. Zu grau, urteilte Herr Döring.

Für Sekunden stellte ich mir vor, wie es wäre, wenn meine Menscheneltern unter meinem rechten Elefantenvorderfuß zu liegen kämen. Ich hatte eine bestimmte Zirkusnummer aus einem bestimmten Film vor Augen. Sie hätten keine Gelegenheit zu schreien, wären auf der Stelle tot.

»Deine Mutter ist jetzt im Westen, sie kommt nicht zurück.« Den Satz schleppte ich wie einen Zementsack mit in mein Zimmer. Tisch, Stuhl, Bett, das Übliche. Aber kein Kasten, nur eine Kleiderstange, die durch einen Rosenvorhang verborgen wurde. Der Raum kam mir kleiner vor als sonst. Egal, mir gehörte ja jetzt die ganze Wohnung. Ich war elternlos und frei. Gespannt wartete ich auf aufkeimende Freude. Als die Freude nicht keimen, erst recht nicht wachsen wollte, schürfte ich in Erinnerungen. Es gab viele Geschichten über Kinder, deren Mütter oder Väter in den Westen geflohen waren. Nach fünf, manchmal auch schon nach drei Jahren durften die hier Verbliebenen nachreisen. 10 000 Mark kostete eine Ausreise, pro Kopf. Ich erinnerte mich aber an keine Erzählung, in der beide Elternteile drübengeblieben waren. War ich etwas Besonderes? Würden sie mit dem Finger auf mich zeigen? Schaut, da kommt sie! Warum hatte Mamusch den Brief nicht an unsere Adresse geschickt, wenigstens das?

Mit zusammengekniffenen Augen stellte ich mir Tante Erikas Küche vor. In dem dunklen Raum wären alle anwesend, Gicuonkel, die Zwillinge, der halbseitig gelähmte Großvater. Alle würden mir dabei zuschauen, wie ich den Brief entgegennahm. Das Wort *alle* erreichte eine beängstigende Dimension. Es glich einem Felsen, der mich zu Boden drückte. Eine Ameise konnte sich nicht kleiner, nicht unbedeutender fühlen. Doch schließlich holte ich tief Luft, leckte mir über die Lippen, tat es ein zweites Mal – mit Zuversicht. Hatte ich es nicht längst geahnt, hatte Mamusch mich nicht viel zu lange und viel zu heftig umarmt? Unschlüssig zog ich den geblümten Vorhangstoff zur Seite, besah meine

Garderobe. Zwei Röcke teilten sich einen Bügel, daneben hingen vier Blusen, das Konfirmationskleid und die zweite Schuluniform. Eine Jeans, eine echte Westjeans würde hinzukommen. Das Wort *Westjeans* rettete mich. Schlagartig ging es mir besser. Lächelnd zog ich den hellroten Rock an und kämmte mir die Haare. Dann zog ich den Rock wieder aus und schlüpfte in die Schuluniform. Das dunkle Blau des Trägerkleides bot mehr Halt.

Von Zeiden aus fuhr ich mit dem Bus in die Stadt. Zum zweiten Mal an diesem Tag. In der Langgasse stieg ich in einen Trolleybus um, das letzte Stück musste ich zu Fuß zurücklegen.

Staunend betrachtete ich das Straßenpflaster. Ich sah die Löcher im Trottoir. Ich sah die Kippen, die bis auf den letzten Millimeter abgeraucht waren. In der Karl-Marx-Straße entdeckte ich eine halb verweste Ratte im Gullydeckel. Sie muss fett gewesen sein, war stecken geblieben. Ich dachte an meinen Vater, auch er war fett geworden. Das letzte Foto zeigte einen dicken Mann neben einem frisch polierten Mercedes. Die beiden sahen aus wie Freunde. Mein Tata lächelte, wie Westpolitiker lächeln, mit blitzenden Zähnen. In seinen Paketen hatten nur Lebensmittel Platz gefunden. Vielleicht weil seine Anstellung als Lehrer nicht geklappt hatte und er eine Ausbildung zum Altenpfleger machen musste. Meine Mutter würde einfühlsamer sein, hoffte ich, Geld hin oder her. Immer noch begleitete mich das Wort *Westjeans* wie ein Schatten. Dabei hing keine Sonne über mir, nur die Erinnerung an die morgendliche Helligkeit.

Als wäre ich zwei Schritte vor, einen zurück gegangen, kam ich erst eine Stunde später bei der Erikatante an. Ein braunes Holztor öffnete sich zu einem Gang, an dessen Ende man einen Innenhof erahnen konnte. Treppen führten nach rechts, führten nach links. Wohnungseingänge überall. Rumänen und Sachsen wohnten hier. Duran neben Schuster, Mederus neben Iliescu.

Ich klopfte an die Tür, doch niemand öffnete. Von der Nachbarin erfuhr ich, dass es in der Alimentara Eier geben würde. Alle hatten sich mit Netzen aufgemacht, wie zum Fischfang. Wenn man es schaffte, drei oder sogar vier Familienmitglieder im vorderen Bereich der Schlange zu platzieren, konnte man auf eine ansehnliche Zahl von Eiern kommen.

»Verfluchter Körper.« Die Alte zeigte auf ihren bandagierten Fuß, »ich kann nicht stundenlang stehen, sonst wäre ich auch gegangen. Dabei habe ich mir schon lange abgewöhnt, nach dem alten Liesskochbuch zu kochen. ›Man nehme sechs Eier‹, wer hat das heutzutage schon.« Mitleidheischend sah sie mich an, doch ich widerstand ihren listigen Augen und tat, als würde ich nicht verstehen.

»Dann warte ich.« Entschlossen drehte ich mich um.

In dem kleinen Innenhof stand eine Bank. Doch sie war bereits besetzt. Eine Horde Kinder hatte sich darauf und davor zusammengerottet. Ihren erschrockenen Blicken zufolge taten sie etwas Verbotenes. Wispernd unterhielten sie sich in drei Sprachen. Rumänisch, Ungarisch und dem siebenbürgischen Dialekt, den meine Mutter manchmal benutzte.

Gigi war der Anführer. Er hatte Zigarettenkippen gesammelt, die Kleinen mussten die Filter entfernen.

Anschließend wickelte er den Tabak in Zeitungspapier. Er stellte sich dabei sehr geschickt an. Hinter der Wäscheleine stehend rauchten und husteten, husteten und rauchten sie. Auch mir boten sie die Zigarette an, aber ich lehnte ab. Aus dem Alter war ich raus. Warum lange herumreden: Ich fühlte mich erwachsen.

Der Küchentisch war gedeckt. Schwarzbrot, Ikre, Paprika, Paradeis. Keine Wurst, keine Butter. Erikatante ist die einzige noch lebende nahe Verwandte meines Vaters. Tata und sie sind Zwillinge, trotzdem gehörte sie nicht zu seinem Kränzchen.

»Die da ist mit der Schere auf mich los«, hatte er oft erzählt, »hat mir büschelweise Haare ausgerissen. Ich habe die Dresche bekommen, weil sie jämmerlich geheult hat. No, war sie kleiner als ich.« Außerdem hatte sie einen Rumänen geheiratet.

Erikatante zog an einer billigen Zigarette und lachte ihn aus. Den riesigen Busen schob sie dabei nach vorn, als wolle sie ihn als Waffe einsetzen. Oft parkte sie den Aschenbecher auf ihren Brüsten. Auch wenn sie lachte, geriet er nicht ins Wanken. Unter dem Busen wölbte sich eine Zwischenwulst, erst danach kam der Bauch. Die Vorstellung, dass sie und mein Vater in meiner kleinen, vor Kurzem verstorbenen Großmutter Platz gefunden hatten, amüsierte mich.

»So greif doch zu«, Gicuonkel stand am Herd und wendete die Brotscheiben, die auf der gusseisernen Herdplatte aufgebacken wurden. Er hatte bei der Post gearbeitet. Aber weil er sich einen staatsfeindlichen Witz in Versform nicht hatte merken können und die

Notiz während einer Kontrolle in seinem Spind gefunden worden war, musste er jetzt Hausmeisterarbeiten erledigen und verdiente nur noch die Hälfte. Gicu behauptete zwar, dass er nicht wegen des Zettels, sondern wegen eines dummen Vorgesetzten in Ungnade gefallen sei, doch keiner aus der Familie glaubte ihm.

»Ja, zier dich nicht, Mädchen.« Meine Tante wedelte mit dem Brief vor meiner Nase. »Mit vollem Bauch lassen sich Nachrichten besser verdauen.«

»Sunt satulă …«, log ich. Weil Gicu dabei war, sprachen wir rumänisch.

Die Zwillinge und der Großvater waren nicht zu Hause, sie standen immer noch wegen Eiern an. Kein Mensch wusste, ob das Gerücht stimmte und ob wirklich Eier geliefert worden waren oder erst nächste oder erst übernächste Woche eintreffen würden.

»Wie konnten sie mir das antun?«, platzte es aus mir heraus.

»Lies erst einmal den Brief.«

»Ich will nichts davon wissen.« Mit Tränen in den Augen drehte ich mich zur Wand. Dabei berührte ich den Duschvorhang, der zur Seite geschoben worden war. Er roch spakig. Die aufgedruckten Hasen hatten sich durch die schwarzen Schimmelränder in sechsfüßige und zweimündige Monster verwandelt. Da fiel mir wieder ein, dass der Tisch kein Tisch war, sondern eine Badewanne, auf die nach dem wöchentlichen Badegenuss ein langes Brett montiert wurde. Mit großen rostigen Zwingen, die Hummerscheren glichen. Ich wollte weg.

»Warum bist du dann gekommen?«

Gicu hatte recht. Ich zuckte die Schultern und fing erneut an zu weinen.

Geduldig warteten die beiden, bis ich fertig war. Sie sagten nichts, sie taten nichts. Ich fand das großartig, aber ich verachtete sie auch. Sie waren so anders, so wenig herzlich, so unnahbar.

»Der Brief«, stotterte ich, »warum kam er zu euch?«

»Warum wohl, sie wollten nicht, dass du alleine bist, wenn du es erfährst. Wir sind jetzt deine Familie.« Mit einem Seitenblick schaute sie zu Gicu, der immer noch am Herd stand, obwohl es längst kein Brot mehr zum Wenden gab. Es aß ja doch niemand. Ich las mit angehaltenem Atem.

Mein liebes Kind,
ich kann ohne Deinen Vater nicht leben. Er war zuerst da. Dann kamst Du. Er kommt an erster Stelle, auch wenn ich Dich sehr liebe.

Erstaunt schaute ich von dem Brief auf. Es roch plötzlich intensiv nach Wurst. Gicu war an die Kredenz herangetreten und fingerte an den Gläsern herum, als wolle er Ordnung schaffen. Seine linke Backe beulte sich leicht aus, doch er kaute nicht, sondern beobachtete mich.

Ich bin erst angekommen und muss sehen, wie es weitergeht. Wir werden sofort einen Antrag auf Familienzusammenführung stellen. Du wirst bald nachkommen.

»Geld«, sagte ich laut in das fast geräuschlose Kauen von Gicu hinein. »Wovon soll ich leben?«

»Hat sie nichts geschrieben?«, wollte meine Tante wissen.

»Ich hab noch nicht fertig gelesen.«

Gicu holte tief Luft, aus einer Zahnlücke drang ein Zischen.

»Dann tu es, du Schaf!«

Halbherzig brachte Erikatante ihn mit einer Handbewegung zum Schweigen. In der Luft lag etwas, das ich von zu Hause nicht kannte, eine Unehrlichkeit, die mir Angst machte. Erikas Augen waren zu schmalen Schlitzen verengt, sie bemerkte meinen Blick und zwinkerte mir kameradschaftlich zu.

Du kannst der Eri vertrauen. Sie wird Dir helfen. Bleib in unserer Wohnung, so lange es geht. Wenn jemand Fragen stellt, sag nichts. Die Briefe schicke ich weiterhin an die Eri.

Ich konnte nicht mehr weiterlesen. Mein Herz klapperte lauter als ein Traktor. Ratatata, machte mein Traktorenherz, und ich hatte den Eindruck, dass in meinem Innern Dinge passierten, für die sich ein Arzt interessiert hätte.

Erikatante nahm mir den Brief aus der Hand.

»›Kopf hoch, mein Engel‹«, las sie laut vor. »›Wir lieben dich. Viele Pussi, Deine Mamusch‹.«

Papier knisterte, der Brief kam in den Umschlag zurück. »Das mit dem Geld wird sich regeln«, verabschiedete mich die Erikatante.

Ich stand schon an der Tür, als die Zwillinge mit leeren Einkaufsnetzen heimkamen. Lachend boxten sie sich in die Seite, während sie in die Wohnung stolperten. Es gab keinen Flur, man stand gleich in der Küche, die früher ein Badezimmer gewesen war. Das Haus hatte meiner Urgroßmutter gehört, die es teilweise vermietet und an einen Gastwirt verpachtet hatte. Als die Kommunisten das Haus beschlagnahmten und sie auf die Straße setzten, erlitt meine Urgroßmutter einen Herzinfarkt. Ihre Tochter hat diesen Schock nie überwunden. Trotzdem ist sie und später wiederum ihre Tochter Erika in dem Haus wohnen geblieben. Sie hatten einen anderen Nachnamen als meine Urgroßmutter, sonst wären auch sie vertrieben worden.

Adi, der größere der Zwillingsbrüder, rempelte mich an, quietschte dann wie ein Kleinkind.

»Ach, du.«

Ich kann Kleinkinder nicht leiden. Ich kann meine Cousins nicht leiden.

»Seid nett zu Agnes. Sie wird bei uns wohnen, bis ihre Eltern sie nachholen.«

Empört drehte ich mich um, fixierte die hinter dicken Brillengläsern lauernden Augen meiner Tante.

»Wieso, ich bleib in unserer Wohnung.«

»Red nicht, du bist viel zu jung. Aber fahr erst einmal heim, ich komm morgen vorbei, dann schauen wir weiter.« Wieder dieses Klimpern, wieder sandten ihre Augen Botschaften, die ich nicht verstand.

Schulterzuckend stieß ich Adi von der Tür weg und ging hinaus. Ich nahm den Geruch von Wurst mit, die es offiziell nicht gab.

»Wo ist der Alte?«, hörte ich Gicu fragen. Er redete von seinem Vater.

»Oh!« Eine Pause entstand, dann hörte ich klatschende Geräusche. Die beiden Strohköpfe hatten ihren Großvater vor dem Laden vergessen.

Es dauerte nur drei Tage, dann wussten es alle. Die ganze Schule, meine ich. Meine Mutter würde nicht zurückkommen. Ich war das Kind von Verrätern.

Herr Honigberger, mein Biologielehrer, rief mich nach vorne.

»Agnes Tausch, sei so gut.«

Alle anderen drängten sich an mir vorbei, hinaus in den Flur. Keiner wusste, wohin er schauen sollte. Auch Herr Honigberger nicht. Schüchtern hielt er mir einen Zettel entgegen. Ich griff nicht sofort danach, er musste erst meine Hand mit dem Papier streicheln. Kurz sahen wir uns in die Augen, dann eilte ich den anderen hinterher. Den Zettel hielt ich in den Falten meiner Uniform versteckt. Obwohl der Kalender Mai anzeigte, war es sehr warm, sommerwarm. Das dunkelblaue Uniformkleid kratzte auf der nackten Haut. Meine Mitschüler starrten mir neugierig nach, als ich wortlos auf dem Klo verschwand.

Auf dem Zettel stand:

Tauschensis' sind scheue und zurückhaltende Bodenbrüter,
die am Fuße der Karpaten siedeln.
Durch die lange Adoleszenzphase
kommt es immer wieder vor,
dass Elternpaare frühzeitig die Jungbrut verlassen
und sich in weit entfernten Siedlungsgebieten
einem neuen Nestbau zuwenden.
So bleiben vereinzelt Jungtiere allein zurück,
die sich jedoch zumeist arttypisch weiterentwickeln.

Diese gut gemeinten Worte verwandelten sich in der Einsamkeit der Klokabine in stabile Fischgräten, die sich mir quer in den Hals legten. Ich weinte nicht, blieb sitzen und kam erst heraus, als ich draußen keine Schritte mehr hörte. Die versteckte Botschaft war nicht schwer zu begreifen. Das Vogeljunge war ich. Ich konnte noch nicht fliegen, konnte mich nicht selbst ernähren, konnte noch gar nichts, aber ich würde überleben.

Am nächsten Tag fragte Herr Honigberger, wo ich jetzt wohnen würde.

»In dem verlassenen Nest«, antworte ich. »Sie haben es sehr treffend beschrieben.«

Als Kommentar lachte er herzlich und nahm mich in den Arm. Neben uns fiel ein Stück Mörtel von der Wand. Das Schulhaus musste dringend saniert werden. Sehr langsam, als müsste ich überlegen, ob ich das auch wirklich wollte, kamen ein paar Tränen. Aber Salzwasserflecken trocknen schnell. Als der Unterricht anfing, sah man keine Spur mehr von mir auf Herrn Honigbergers kariertem Hemd. Es war ein wirklich hässliches Hemd, doch es wurde von einem wirklich netten Menschen bewohnt. Für den Nachmittag hatte er mich zu sich nach Hause eingeladen.

Er, seine Frau und die zwei Kinder lebten im Valea Cetatii, einem neuen Ortsteil von Kronstadt. In einem absurd hässlichen Block. Während unser Block ein Dorfhochhaus war und alleine zwischen grünen Feldern und der Durchgangsstraße stand, ragte im Valea Cetatii ein Block am anderen in den wolkenverhangenen Himmel.

Innerhalb von fünfzehn Jahren war aus dem ehemaligen Agrarland ein Industrieland geworden. Keine Industrie ohne Fabriken, keine Fabriken ohne Arbeiter, keine Arbeiter ohne Wohnraumbedarf. Unser großer Chef hatte es so bestimmt. Er wusste über alles Bescheid. Er war oberster Planer und Entwickler und Vordenker. Kopf aller Köpfe. Seit ich denken konnte, war ich stolz auf den sozialistischen Weg gewesen. Meine Begeisterung hatte sich im Lauf der Jahre verbraucht – ein riesengroßes Glas Marmelade, dessen Inhalt einem nach und nach über wird. Doch an diesem Tag beschloss ich, dem Verband der Werktätigen Jugend beizutreten.

Die Blocks, erst wenige Jahre alt, verfielen bereits, und daran gab ich niemand anderem die Schuld als meinen Eltern. Meinen Eltern und den anderen Verrätern, die unser schönes Land im Stich gelassen hatten.

Mit der Frage: Was will ich? kam gleichzeitig die Antwort. Ich wünschte mir nichts sehnlicher, als dass mein Heimatland wieder gesundete. Wie ein Kranker, so stellte ich mir vor, sollte es sich aus dem Bett erheben, von neuen Kräften beseelt. Dann würden meine Eltern zurückkehren, und alles wäre gut. Ich durfte nicht wegschauen, ich musste mithelfen, den Traum von der Verwirklichung des Kommunismus zu, ja was? ... zu verwirklichen.

So viel zu meinem aufflammenden Kampfgeist. Wenige Minuten später bröckelte mein Mut, der Atem quietschte, ich weinte und jammerte. Die beiden goldigen Kinder, mein netter Lehrer und seine hübsche Frau hörten mir zwischen selbst gebackenen Cremeschnitten und einem Glas Leitungswasser aufmerksam zu. Schließlich räusperte sich Herr Honigberger.

»Ein aktives territoriales Verhalten ist den Menschen angeboren und bietet für gewöhnlich ausreichend Schutz gegenüber Feinden. Aber, Agnes, du musst deine Eltern verstehen, im vorliegenden siebenbürgisch-sächsisch geschwächten Fall reicht das leider nicht aus.«

Dass es keinen Kaffee gab, nahm ich Herrn Honigberger nicht übel, aber dass er gegen mein Unglück nichts ausrichten konnte, schon.

Es hatte geregnet. Die Straßen glänzten nass, das Gras lag zerquetscht. Hungrig drang die Sonne durch die Wolkendecke. Als ich in Zeiden den Bus verließ, stieg Dampf vom Trottoir auf und die Vögel benahmen sich wie blöd, jagten sich am Himmel, kämpften um die besten Badeplätze. Ich ging langsam, schlenderte zur Alimentara, kaufte ein und ergatterte sogar noch ein Brot.

Auf der Theke lag der *Neue Weg*. Weil er aufgeschlagen worden war, konnte ich die Meldung auf der vierten Seite lesen. Sie galt dem Freundschaftsbesuch des neuen Kreml-Chefs. Von Herzlichkeit war die Rede. Dabei hatten sie im Fernsehen gezeigt, dass Michail Gorbatschow Ceauşescu zum Bruderkuss überreden musste.

Zu Hause – die Ernüchterung. Die Eingangstür stand einen Spaltbreit offen. Noch bevor ich eintrat, wusste ich: Es war eingebrochen worden.

Mein Einkaufsnetz wurde schwer. Ich ließ es fallen. Konserven kullerten durch das Treppenhaus, zwei Zwiebeln, das kostbare Brot. Meine Nachbarin Rodica kam aus ihrer Wohnung. Ihr schmales Gesicht hielt sie mit beiden Händen eingerahmt, als wolle sie es schützen. Sie lachte immer, wenn sie mich sah, doch heute war ihr das Lachen zwischen den Händen stecken geblieben.

»Sie sind noch nicht lange weg«, flüsterte sie, wie um böse Geister nicht zu wecken.

»Ja.« Zitternd starrte ich auf das aufgebrochene Schloss, traute mich nicht hinein.

»Polizei in Zivil, hat die alte Duran gesagt, ich bin erst jetzt nach Hause gekommen. Es tut mir alles so leid.« Rodica war groß, doch sie streckte sich, um ihren Worten Nachdruck zu verleihen.

»Hat sie noch mehr erzählt, die Duran?«

»Ob sie einen Schlüssel hat, haben sie gefragt.« Betonung auf dem sie. Ein harter Zischlaut, voller Verachtung und Angst. »Die Duran hat ihn nicht hergegeben, da haben sie eure Tür aufgebrochen. Es tut mir so leid«, wiederholte Rodica. »Ich bin zu spät gekommen.«

»Wozu zu spät? Sie tun doch nur ihre Pflicht, ich bin nun mal das Kind von Flüchtlingen.«

Gemeinsam schauten wir uns die Bescherung an. Hand in Hand, wie jung Verliebte. Die Schubladen waren aufgerissen, die Betten hochkant gestellt worden. Wertvolles fehlte, Fernseher, Telefon, Eiskasten, aber auch Bücher, Schallplatten, selbst meine Geige.

»Ich gehe mit dir zur Polizei«, schlug Rodica vor, »lass mich nur rasch Nicolaie Bescheid sagen.« Nicolaie war ihr Mann. Er arbeitete in der Tractoru, Kinder hatten sie keine. Deshalb füllte ich die Kinderrolle aus. Die beiden hatten mich oft zum Essen eingeladen.

»Nein«, rief ich aus. Auf gar keinen Fall wollte ich meine Geige wiederhaben. Entschieden lehnte ich ihre Dienste ab, doch Rodica brachte mich mit einer ungeduldigen Handbewegung zum Schweigen.

»Du bist das Opfer willkürlicher Bürokratie, und ich werde dich verteidigen.«

Auf dem Polizeirevier kämpfte sie wie eine Löwin. Sie drohte mit einem Anwalt, sie drohte damit, ihre Arbeit niederzulegen, sie drohte damit, das Land zu verlassen. Die Polizisten zuckten mit den Achseln und befahlen uns heimzugehen.

»Es gibt genügend anständige Menschen in diesem Land«, sagte der kleinste der vier anwesenden Polizisten. »Die Wohnung ist schon weitervermietet. In zwei Tagen muss sie geräumt sein.« In der Hand hielt er einen Schlagstock. Vielleicht hielt auch der Stock den Menschen. Die Hand wippte, der Schlagstock wippte.

Wir gingen heim.

»Wenn ich weitergeredet hätte, wäre auch meine Wohnung weg gewesen«, tuschelte Rodica im Bus. Sie tuschelte in meinen Blusenausschnitt, das kitzelte, trotzdem lachte ich nicht. »Du kannst bei uns wohnen.« Sanft drückte sie meinen Arm, und da wusste ich, dass sie mehr als meinen Arm wollte. Sie wollte mich ganz.

»Die Erikatante wartet bereits auf mich.«

Doch das stimmte nicht, niemand wartete auf mich.

Es war ein schneller Abschied vom Landleben. Gicuonkel kam mit einem geliehenen Lastwagen, sammelte die restlichen Möbel aus unserer Blockwohnung ein und karrte sie und mich in das ehemalige Haus meiner Urgroßmutter.

Obwohl ich in Kronstadt zur Schule ging, sah ich die Stadt plötzlich mit anderen Augen. Sie war groß, sie war hässlich, ein Tier, dem man ein staubiges Fell übergezogen hatte. In der Karl-Marx-Straße fuhren die Busse und Trolleybusse im Minutentakt. Dicke Rauchwolken hingen über den Häusern. Kein Baum, kein Strauch zeigte seine natürliche Färbung, alles war von einer graugrünbraunen Patina überzogen. Die Häuserfassaden wirkten einheitlich grau, nur an einer einzigen Stelle unterbrach eine Baulücke, schwarz, die Zeile, wie ein fehlender Zahn.

Emsig wurde ein Bett für mich aufgestellt. Im Zimmer der Jungen, das gleichzeitig auch den Durchgang bildete zwischen Bad/Küche und Elternschlafzimmer. Das gleichzeitig auch als Speisekammer diente, für gehortete Lebensmittel. Da der Raum kein Fenster hatte, war es im Sommer kühl, im Winter fielen die Temperaturen nicht so stark wie in den angrenzenden Zimmern. Die Nahrungsmittel versöhnten mich mit dem erzwungenen Umzug. Ich musste nur die Hand heben, um die Einmachgläser mit Gogoşar, Salzgurken und Marillenkompott zu erreichen. Das tat ich auch, die Jungs schliefen tief und fest, und ich aß nachts bei Kerzenschein die Regalbretter leer. Der Sommer hatte sich bereits angemeldet, wozu das alte Zeug aufbewahren? Trotzdem stellte ich die leeren Gläser nach hinten, die vollen nach vorn. Dabei fand ich mehrere Zeitschriften mit barbusigen Frauen und einen Neckermannkatalog aus dem Jahr 1978. Der Besitz war verboten und konnte mit einer Geldstrafe belegt werden. Ob das auch für elf Jahre alte Exemplare galt, entzog sich allerdings meiner Kenntnis. Trotzdem: In der Waschküche zündete ich ein Feuer an und verbrannte den Mist. Meine Angst, dass eine Hausdurchsuchung dazu führen könnte, dass ich wieder heimatlos wurde, war einfach zu groß.

2

»Was hast du getan?«, fragte Gicuonkel drei Wochen später.

Ich dachte an die leeren Gläser, ich dachte an die verbrannten Zeitschriften. Wenigstens den Katalog hätte ich leben lassen sollen.

»Du blöde Kuh hast in der Schule herumerzählt, dass du bei uns wohnst, der Hausmeister hat es mir erzählt.«

Erstaunt schaute ich vom Abendessen auf. Selbst der halbseitig gelähmte Großvater vergaß seinen Getreidebrei zu löffeln.

»Joi, sowieso wissen sie es. Wieso dieser Wind?«, bremste ihn meine Tante. »Oder glaubst du, dass irgendetwas in diesem Land passiert, von dem sie nichts wissen? In jeder Kakerlake steckt eine Wanze.«

Doch ihr Mann, dem ich beleidigt den Titel: »Mein ehemaliger Onkel« verliehen hatte, war nicht zu bremsen. Wie ein Auto mit gelöster Handbremse rollte er den Berg hinunter, direkt auf mich zu. »Die können es von mir aus wissen, doch die ganze Stadt muss es nicht erfahren. Ich bin Briefbote gewesen, man kennt mich, man wird mich schräg anschauen, wenn ich eine Saboteurin beherberge.«

»Was redest du, du Depp? Ihre Eltern haben nur das Land verlassen, wie du das am liebsten auch machen würdest.«

»So, würde ich das, woher willst du das wissen? Und

red noch lauter, damit es auch die Nachbarn hören. Damit ich meine Stelle wieder wechseln muss. Ihr Sachsen seid unser Untergang. Aber jetzt sind wir die Herren, klar?« Sein Blick traf mich wie ein Messer. »Klar?«, wiederholte er lautstark. Alle Nachbarn konnten es hören.

Die Zwillinge bissen sich auf die Lippen, sie grinsten ein bisschen, sie fürchteten sich ein bisschen. Die Hand ihres Vaters war schnell, und man wusste nie, wo sie landen würde.

»Wasch isch insch disch gefahrschen?«, nuschelte der halbseitig gelähmte Großvater. Keiner verstand ihn. Ich duckte mich unter Gicus rumänischem Worthagel, der immer noch andauerte.

»Du gehörst zur Familie, du bist unser Gast, du tust, was ich dir sage. Und du lässt die Finger von meinem Plattenspieler.«

»Das war ich nicht.«

»Wie sie lügt, es ist unglaublich. Nicht rot, sondern lila wird sie dabei.«

Ein Blick zu den Zwillingen bewies, dass es ihre Gesichter waren, die sich dunkel verfärbt hatten.

»Was willst du eigentlich von mir?« Ich war aufgesprungen, was ein Fehler war. Meine Beine zitterten.

»Keinen Ärger. Die Gäste, die man nicht bemerkt, sind mir die liebsten«, plusterte er sich auf.

Nun reichte es auch meiner Tante. Auch sie erhob sich, versuchte zu beschwichtigen, versuchte einzulenken. Nichts sei geschehen, absolut nichts, betonte sie, und ihre Stimme nahm jene Festigkeit an, die zu ihrer Körpermasse passte. Doch dann holte mein ehemaliger Onkel zu einem neuen Schlag aus und beendete jede mögliche Versöhnung.

»Aber sie frisst für zwei, dabei bekommen wir nur für eine bezahlt und das auch noch sehr knapp. Hast du gehört, knapp. Ihre Eltern sind Geizhälse. Sie sitzen wie die Maden im Speck, und uns haben sie vergessen.« Mit einem Ruck wandte er sich wieder mir zu. Seine Achselhaare stachen wie borstige Stacheln unter den Rändern seines Unterhemdes hervor. »Hast du schon ein Paket bekommen, hast du? Ich jedenfalls hab keins gesehen?«

»Mamusch ist erst seit ein paar Wochen weg. Sie wird Pakete schicken, sie wird Geld schicken.«

»Hoffentlich bald, sonst …«

»Was sonst?«

»Sonst kannst du zu deiner Großmutter, der Hure, ziehen, kapiert. Die weiß sowieso nicht, wohin mit ihrem Zaster.«

Es war heraus, das lang gehütete Familiengeheimnis. Ein Zischen machte die Runde am Tisch. Erst zischte meine Tante, dann stieß der Großvater, von dem ich angenommen hatte, dass er kaum etwas verstand, Luft zwischen einer seiner Zahnlücken aus. Am Schluss entließ sogar mein ehemaliger Onkel einen merkwürdig dumpfen Laut.

So erfuhr ich bei einem verpatzten Abendessen, drei Wochen nachdem ich zu fast hundert Prozent Vollwaise geworden war, dass eine meiner Großmütter, die den Beinamen »die Hure« trug, noch lebte, dass sie in Kronstadt lebte und dass sie reich war.

Noch am selben Abend, als sich die Ränder der Altstadt unter der Hohen Zinne duckten, stand ich mit meinem hässlichen Koffer vor ihrer Tür. In der Burggasse 67, keine dreihundert Meter von der Schwarzen Kirche entfernt. Ich würde morgens zu Fuß in die Schule gehen können.

An dem rostigen Metalltor hing ein Schild. George & Hertha Busac, entzifferte ich. Das Schild, aus massivem Holz, war groß und hässlich, die Schrift teilweise abgeblättert. Vom Haus sah man nichts, es war das einzige in der Reihe, das nach hinten versetzt lag.

Obwohl ein Hund bereits beim ersten Klingeln zu bellen begann, dauerte es lange, bis sich Schritte näherten. Ein Schlüssel klapperte im Schloss, dazu fluchte eine Frauenstimme.

»Futute.« Dann eine kurze Pause und große Augen. »No seich, wie hei kit.«

Eine aufgetakelte Alte nahm mir den Koffer ab, hieß mich das Tor schließen und ging voraus, über einen schmalen Pfad, auf das zweistöckige Gebäude zu. Ein Schmuckstück, von dem ich jedoch nur wenig erkennen konnte. Die Fensterläden waren grün gestrichen, und an der Hauswand wucherte Wein.

»Kamm schien«, winkte die Fremde mich heran und hielt mir die Haustür auf. Nach meinem Namen und dem Grund meines Erscheinens hatte sie nicht gefragt. Behutsam, als vermutete sie Eier in dem Koffer, stellte sie mein Gepäck neben einer Kredenz im Flur ab und trat durch eine offen stehende Tür.

»Hei kost ta awer net bleiwen.«

Die Hure sprach Sächsisch. Es wäre besser gewesen, ich hätte den Dialekt nicht verstanden. Sie hatte mich gerade ausgeladen. Wie angewurzelt blieb ich stehen.

»Hoi, bist du beleidigt? Immerhin hast du Kurasch.« Sie lachte. »Nenn mich Puscha.«

Hertha Busac, die Puscha genannt werden wollte, war 64 Jahre alt, als ich sie kennenlernte, doch ihr sorgfältig frisiertes Haar, das farbenprächtige Kleid, vielleicht auch ihr Gehabe, ließen sie jünger erscheinen. Sie trug an jedem Handgelenk zwei Armbänder, und ihr Hals war mit zahlreichen Perlen- und Silberketten behängt.

Obwohl es spät war, hatte sie Besuch. Mehr Weingläser standen auf dem Küchentisch, als Personen anwesend waren. Ein Mann, alt, ein Mann, jung, waren die letzten Gäste. Vater und Sohn, wie ich erfahren sollte. Puscha stellte mich als ihre Enkeltochter vor. Woher sie mich kannte und warum sie über mein Erscheinen nicht verwundert schien, verriet sie nicht. Es wurde Deutsch und Rumänisch gesprochen. Man bot mir einen Platz an, und einer der Männer befreite mich von meinem Anorak, obwohl ich fror.

»Einen Spitznamen haben sie dir nicht gegeben, nicht wahr«, sprach mich meine Großmutter an. Sie schaffte es mit wenigen Worten, Vorwürfe zu stabilen Mauern aufzutürmen. »Gut, nennen wir dich also Agnes. Obwohl das ein schrecklicher Name ist.« Schmollend stülpte sie ihre rot geschminkten Lippen vor. Die Männer lachten und prosteten mir zu. Rotwein war nachgeschenkt worden.

Ich lehnte ab. Meine Augen interessierten sich nur für Puscha. Einer Königin gleich thronte sie am oberen Ende des Tisches, unterstrich ihre Sätze mit weit ausholenden Gesten, entzog dem jungen Mann, er hieß Petre, das Wort, als er sich nach meinem Wohlbefinden erkundigen wollte. Wie konnte es sein, dass sie keinerlei Anzeichen von Rührung oder Freude oder von was auch immer zeigte? Enttäuscht starrte ich sie an und begriff nicht, warum sie mich wie eine alte Bekannte behandelte. Eine Bekannte, die man lange nicht gesehen, aber auch nicht vermisst hatte. Ihr Gesicht wirkte entspannt, sie trank den Wein in kleinen Schlucken. Dennoch erhaschte ich einen Blick in ihren Gaumen, die Zunge war lilafarben, was nicht gesund aussah. Und in mir stieg die Sorge auf, sie zu verlieren. Sie sprach über alles Mögliche, nur nicht über mich und warum sie von meiner Existenz wusste, ich aber nicht von ihrer.

Entschlossen zu kämpfen, holte ich einen Mutterbrief aus der Hosentasche. Reichte ihn der Großmutter, doch die zuckte zurück, als würde ich sie mit einem stinkenden Fisch bedrohen. Misch, der ältere der beiden Männer, kam mir zu Hilfe. Laut las er den Absender vor. Dann drückte er Puscha den Umschlag in die Hand. Dabei berührte er zärtlich ihren Arm. Es war eine Liebesgeste, daran bestand kein Zweifel. Er liebte meine Großmutter, und mit einem Augenzwinkern gab er mir zu verstehen, dass ich willkommen war.

»Mach schon.«

Mit gespreizten Fingern zog Puscha endlich das zerknitterte Papier aus dem Umschlag. Sie führte es zur Nase und schnupperte daran. Wie ein Hund an einem Knochen. Da ihre Brille fehlte, stand Petre auf und eilte in den Nebenraum. Er kannte sich aus, und Misch, sein Vater, schien zu wissen, wer ich war und wer mir Briefe aus Westdeutschland schickte.

Kann man länger als drei Sekunden für das Aufsetzen einer Brille benötigen? Puscha konnte.

»Mal sehen, was da für Gescheitheiten stehen.« Wie eine Erstklässlerin, stockend, begann sie zu lesen:

In der neuen Heimat gibt es keine Semmeln, dafür Brötchen. Spitz-, Laugen-, Sesam-, Mohnbrötchen, um nur einige zu nennen. Zehn Sorten und mehr. Und zu jeder Tageszeit, nicht nur morgens.

Die Anrede hatte sie nicht vorgelesen.

Obwohl keine Tränen zu sehen waren, wischte sie sich mehrmals über die Augen. Als alles nichts half, reichte sie den Brief an Misch weiter.

»Was soll ich damit?«

»Lies!«, befahl sie in ruppigem Ton.

Also las Misch:

Stell Dir vor, man kann so viele kaufen, wie man will. Aber es regnet oft, auch tagsüber. Die Schwimmbäder machen auf, doch niemand geht hinein, sie überlassen das Wasser den Wasservögeln. Alle riechen gut, und die Taschentücher sind aus Papier, man wirft sie weg. Die Straßen sind voll von Dingen, die man brauchen kann. Ganze Kasten und schöne Sofas und fast neue Betten. Unsere Regale haben wir alle aus einem Kasten zugesägt. Weil Dein Tata eine Wohnung und Arbeit hat, musste ich nur eine Woche in Nürnberg im Lager bleiben. Beim Einkaufen im Supermarkt wird mir schwindlig. Immer gibt es Klopapier. Überhaupt gibt es alles, nie geht etwas aus. Wurst, Käse, Fleisch, wie früher, nur besser.
Ich schick Dir auch bald ein Paket.

P. S. Von dem Begrüßungsgeld, dreihundert Mark, habe ich mir ein Auto gekauft, einen Käfer. Er hat vier Räder und ein Lenkrad, keinen Kofferraum. Mit dem Mercedes lässt er mich noch nicht fahren. Gefällt es Dir bei der Eri? Warum schreibst Du nicht? Liest Du meine Briefe wenigstens, wenigstens das? Es wird am Anfang nicht leicht sein, aber Du wirst Dich –

Obwohl mein Verstand ein deutliches Verbot ausgesprochen hatte, reagierte mein Körper. Das rechte Auge füllte sich mit Tränen, mein Mund begann zu zittern. Misch las ohne Pause weiter, ohne Luft zu holen, als hätte er es eilig. Den Abschiedsgruß sparte er aus und legte den Brief rasch in das Kuvert zurück. Unter feuchten Wimpern schaute ich meine Großmutter erwartungsvoll an, doch ihr Blick umwanderte mich weiträumig. In der Küche wurde es sehr still. Draußen spielte der Wind mit den jungen Pappelblättern, schickte seine Melodie durch das angelehnte Küchenfenster. Weil ich zitterte, reichte mir Petre meinen Anorak.

Danach wurde es ernst. Die Männer mussten gehen.

»Spät ist es geworden«, schimpfte Puscha. »Ihr beide verduftet jetzt.«

Mir fiel auf, dass sie sich mit *Gute Nacht*, *noapte bună*, statt mit *Servus* verabschiedeten.

»Jetzt zu dir.« Sie war beim Hochdeutsch geblieben. »Bist ein armes Hascherl.«

»Woher kennst du mich?«, unterbrach ich sie. Im gleichen Atemzug wollte sie wissen: »No, was willst du?«

Beide blieben wir der Gegenseite eine Antwort schuldig. Wieder dieses Schweigen, so tief wie der Snagov und ebenso breit. Aus Worten hätte man eine Brücke bauen können. Aus einer Umarmung auch. Doch mich ergriff Mutlosigkeit, ich wollte nicht betteln. Mein Blick fiel auf den Koffer. Koffer besitzen die Eigenheit, sehr einsam auszusehen, und ich spürte wieder diesen Druck hinter dem rechten Auge.

»Schau, ich habe keinen Platz für dich.« Endlich begann sie zu erzählen. Das Haus sei groß, ja, das stimme. Ihr verstorbener Mann und sie hätten es vor acht Jahren gekauft. Dann sei er zur ewigen Jagd aufgebrochen. Sie zeigte zum Plafond. Das Haus sei bezahlt, das sei nicht das Problem, aber die Wohnraumbehörde hätte ihr Untermieter hineingesetzt.

»Redest du von meinem Großvater?«

»Blödsinn, nein, der Alte war Rumäne. Ich habe ihn nach dem Krieg geheiratet.«

»Deshalb nennen sie dich die Hure?«

Ein tiefes Lachen, dazu ein Schlag auf den Tisch. Das Holz vibrierte.

»Wer hat dir das gesagt?«

»Vater hat dich eine Hure genannt, Gicu auch, mehr als einmal.«

»Ein Lehrer hat immer recht, bei einem hohlköpfigen ehemaligen Briefträger bin ich mir nicht so sicher.« Wieder dieses Lachen, sie lachte wie eine Hexe, rückwärts. Die Töne schlugen einen Purzelbaum, bevor sie den Gaumen verließen. Erschrocken hielt ich mir die Ohren zu.

»Schau dich um«, setzte sie ungerührt ihre Erklärung fort und begann wie nebenbei, ihren Schmuck abzulegen. Sorgsam, Stück für Stück. Auch ich wollte mich ablegen. »No, habe ich nur ein Zimmer und diese Küche hier. Das ist alles, was mir geblieben ist.«

»Ich kenne niemanden, der noch im eigenen Haus wohnt, wieso du?«

»Weil ich gut geheiratet habe, mein Kind. Das Glück fliegt durch die Luft. Aber es gleicht einem unscheinbaren Birkensamen. Muss man schon genau hinschauen. Mein Alter war ein einfacher Maschinist. In seinem ganzen Leben hat er nur zwei Bücher gelesen. *Das Kapital* von Marx und *Das Manifest der Kommunistischen Partei* von Karl Marx und Friedrich Engels. Er hat beide nicht verstanden. Aber die Partei liebte ihn und machte ihn zum Fabrikchef.«

»Wieso hat Mamusch nie von dir erzählt?«, warf ich ein.

»Joi, da musst du schon deine Mutter fragen. Sie hat bestimmt, dass du bei der Eri wohnst, no, schaust du. Wir rufen gleich dort an.«

Entschlossen blickte sie auf ihr Handgelenk. Doch als sie die Uhrzeit sah, schüttelte sie zweifelnd den Kopf. Ohne Schmuck wirkte sie älter, beim Aufstehen stützte sie sich mit beiden Händen auf der Tischplatte ab. Der Stuhl wackelte bedenklich.

»Aber ich geh nicht zurück.«

Lange schauten wir uns an, ohne etwas zu sagen. Zwei Kampfhähne, die Stärke des anderen auslotend.

»Kind, red nicht. Du kriegst das hin, und das Elend wirst du dabei nicht neu erfinden müssen. Es ist ja nur für ein paar Monate, höchstens für ein paar Jahre. Deine Eltern haben bestimmt einen Antrag auf Familienzusammenführung gestellt.«

»Das ist mir egal, ich werde auch nicht in den Westen nachreisen.«

»Wie bitte? Wiederhol das für Menschen, die schon

alles gehört haben – aber noch nie solch eine Dummheit.«

Nach Worten ringend schaute ich mich in der Küche um. Sie war unglaublich groß und luxuriös eingerichtet. Acht Stühle fanden um den Tisch herum Platz, acht. Erst jetzt fiel mir auf, dass eine dunkle Einbauküche zwei komplette Wände belegte. Der Eiskasten und der Backofen waren in die Möbel integriert. So etwas kannte ich nur aus Westkatalogen. Trotzdem war noch Platz für eine Kredenz geblieben, in der das Sonntagsgeschirr reinweiß hinter Glas schimmerte. Ich musste unbedingt herausfinden, warum man diese reiche Verwandte vor mir verheimlicht hatte.

»Rumänien ist meine Heimat, meine Freunde sind hier«, log ich, »und ich habe alles, was ich brauche.«

»Nur kein richtiges Zuhause.« Scharf schlug Puschas Zunge gegen ihre Zähne, es zischte. Von vier Zimmern, begann sie aufs Neue, könne sie nur noch eines bewohnen. »In den anderen Räumen hausen die Dobresans.« Mit einem lächelnden und einem zugekniffenen Auge erzählte sie, dass es so etwas wie Glück im Unglück gäbe. Das würde eventuell, sie zog das Wort wie Kaugummi aus ihrem Mund, auch für meine Anwesenheit gelten, ganz bestimmt aber für die Dobresans. »Du hast sie kennengelernt, nette Leute, anständige Leute, mit denen lässt sich auskommen. Die Frau aber ist krank und verpestet die Luft. Eiter läuft ihr aus dem Körper, es ist eine Plage. Aber wohin mit ihr, Misch und Petre hängen an ihr.«

So erfuhr ich, warum die Haustür nicht ins Schloss gefallen war.

»Kannst du sie nicht wegschicken, es ist doch dein Haus?«

»Stammst du vom Mond, Kind? Wenn die Behörde dir Mieter reinsetzt, dann ist das ein Urteil. Ich bekomme ja nicht einmal Geld von ihnen, sie zahlen es dem Staat, und der Staat wirft es zum Fenster hinaus.« Erschrocken hielt sie inne. »Du bist doch nicht etwa bei den Pionieren, oder? Du bist doch hoffentlich nicht eine, die ihre eigene Großmutter denunzieren würde, nur um ein paar armselige Vorteile einzuheimsen?« Misstrauisch beäugte sie mich. »Deine Kaderakte kannst du jetzt sowieso vergessen. Dort steht Akademikerkind drin, und zudem sind deine Eltern auch noch abgehauen, da ist alles vorbei. In Rumänien wirst du keinen Studienplatz mehr bekommen.«

Puscha räusperte sich, wie um mir Zeit zu geben, meine Gesinnung kundzutun.

Aber ich schwieg verbittert, denn was ich da zu hören bekam, schlug seltsame Kapriolen in meinem Innern. Was sollte ich glauben, was nicht. Die Pause wurde ihr zu lang.

»Schau«, führte sie ihren Gedankengang zu Ende, »dass du auf deine Eltern sauer bist, kann ich gut verstehen, aber dass du auf den Westen sauer bist, das geht mir nicht herein. Glaub mir, wenn ich jünger wäre, würde ich abhauen.«

»Du bist doch jung.«

Noch bevor sie zuschnappen konnte, wusste ich, dass ich den Köder gut platziert hatte. Wie ein hungriger Karpfen öffnete sie den Mund, schaute mir zum ersten Mal länger als zwei Sekunden in die Augen. Fuhr mir sogar mit der Hand über den Kopf. »Du machst dich über mich lustig, pfui.« Ernst zog sie mich vom Stuhl hoch. »Wir stellen jetzt ein Klappbett auf, damit das hier endlich ein Ende hat. Und morgen hast du schulfrei, ich will mit der Eri telefonieren, und du sollst dabei sein.«

Das einzige funktionierende Waschbecken befand sich in der Küche.

Wir spülten das Geschirr darin, wir putzten uns die Zähne, und Puscha wusch sich die Füße. Ihre Fußnägel waren gekrümmt wie bei einem Maulwurf. Aber ihre Nylonstrümpfe waren tipptopp in Ordnung, nicht ein einziges Loch. Sie reichten bis zu den Oberschenkeln, dort wurden sie mit einem Gummiband festgehalten. Darüber war das Fleisch sehr weiß, sah weich aus, wie gekochte Hühnerbrust.

»In einem solchen Haus gibt es bestimmt ein Badezimmer«, forschte ich, »warum wäschst du dich hier?«

»No, weil wir ein Rohr brauchen, ein neues Abflussrohr. Und das gibt's nicht einfach so. Der Installateur will Benzin. Benzin habe ich aber keins, also muss ich erst warten, bis meine Bäuerin mir die sechs versprochenen Hähnchen liefert. Dauern wird das, sie sind noch nicht schlachtreif. Das ist auch gut so, ich bin mit den Vorhängen noch nicht fertig.«

»Was willst du mit Vorhängen?«

»Joi, bist du schwerfällig«, staunte meine Großmutter. »Von der Werner Erika habe ich Stoff bekommen, sehr guten Stoff, wirklich. Aus dem Stoff nähe ich die Vorhänge für die Bäuerin, die füttert mir die Hähnchen schön fett, damit kann ich das Benzin kriegen, mit dem Benzin …«

»Schon klar«, unterbrach ich sie, »aber jetzt muss ich auf die Seite.«

Sie deutete ins Treppenhaus, wusch weiter ihre Füße.

»Und Klopapier?«

»Seit Wochen gibt es keins zu kaufen, aber am Kasten hängen Zeitungen, für etwas anderes kann man sie ja nicht gebrauchen.«

Im Flur brannte kein Licht, und ich stolperte mehrmals. Zu allem Überfluss klemmte das Schloss der Klotür, ich rüttelte und rüttelte.

Da fluchte eine brummige Stimme: »Ce dracu?«

Gab es noch irgendjemanden auf der Welt, der mich nicht zum Teufel wünschte? Rasch ging ich in den Hof und pinkelte neben die Rhabarberstaude. Der kühle Abendwind fuhr durch meine Haare. Sie waren lang geworden, und ich beschloss, sie zu kürzen.

Ein neues Leben hatte begonnen.

Mehrmals hörte ich den Hund winseln, und obwohl ich wusste, dass meine Großmutter auf mich wartete, machte ich mich auf die Suche. Durch ein Labyrinth aus Sträuchern und herabhängenden Ästen durchschritt ich unbekanntes Terrain. Da ich den Weg nur schemenhaft sehen konnte, ließ ich mich von meinem Gehör und der Nase leiten. Der Hund war sehr jung und seine Freude, mich zu sehen, überwältigend. Liebe muss man ernten, wenn sie reif ist. Ich öffnete den Zwinger und ließ ihn heraus. Kaum war er draußen, kaum war er an mir hochgesprungen, kaum hatten wir uns ineinander verliebt, wusste ich, dass ich bleiben wollte. Hier in diesem verwunschenen Garten, an der Seite der merkwürdigen Alten.

Als ich aber mit dem Hund zurückkam, nach seinem

Namen fragte und ob er bei mir schlafen dürfe, lief Puschas Gesicht puterrot an. Ich solle das Vieh draußen lassen und die Tür schließen. Sie schüttelte den Kopf.

»Wer um Gottes Willen hat den Zwinger wieder offen stehen lassen?«

»Niemand, ich meine, ich habe ihn rausgelassen. Er fühlte sich einsam.«

»Lass ihn sich einsam fühlen, mich fragt auch niemand nach meinem Befinden. Und ich kann Tiere im Haus nun mal nicht leiden.«

In Puschas Schlafzimmer roch es nach Mottenkugeln, Staub und nach etwas, was ich nicht kannte. Alle Gegenstände waren abgedeckt, wie in einem Haus, dessen Bewohner sich zu einer langen Reise aufgemacht hatten. Über dem Bett, der Kommode und den beiden Fernsehern lagen die allerbuntesten Überwürfe. Selbst die Fernbedienungen steckten in kleinen Etuis aus gelbem Wollstoff.

»Wozu zwei?«, wollte ich wissen und zeigte auf die Fernsehgeräte.

»No, kann nicht jederzeit einer kaputtgehen?«

»Schaust du viel fern?«

»So gut wie nie«, gab sie zu. »Es werden ja immer weniger Spielfilme gezeigt, stattdessen Propaganda.«

»Wie bist du überhaupt an zwei gekommen, es gibt Wartelisten.«

Meine Großmutter schwieg, kramte unter ihrem Bett, holte Bettwäsche hervor und hielt sie mir unter die Nase.

Später sollte ich erfahren: Puscha besaß die erste Nähmaschine in der Straße, die erste Waschmaschine, den ersten Farbfernseher. Die Nachbarn standen Schlange, damit sie sich die neuen Geräte anschauen konnten. Alles, was einen gewissen Wert darstellte, stammte aus der Zeit, als ihr Ehemann im Iran gearbeitet hatte und mit Gutscheinen bezahlt worden war. Die Gutscheine flatterten wie Liebesbriefe ins Haus, und Puscha konnte damit in bestimmten Geschäften, die Normalsterblichen verschlossen blieben, einkaufen. Gab es nur Fernseher im Laden, nahm sie eben einen Fernseher mit, selbst wenn sie bereits ein Gerät zu Hause hatte. Bei Bedarf konnte man eins verkaufen. Sie teilte das Schicksal mit einer sehr kleinen sozialistischen Oberschicht, deren Mitglieder sich ohne eigenes Verschulden zu Händlern entwickelten.

Das Gästebett wurde zwischen Schrank und Ehebett aufgestellt, viel Platz zum Tanzen blieb nicht mehr. Erschöpft kroch ich unter die frischen Laken und schlief sofort ein, als hätte man mein Stromkabel gekappt.

Mitten in der Nacht weckte mich lautes Keuchen. Die Wände sind so dünn wie Papier, dachte ich, bis mir einfiel, wo ich mich befand.

Zu dem Keuchen gesellte sich Puschas Stimme.

»Joi, mach voran, du erdrückst mich.«

Keine Antwort. Stattdessen heftigeres Keuchen. Meine Großmutter empfing späten Besuch. Ich verspürte einen heftigen Stich in der Herzgegend. Nach wenigen Keuchminuten hörte ich sie sagen:

»Du musst jetzt gehen.«

»Warum?«

»Das Kind ist bei mir.«

Mondlicht sickerte ins Schlafzimmer, und ich blinzelte hinüber zum Bett, konnte aber nichts erkennen. Grau tänzelte um Schwarz herum, ich schlief wieder ein.

Am nächsten Morgen vergaß ich zu fragen, wer der nächtliche Besucher gewesen war. Den Zaubersatz: *Das Kind ist bei mir* vergaß ich nicht.

Die Worte drangen bis zu meinem Herzen vor, legten sich über die offene Wunde. Pflasterworte, nannte ich sie später und verlieh ihnen zehn Punkte, Höchstpunktzahl.

»Was ist das?«, wollte ich nach dem Aufstehen wissen. Ein Reindel befand sich neben meinen Schuhen, gefüllt war es mit einer durchsichtigen Flüssigkeit.

»No, du hast den Topf vollgeweint, vergangene Nacht.«

»Über so was lacht man nicht.«

»Überstanden ist überstanden. Die Trauer ist heraus, jetzt müssen wir sie begraben. Komm, trandel nicht herum.«

Puscha war fertig angezogen, hatte sich geschminkt. Daran musste ich mich erst gewöhnen, an dieses Aufgetakelte. Ich lauschte dem Wort *aufgetakelt* nach, und mir wurde bewusst, dass es gut geeignet war, Vorurteile auszudrücken. Der Mund rosa, die Wangen blutrot und ein einzelnes Muttermal auf der Wange versetzten mich in Aufregung. Vor allem aber die Augenbrauen, zu dunklen Bögen geformt, sprangen mich an und jagten mir eine Gänsehaut über den Rücken. Ich erfuhr, dass sie bereits gearbeitet hatte. Jeden Tag, so erzählte sie mir, half sie im Milchgeschäft. Dafür bekam sie zwei Liter Milch und ein Stück Butter. Jede zweite Butter, jede zweite Milch wurde gegen Kent-Zigaretten, die Kent-Zigaretten gegen Lebensnotwendiges eingetauscht.

»Deiner Mutter habe ich oft Milch vorbeigebracht, vor allem als du klein warst. Bis sie zum Einkaufen kam, gab es ja nichts mehr.« Puscha schluckte. »Aber sie hat die Milch lieber sauer werden lassen, als sich bei mir bedanken zu müssen.«

Immer noch stand ich neben dem Bett, sah sie begriffsstutzig an. Das Wort *Mutter* war kein guter Auftakt für einen fröhlichen Tag gewesen. Sie verstand.

»Was hast du verloren?«, setzte meine Großmutter zu einem Monolog an. »Soll ich es dir verraten? Nichts! Du denkst, du stehst mit dem Rücken zur Wand. Am Ende glaubst du sogar, deine Zukunft sei futsch. Denkst du das? Schmarren, du bist aus dem Pischalter raus, und deine Eltern hast du immer noch, sogar im Westen. Sie sitzen dort, wo es Waren gibt, an der Quelle also.« Ihre Stirn hatte sich in ein Faltengebilde verwandelt. Ich solle nicht so sauer dreinblicken, bat sie mich. »Vergiss das Wort Trauer«, betonte sie, »wirf es weg.«

Aber so einfach wollte ich es ihr nicht machen. Wenn Gott nur einen winzigen Funken Anstand besäße, gab ich Kontra, würde er meine Eltern auf der Stelle sterben lassen. Dann wüsste ich wenigstens, woran ich wäre. Mitleid lehnte ich ab, und auf Westwaren pfiff ich.

Es war kein Lachen, es war kein Seufzen, das ihre Mundwinkel nach oben trieb, sondern irgendetwas dazwischen.

»Joi, du machst mich wahnsinnig. Weißt du nicht, dass du weder jetzt noch später bestimmen kannst, was dir andere geben? Nimm's an oder lass es.«

An diesem Tag hörte ich auf, Wörter zu sammeln und zu bewerten.

Puscha nahm mich bei der Hand und ging mit mir in den Garten. Endlich Licht. Ich sah alles. Alles auf einmal. Das viele Grün, die zweifarbigen Taglilien, das Weiß des Weißdorns, den dahinter liegenden Wald der Zinne. Ich war mitten in der Stadt und doch im Paradies. Selbst in Zeiden hatten wir keinen eigenen Garten gehabt. Es war traumhaft. Gerührt schaute ich Puscha an, doch sie wirkte so wenig ergriffen wie eine Schnecke beim Anblick eines roten Balls. Heute trug sie eine Hose. Dunkelbraun, dazu eine weiße Bluse, sehr schick. Westklamotten, das sah man sofort. Sie drückte mir einen Spaten in die Hand und befahl: »Grab ein Loch!«

»Warum?«

»Da«, ohne auf meine Frage einzugehen, deutete sie auf das Gemüsebeet.

»Warum?«, wiederholte ich.

Wieder antwortete sie nicht, sondern drehte sich um und ging ins Haus. Mit dem Reindel kam sie zurück. »Das hätte ich fast vergessen. Wir beerdigen deine Tränen.«

Das fand ich so komisch, dass ich zum ersten Mal laut lachen musste.

»Du bist total plemplem.«

»Total«, stimmte sie mir zu.

Weil ich bei dem Kinderspiel nicht mitmachen wollte, musste sie selbst das Loch graben und die symbolischen Tränen hineinschütten.

»Hast du noch mehr?«, wollte sie wissen. Ungeduldig klopfte sie sich den Dreck von der Hose.

»Mehr was?«

»Das es zu begraben gilt.«

»Den Brief von Mamusch«, sagte ich spontan, rannte zu meinen Sachen und holte den Mutterbrief. Mit zusammengebissenen Zähnen warf ich ihn ins Loch. Und weil mir das immer noch nicht reichte, lief ich erneut ins Haus, holte Stift und Zettel, schrieb:

Ich hasse Euch, ich werde Euch nie verzeihen.

und zerknüllte das Papier, bevor ich es im dunklen Erdreich versenkte. Die Sache begann mir Spaß zu machen.

Plötzlich tauchte ein kleines weißes Kätzchen aus dem Nichts auf. Neugierig beäugte es uns, beäugte das Loch. Dann scharrte es daneben im Erdreich. Nach dem Urinieren versuchte es sich im Zuschütten und stellte sich dabei ziemlich dumm an. Puscha vertrieb die Kleine mit dem Spaten.

»Lass doch. Kannst du Tiere nicht leiden?«

»Wer sagt, dass ich Menschen leiden kann.« Puschas Antworten waren keine Antworten, sondern kleine Ohrfeigen, an die ich mich lange nicht gewöhnen konnte.

Das Kätzchen kam zurück und maunzte, als bestelle es Frühstück.

»Ich hab auch Hunger«, gestand ich. Und weil ich dachte, wenn meine Großmutter schon keine Tiere und keine Menschen und nichts liebt, vielleicht, nein, bestimmt liebt sie ihren Garten, öffnete ich die Arme mit einer weit ausholenden Handbewegung. Ich zeigte auf das üppig wuchernde Paradies: »Es ist wunderwunderbar hier.«

Puscha zuckte die Schultern, schien sich aber zu freuen, dass ich nach Essen verlangte.

»Ein gutes Zeichen, dass du hungrig bist«, betonte sie. »Das kommt, weil du jetzt nach vorne schaust. Nur dann kann man verzeihen.«

»Ich werde nie verzeihen.«

»Sei nicht so hart gegen deine Eltern.«

Das fremde Kätzchen folgte uns ins Haus.

Katzen sind die wunderbarsten Lebewesen, die es gibt. Sie kommen, sie gehen, sie sind absolut frei in ihrem Tun. Schlaf- und Genusskünstler. Ruhen sie sich tagsüber aus, bezeichnet man sie als nachtaktiv, aber die Umkehr ist genauso richtig. Sie klettern und schleichen, springen und fauchen, sie sind immer Herr der Lage, nur im Straßenverkehr unterliegen sie.

Um das Kätzchen zu schützen, setzte ich es neben mich auf einen Küchenstuhl. Es gab frisches Brot und selbst gemachte Hetschenpetschmarmelade. Butter gab es keine, die war reserviert. Für den Metzger, wie Puscha mir nach hartnäckigem Fragen gestand. Dass das Fleisch ins Ausland verkauft werden musste, damit der Staat Devisen für den wirtschaftlichen Aufbau des Landes hatte, wollte sie nicht gelten lassen.

»Pah, halt mir keine Predigten, dieses Land ist im Arsch, oder sagt man am Arsch?« Sie lachte wie über einen gelungenen Witz.

Aber ich wurde traurig.

»Wer hält dich auf? Geh in den Westen, alle gehen.«

Puschas Blick fixierte mich, während ich meine zweite Brotscheibe bestrich.

»No, haben wir nicht gestern darüber geredet. Weil ich Angst habe, geh ich nicht, weil ich eine alte Schachtel bin.«

»Wie oft warst du verheiratet?«, wechselte ich das Thema.

Ihr Gesicht hatte sich gerötet, sie biss sich auf die Lippen. Man sah, dass sie nicht wusste, wie und was sie antworten sollte.

»Zweimal«, sagte sie endlich, und mit einer einzigen Handbewegung fegte sie das Kätzchen vom Stuhl, setzte sich neben mich. »Einmal Liebe, einmal Not. Die Not kam mit dem Krieg. Er hat mir die Liebe aus dem Herzen gerissen und mir zu allem Übel meine Existenz zerstört. Ich hatte eine eigene Werkstatt, die musste ich schließen.«

Neugierig schaute ich sie an, biss vom Brot ab. Die Marmelade schmeckte köstlich. Da entdeckte ich neben der Kredenz eine dicke Kakerlake. Sofort verging mir der Appetit.

Wie von weit her erreichte mich Puschas Stimme. »In der Poliklinik wollte ich nicht arbeiten, deshalb habe ich wieder geheiratet, was nichts anderes als eine Form der Arbeit darstellt.« Sie kicherte erneut, aber diesmal nicht wie eine Hexe, sondern wie ein junges Mädchen. Der Haarknoten hatte sich gelöst, sie zog die Nadeln heraus und bat mich, sie zu kämmen.

Obwohl ich mich ekelte, tat ich ihr den Gefallen und dachte an die Schönheit des Gartens, ich dachte an Leo und daran, dass ich nicht wegwollte. Die Katze durchsuchte die Küche nach Essbarem, als sie nichts fand, verließ sie uns und verschwand für immer.

Bestimmt war Puscha schön, als sie jung war. Die Haare schwarz, nicht gefärbt, die Lippen voll, nicht dünn. Die Haut glatt, nicht faltig.

»Warum erzählst du nicht weiter?«, hakte ich nach und beschloss, sie später nach Fotos zu fragen. Ihr Haar war längst gekämmt. Ein roter Umhang verbarg eingesunkene Schultern. Ich kämmte sie ein zweites Mal und wurde ruhiger. So oft hatte ich Friseur gespielt; mit Lockenwicklern, Spangen, Schleifen hantiert. Mamusch hatte alles geduldig über sich ergehen lassen.

»Joi, willst du hören, wie beschissen diese Welt ist?« Ihre Stimme klang hart und weich zugleich. Das Kämmen schien sie als Zuwendung zu verstehen. »An einem einzigen Tag soll ich dir mein Leben erzählen?«

»Kinder? Hattest du noch mehr Kinder?«

»Gott bewahre. Ein Kind, das mich nicht versteht oder nicht verstehen will, reicht vollkommen.«

Während sie diesen Satz herauszischte, so wie Schlangen zischen, bevor sie zubeißen, konnte ich ihre Augen nicht sehen, doch ich wusste, dass sie sehr verletzt worden war. Und ich stocherte in einer alten Wunde.

»Warum hat Mamusch nie von dir erzählt?«, bohrte ich. Unzufrieden ruckte sie zur Seite, verbarg ihr Gesicht zwischen den Händen.

»Zieh dich jetzt an, wir müssen telefonieren.«

»Am Telefon kann man nicht sehen, ob der andere im Pyjama ist oder nicht.«

»Joi, ist es jetzt Mode, das letzte Wort zu haben, selbst wenn man ein Grünschnabel ist? Mach mich nicht kaptschulig, sondern tu, was ich dir sage.«

Ich lernte an diesem Tag, dass ihr allein das letzte Wort zustand.

»Ja, hier Puscha.« Sie brüllte ins Telefon, als wäre meine Tante taub oder dumm oder beides. Es dauerte nicht lange, da stritten sie sich. Man merkte, dass meine Großmutter mit einem Rumänen verheiratet gewesen war, sie fluchte wie eine Rumänin.

»Sag dem Alten, er ist ein blöder Esel, er hat sich in die Nesseln gesetzt; das Kind will nicht mehr zu euch zurück. Ist ihm klar, dass er jetzt nichts mehr bekommt, keinen Leu?«

Ich verstand nicht, worum es ging, aber von Geld hatte auch Gicu immer wieder geredet.

»Mein Gott, das kann doch nicht wahr sein«, stöhnte Puscha. Und dann erzählte sie von ihrem kleinen Schlafzimmer und ihren Untermietern. Die alte Leier. Obwohl es um mich ging, wurde mir langweilig. Wozu ich mich waschen, kämmen und anziehen sollte, war mir unklar. Deshalb stand ich auf und spazierte in den Garten. Leo wartete auf mich. Er war so herrlich jung. Durfte jung und verspielt sein, niemand erwartete etwas anderes von ihm.

»Ich werde dich gut füttern«, flüsterte ich ihm in sein warmes Ohr, dann ließ ich ihn aus dem Zwinger, und gemeinsam erforschten wir das große Grundstück. Ohne Eile zeigte er mir die Hasenställe, den Marillenbaum, die Apfelbäume und die verwilderten Blumenbeete. Als wäre dies alles meins, öffnete ich die Arme und umarmte die Luft, die süß und blumig duftete.

Erst später kam mir in den Sinn, dass sich so viel Schönheit, so viel Privates nicht mit dem sozialistischen Gedankengut von Marx und Lenin vertrug. Ich schämte mich kurz und sehr intensiv.

Als ich in die Küche zurückkam, saß ein junger Mann auf dem Küchenstuhl. Es war nicht der von gestern Abend. Puscha begrüßte mich mit einem schroffen: »No, bist du endlich gekommen zu schauen, wie andere arbeiten?«

Mehrmals legte sie ihre ringbefingerte Hand auf die Schulter des jungen Mannes, suchte nach einer passenden Stelle, dann ergriff sie seinen rechten Arm und riss daran. Er schrie, schrie wie ein Tier, Tränen in den Augen. Als er sie weggewischt hatte, sah man, dass er lächelte. Vorsichtig bewegte er den Arm, bezahlte und verließ das Haus. Wie ich erfahren sollte, ging meine Großmutter mehreren Berufen nach. Im Viertel war sie bekannt wie ein bunter Hund; sie zog Zähne, arbeitete als Einrenkerin, handelte mit Lebensmitteln und wurde auch als Kupplerin angeheuert, schließlich kannte sie jeden und jede.

»Und du, was hast du angestellt?« Sie wischte sich die Hände an einem Tuch ab, gab es dann an mich weiter. »Den Hund rausgelassen vielleicht?« Aber in den Mundwinkeln erkannte ich doch ein Lächeln.

»Hast du mit der Eri gesprochen?«

»Jawohl.« Meine Großmutter seufzte wie über ein großes Unglück. »Die Welt ist eine Mördergrube, da hilft das ganze Gesülze über die Liebe nichts. Chaotisch und gierig ist die Natur. Der Mensch aber ist zusätzlich neidisch. Was die schlimmste aller Eigenschaften ist.« Nach diesem wirren Gerede machte sie eine vielsagende Pause. »Ich bin jetzt für dich zuständig«, schloss sie ihre Ausführungen.

»Seit sechzehn Jahren bin ich auf der Welt.«

»Du hast ja recht. Früher haben sie mich nicht an dich

rangelassen, jetzt bekomme ich dich als Komplettpaket. Vielleicht sollten wir ihnen dankbar sein, dass sie endlich abgehauen sind, so können wir tun und lassen, was wir wollen.«

Breitbeinig stand sie vor mir und hielt meinem fragenden Blick stand. Unter ihren Achseln hatten sich Schweißränder gebildet. Vielleicht hätte sie mich umarmen sollen, vielleicht hätte ich sie umarmen sollen. Nichts geschah. Stattdessen breitete sich unser Schweigen aus, glitt in jede Küchenecke. Schließlich war ich es, die die Augen niederschlug.

»Schickt Mama Geld für mich?«

»Kruzitürken, dieses blöde Geld. Mach dir darüber keine Gedanken. Wir schreiben Pilla einen Brief. Mit Gicu kann man keine Geschäfte machen. Gibst du ihm einen Schein, will er einen zweiten und so weiter.«

Pilla heißt meine Mutter seit ihrer Schulzeit. Getauft war sie auf den Namen Doris, doch den kannte kaum jemand.

»Heißt das, ich darf bleiben?«

Statt einer Antwort wurde sie ausschweifend.

»Aber bedenke, du trägst jetzt ein Brandzeichen auf der Stirn, deine Eltern sind Systemflüchtlinge.« Puscha deutete mit zwei Fingern ein Rechteck auf ihrer Stirn an. »Glaub mir, die haben Übung im Schikanieren. Wenn ich dich behalte, dann werden die mich schikanieren und die werden dich schikanieren. Bist du wenigstens gut in der Schule?«

Im letzen Jahr war ich picken geblieben, besuchte zum zweiten Mal die achte Klasse, deshalb überhörte ich die Frage. Meine Großmutter wusste aber gut und sowieso Bescheid.

»Keine Sorge, ich kenn da jemanden, den werden wir schmieren, vielleicht lassen sie dich dann in Ruhe, du bist ja noch ein halbes Kind.«

»Ich soll mich nicht ums Geld sorgen, aber vor der Sekuritate willst du mir Angst machen?«, protestierte ich. »Wer nichts Schlimmes tut, bekommt auch keinen Ärger. Du musst also niemanden bestechen.«

»Joi, wie sie redet. Ein neugeborenes Schaf könnte nicht dümmer blöken. Schau, überlass das mir, du hast, wie mir scheint, keine Ahnung vom Leben.« Sie gab ein schmatzendes Geräusch von sich, das wohl ihre Unzufriedenheit unterstreichen sollte. Vielleicht dachte sie aber auch nur nach. »Am Nachmittag kommt Petre nach Hause, dann rede ich mit ihm. Du brauchst ein eigenes Zimmer.«

Somit war es offiziell, ich konnte meine Koffer auspacken.

Aufgekratzt rückte Puscha einen Stuhl zur Kredenz, stieg darauf. An den Beinen hielt ich sie fest, und mir wurde bewusst, dass wir uns erst wenige Stunden kannten. Trotzdem verband uns jetzt schon eine Hassliebe, die viel früher, bereits vor meiner Geburt, begonnen haben musste. Sie hatte mir eine Tür geöffnet, widerwillig, ich hatte sie gekämmt, widerwillig, doch ihre ruppige Art war mir so vertraut, als hätte ich nie etwas anderes gekannt und erwartet. Wir entschieden uns bewusst füreinander, an diesem ersten gemeinsamen Vormittag, als sie wacklig auf einem Stuhl stand und im obersten Fach der Kredenz kramte. Dann, vorsichtig, als würde sie mir wertvolle Goldbarren reichen, legte sie mir ein Päckchen Westkaffee, einen BH und Westschokolade in die Hand.

»Dot mes geneijen«, sagte sie und stieg wieder hinunter.

»Wer schickt dir Westsachen?« Mit gespieltem Widerwillen drehte ich die Sachen in der Hand. Solch einen BH wünschte ich mir schon lange.

»Was du für eine Figur bist«, lachte Puscha mich aus. »Alles willst du wissen, aber verstehen willst du nichts. Morgen geh ich aufs Amt, basta. Ich muss dich anmelden. Schau, meine Geschäfte sind bekannt, aber geduldet.«

»Du tust doch nichts Unrechtes?«

»Na hör mal, in diesem Land gibt es niemanden mehr, der nicht illegale Geschäfte tätigt. Da schließe ich mich nicht aus, aber ich bin schlau, und so schnell wird mir niemand ans Bein pinkeln.« Verschmitzt zwinkerte sie mir zu, als wären wir Verbündete in einer Verschwörung.

Als ich jedoch wenige Minuten später ein leeres Wasserglas fallen ließ, aus Versehen versteht sich, fuhr sie mich an:

»Joi, bei dir hat alles das Sterbenskleid an, kannst du nicht aufpassen.«

Sie war eine Hexe.

Aufs Amt ging sie alleine, weil sie befürchtete, ich könnte womöglich dummes Zeug reden. Stattdessen schickte sie mich zum Bäcker; denn ein Mensch ohne Arbeit kommt auf dumme Gedanken, erläuterte sie ihre Philosophie. Es gab kein Brot. Auch keine Wecken, auch nichts Salziges oder Süßes.

»Haben Sie gar nichts?«, fragte ich die beiden jungen Frauen, die hinter der Theke standen und sich angeregt über eine Geburtstagsfeier unterhielten. Es dauerte eine Geburtstagstorte, eine Geschenkauspackaktion und mehrere Tanzrunden lang, bis sie mir antworteten.

»Doch, wir haben etwas«, sagte die eine und lachte. »Wir haben geöffnet, von sieben bis siebzehn Uhr.«

Da ich schnell zurück war, begann ich in aller Seelenruhe nach Geld zu suchen. Es gab nur einen Kasten im Schlafzimmer. Aus dem mir mehrere Hutschachteln entgegenfielen. In den Schachteln waren jedoch keine Hüte, sondern Wollreste verstaut. Des Weiteren entdeckte ich: eine mottenzerfressene Fuchsstola und einen echten Persianermantel. Nur vier Kleider, eine schwarze und eine weiße Hose bevölkerten die Kleiderstange, aber hundert Gürtel und ebenso viele Schals. Seide und Kunststoff gemischt. Zweifellos, Puscha war eine Dame. Die Wäsche roch nach teurer Westseife und teuren Parfüms. Ich fand Briefe, ich fand Haarnetze, Schleifen und Handtücher, original verpackt, aber keine Dose, kein Geld.

In der Kommode neben dem Bett wieder Briefe, Unterwäsche und Schminksachen. Ungeduldig drehte ich die Matratze um, ich schaute unters Bett, klopfte die Kissen ab, durchforstete die Plattensammlung. Hinter einem der Fernseher endlich Bargeld. Doch es handelte sich um das normale Budget, dass man zu Hause aufbewahrte, ein paar Lei.

»Kruzitürken«, fluchte ich laut. »Alte Menschen haben immer Sparbücher und Notgroschen.«

Mein Ehrgeiz trieb mich in die Küche. Die Kredenz war übersichtlich eingerichtet, kostbares Porzellangeschirr, nicht ganz sauber gespült, stand neben Kristallgläsern und mehreren Vasen. Auch hier entdeckte ich Bargeld, in einer Zuckerdose versteckt, doch es war zu wenig zum Klauen. Schließlich gab ich auf und kehrte ins Schlafzimmer zurück.

Beim Suchen war mir ein Album in die Hände gefallen. Der Schutzumschlag, aus Stoff genäht, war mit dem Repser Wappen bestickt worden. Darin winzige Bilder, schwarz-weiß. Mit gezackten Außenrändern, die an Babymützen erinnerten. Ich blätterte das Album durch und vergaß die Zeit.

»Was machst du da?« Mit übergeschlagenen Beinen saß ich auf ihrem Bett, Leo lag neben mir. Seinen Kopf hatte er auf meinen Oberschenkel gelegt, seine Augen waren geschlossen. Draußen schien die Sonne, wir hätten rausgehen sollen. Mit zwei Händen hielt ich das Album in die Höhe.

»Mamusch ist in Reps geboren worden, nicht wahr.«

»Weißt doch alles.«

»Warum besitzt Mamusch kein Album? Sie hat auch keine Erinnerungen. Immer wenn ich sie irgendetwas gefragt habe, hat sie geschwiegen. Das ist doch nicht normal.«

Meine Großmutter zog die gezupften Augenbrauen in die Höhe und stemmte die Hände in die Seiten.

»Mütter sind eben komische Pflanzen. Sie haben keine Ahnung von Erziehung und wollen doch immer perfekt sein.«

Unsicher fuhr sie sich durch die roten Haare, und ich dachte, jetzt, jetzt gleich wirft sie mich raus, und recht hat sie, und wohin soll ich dann? Langsam kam sie auf mich zu. Doch statt die Hand oder das Wort gegen mich zu erheben, biss sie sich auf die Lippen, schob mich zur Seite und setzte sich neben mich aufs Bett.

»Na, ruck schon.«

Gemeinsam schauten wir uns die Fotos an. Zu jedem Foto gab es eine Geschichte. Draußen war es warm, und in mir schmolz der letzte Rest Vorsicht. Warum meine Eltern sie wie den Teufel mieden, verriet sie mir jedoch nicht.

»Schau her, das ist mein guter, lieber Freund Misch.« Sie legte den Arm um die Männerschulter, die die perfekte Höhe für sie hatte.

»Wir kennen uns doch«, flocht ich ein und versuchte, nicht mehr auf diese Schulter und diesen Arm zu starren.

»Aber jetzt stelle ich ihn dir richtig vor. Er heißt Misch, eigentlich Michael, aber ich nenne ihn Kapitän, wunder dich also nicht. Er ist ein Viertel Ungar, ein Viertel Rumäne, ein Achtel Jude, der Rest ist gemischt.« Sie lächelte wie ein sehr junges Mädchen und tätschelte ihrem Freund den Rücken. Das war in Ordnung. Aber ich ahnte: Ein guter, guter Freund ist nicht die große Liebe, egal welchen Kosenamen man ihm gibt. Das spürt man, selbst wenn man noch nie geliebt hat.

»Servus«, mehr sagte ich nicht. Dabei gefiel er mir. Besser noch als am Vortag, als seine Augen glasig geschimmert hatten vom Wein. Kräftige Statur, kleiner Bauch, Vollbart, lächelnde Augen. Sein Hals war faltig, sonst aber sah er passabel aus. Er war deutlich jünger als Puscha.

»Küss die Hand.« Andächtig ergriff Misch meine

Rechte und hauchte seinen Atem darauf. Es kitzelte, ich lachte. Diesem Menschen war also auch österreichischer Charme beigemischt worden. Sein Deutsch war fehlerfrei.

»Sie sind Kapitän?«

»Schmarren«, Puscha antwortete an seiner Stelle, und so erfuhr ich, früher hatte er als Lehrer gearbeitet, in Rosenau, dann war er Reisebegleiter am Schwarzen Meer gewesen, jetzt verdiente er sein Geld als Journalist.

»Nenn mich nicht Journalist«, unterbrach er sie barsch. Seine Stimme aber lachte. »Kellner bin ich. Der ewig gleiche Gast sitzt da, bestellt Speisen, und ich serviere. So ist das und nicht anders.«

Mir gefiel seine Stimme. Aber mir gefiel nicht, wie und was er sagte. Auch der Vollbart störte mich.

»Glaub ihm kein Wort«, stellte Puscha klar, »wenn er so weitermacht, schmeißen sie ihn aus dem Land«, berichtete sie, und es war nicht klar, ob sie damit ihrem Stolz oder ihrer Angst Ausdruck verleihen wollte. »Vielleicht wandert er aber auch vorher aus, angeraten habe ich es ihm.«

Ob absichtlich oder nicht drehte sie Misch den Rücken zu und sah mich nachdenklich an. Es war offensichtlich, sie wollte mich zu der Aussage bewegen, dass Auswandern eine gute Sache sei. Doch ich schwieg hartnäckig.

Das Wort *Auswandern* schwebte dennoch unverdrossen durch Puschas Haus, einem Gespenst gleich. Ich musste es sorgsam umgehen wie ein Möbelstück, wollte ich mir den Kopf nicht anstoßen.

Doch ich sah nur, was ich sehen wollte, hörte, was ich hören wollte. Jahrelang hatten mich Erzählungen, die mit *Im Westen gibt es* ... begannen, brennend interessiert. Jetzt interessierte ich mich für mein Heimatland und für klangvolle Substantive, *Brüderlichkeit* zum Beispiel und *Solidarität*. Auch die Wörter *Aufbau* und *sozialistischer Sieg* klangen vielversprechend. Ich meldete mich für freiwillige Arbeitseinsätze und besuchte zweimal pro Woche die Veranstaltungen der UTM. Das war kein Opfer, überall gab es nette Menschen. So lernte ich Karin kennen. Seit Jahren saß sie in der hintersten Bankreihe in meiner Klasse, doch ich hatte sie nie beachtet. Alles an ihr war spitz, die lange Nase, die abstehenden Zöpfe, selbst ihre Stimme. Man hatte Angst, sich zu verletzen. Aber das war nur der äußere Eindruck. Ihrem Wesen nach war sie ein Schaf, lammfromm und sehr bescheiden. Obwohl ihre Eltern einen Ausreiseantrag gestellt hatten, hielt sie an den Idealen des Sozialismus fest. Wöchentlich sammelten wir Altpapier und Glas, in den Ferien sollten wir Storchenpaare und ihren Nachwuchs zählen. In die Kirche ging ich nicht mehr, dafür sang ich voller Inbrunst sozialistische Lieder über fleißige Arbeiter und unerschrockene Kämpfer. Während dieser Treffen sollten wir Mützen stricken, für das Vaterland. Das Vaterland war groß, der Auftrag ein Massenauftrag. Nach einer Woche bereits ging uns die Wolle aus. Karin und ich zogen los, um neue zu besorgen. Geld war nicht das Problem. Aber in ganz Kronstadt gab es keine Wolle zu kaufen, nicht einen winzigen Faden. Wir kauften Schals aus grünem Polyester. Den ganzen Vorrat. Das Grün war so scheußlich, man hätte kotzen können. Während wir sangen, rubbelten wir die

Schals auf. Immer paarweise. Wenn einer keinen Partner hatte, setzte er sich vor einen Stuhl, wickelte den gekräuselten Faden über die Lehne. Immer wieder entglitt ein Wollknäuel. Wir spielten Fußball und Handball damit. Mit dem Stricken kamen wir nur langsam voran. Das grüne Polyestermaterial sträubte sich dagegen, zu Vaterlandsmützen verarbeitet zu werden.

3

Mischs Sohn Petre nahm ich erst wahr, als ich bereits zur Familie gehörte. Die großen Ferien hatten vor drei Wochen begonnen. Langeweile haftete an mir wie Körpergeruch. Da das Thermometer seit Tagen bei 38 Grad eingerastet war, verspürte ich nicht die geringste Lust, mich in einen Bus zu quetschen, um in einem hoffnungslos überfüllten Schwimmbad Abkühlung zu suchen. Doch die Hitze staute sich nicht nur in den Straßen, sondern auch in Puschas Garten. Mürrisch schlich ich durchs Haus. Ich war allein, allein mit Petres Mutter. Bislang hatte ich sie noch nicht zu Gesicht bekommen, dabei wusste ich alles über sie. Sie stammte aus einem kleinen Dorf nahe Galaţi, an der Grenze zur Ukraine, und war eine Schlampe. Was nichts mit Galaţi und noch weniger mit der Ukraine zu tun hatte. Petre war ihr einziges Kind. Ihn hatte sie mit einem berühmten Clown in Bukarest gezeugt und dann, nachdem die Liebe nicht mehr blühte, versucht, Misch ein Kuckucksei ins Nest zu legen.

»Joi, das Leben ist ein Hund«, erzählte Puscha kopfschüttelnd, »streicht man es gegen den Strich, beißt es. Der Kapitän wusste, was los war, natürlich!« Wieder stolperte ich über diesen Kosenamen, der nicht zu diesem Mann passen wollte. Es gab kein Schiff, das er hätte steuern können und wenn, dann würde Puscha dies tun. Den folgenden Satz bekam ich nur unvollkommen mit. Er, wahrscheinlich meinte sie Misch, hatte sich trotzdem um Petre wie um den eigenen Sohn gekümmert. Er, wahrscheinlich meinte sie Misch, schickte ihn auf die deutsche Schule und förderte ihn, wie und wo er konnte. »No, dass er ein solch kluger und angenehmer Mensch geworden ist, ein angehender Ingenieur, das hat er einzig und allein seinem Vater zu verdanken.«

»Wen meinst du jetzt mit Vater?«

»Bravo, ich rede und rede, und du hörst nicht zu. Den Kapitän natürlich. Das bisschen Samen kannst du getrost vergessen.« Puscha schob ihren großen Busen vor: »Es kommt darauf an, wer deine Zahnspange putzt, wer dir bei den Hausaufgaben hilft und dir ein Stück dieser Welt zeigt.«

Petre war sehr groß und hatte einen dunklen Teint. Ganz oben, da wo seine Stirn gegen Türrahmen und gegen Wolken stieß, umrahmten schwarze Locken sein Gesicht. Er hatte mich nicht sonderlich interessiert, schließlich war er über zwanzig, uralt. Seine Freundin hieß Mira oder Alexandra oder Marina.

»Hast dir bestimmt ein hässliches Mädchen ausgesucht«, versuchte ihn Puscha aus der Reserve zu locken, »oder warum bringst du sie nicht mit?« Er zog lächelnd die Schultern hoch, schwieg.

Einem plötzlichen Impuls folgend ging ich in das gemeinsame Zimmer von Misch und Petre. Meiner Großmutter zuliebe hatte Petre sein Zimmer an mich abgetreten. Die beiden Männer schliefen in einem Doppelbett, auch den Kasten mussten sie sich teilen. Meine Neugierde war oberflächlich. Kleidung interessierte mich nicht, rasch schloss ich wieder den vollgestopften Schrank. Wandte mich dem Regal zu, in dem ich wahllos allerlei Nippes verschob. Eine Porzellantasse aus Bulgarien, ein goldener Fotorahmen mit einem nicht besonders gelungenen Schnappschuss der Familie Dobresan am Schwarzen Meer, ein Zigarettenetui, leer. Das Spannendste, was ich fand, war eine türkische Wasserpfeife, die hinter technischen Büchern versteckt worden war. Aber dann stieß ich auf ein Tagebuch, und mein Leben änderte sich schon wieder von Grund auf. Es gehörte Petre. Als vorletzten Eintrag entdeckte ich ein Gedicht.

Das Vertraute und das Fremde
hinter der Liebe

Legte sie sich quer zu mir
hypothenusengleich
mein offenes Dreieck
wäre verschlossen
wäre berechenbar
und ich
vollendet

Für Agnes, stand unter dem Gedicht. Ich trat ans Fenster, mit Schritten, die den Boden nicht berührten; diese ungewöhnliche Entdeckung hatte mir Luftkissen an die Sohlen geheftet. In meinem Körper hörte ich zwei Herzen schlagen. Nie mehr wollte ich mit nur einem Herzen auskommen. *Für Agnes.* Minutenlang ging ich alle Begegnungen mit Petre durch, versuchte mir sein Gesicht in Erinnerung zu rufen und all unsere Gespräche. Hatte er je mehr als drei Worte an mich gerichtet?

Skeptisch schaute ich in den winzigen Rasierspiegel, der schief an der Fensterfront hing. Mein Äußeres hatte sich in den letzten fünf Minuten kein bisschen verändert. Die Haut zu blass, meine Haare zu dunkel, die Nase zu breit. Petres Augen hatten nicht ein einziges Mal geleuchtet, als er mich anblickte. Introvertiert nannte ihn Misch. Es klang wie ein Schimpfwort.

»Was bedeutet introvertiert«, hatte ich gefragt.

»Wenn sich einer selbst genug ist. Es ist ein Kreuz.« Misch hatte gelacht, »Petre kann nicht keffen, er hat keinen Spaß an Alkohol, er kann sich nicht gehen lassen.« Sein Vater hatte weitere Beispiele aufgezählt, auch von Frauen war die Rede gewesen.

Immer wieder las ich das Gedicht, blätterte in den vorangegangenen Aufzeichnungen, doch meinen Namen oder einen Bezug zu mir fand ich an keiner anderen Stelle.

Das Buch, das ich verunsichert in Händen hielt, war in China produziert worden. Schwarzer fester Einband, roter Rand. Zweite Wahl, das sah man an dem unschön getrockneten Kleber, der zahlreiche Seiten gelblich verunreinigt hatte. Aber war das wichtig? Nichts mehr war wichtig, außer, dass … Ja was? Dass ich einen heimlichen Verehrer hatte. Erneut betrachtete ich mein Spiegelbild, suchte nach etwas Schönem, Einzigartigem, kam jedoch lediglich zu dem Ergebnis, dass ich mich, wäre ich zweiundzwanzig, wäre ich gutaussehend, nicht in mich verlieben würde.

Allerdings, ich kannte nur eine einzige Agnes, er musste mich meinen. Den Namen hatte ich gehasst, aber jetzt las er sich wie ein Versprechen, mein Geliebter hatte ihn niedergeschrieben. Das Neue im Altgewohnten, ich griff mit beiden Händen danach und fühlte mich verzaubert.

Lächelnd ging ich zurück zum Regal, ergriff das Familienfoto.

»Hübscher Kerl«, nickte ich dem zehnjährigen Petre zu, »mehr als vielversprechend.« Und nachdem ich in einer Schublade weitere Fotos entdeckt hatte, die mir den ausgewachsenen Petre vor Augen führten, war ich mir sicher: Ja, er ist fast schon unwiderstehlich. Und nicht nur das, war nicht auch die Art, wie er sein Bett gemacht und seinen Schlafanzug unter das Kopfkissen geschoben hatte, sauber gefaltet, als wolle er seinem Vater so wenig Platz wie möglich wegnehmen, nicht rührend, zeugte von hoher Sensibilität? Ich seufzte, drehte mich im Kreis, konnte kaum abwarten, bis es Abend wurde und Petre nach Hause kommen würde.

Diese unerwartete Verliebtheit störte mich keineswegs, ich fand es auch nicht sonderbar, dass ich von etwas wusste, was nicht für mich aufgeschrieben worden war. Aber Petre tauchte am Abend nicht auf, und die Nacht verbrachte er außer Haus. Sofort verwandelte sich die lodernde Flamme meiner Hoffnung in ein deprimiertes Flämmchen. War ich auf dem Holzweg? Um diese Frage zu überprüfen, beschloss ich, Petre so genau wie möglich zu beobachten und meine und seine Gefühle zu protokollieren. Noch am gleichen Abend begann ich damit, ebenfalls Tagebuch zu führen. Und bereits am nächsten Tag musste ich Karin in mein Geheimnis einweihen. Sie nickte, als hätte sie nichts anderes erwartet. Doch erst als ich nachbohrte, erzählte sie:

»Wenn zwei Unverheiratete unter einem engen Dach, nein, wenn zwei Unverheiratete so eng unter einem Dach leben, dann ist es nur eine Frage der Zeit, wann einer der beiden sich für den anderen interessiert.« Ihre lange Nase zeigte in die Ferne. Sie tat, als wüsste sie, wovon sie sprach.

»Aber er hat mich nie angeschaut.«

»Wer weiß«, sagte sie vieldeutig. »Schließt du nachts dein Zimmer ab?«

»Was soll ich tun?«

»Tja, Gott schenkt dir eine Nuss, doch er knackt sie nicht für dich.«

Ihre dummen Sprüche würden mich nicht interessieren, sagte ich grob, und mit Andeutungen wäre mir auch nicht gedient. Woraufhin sie mir Kontra gab und wir uns ordentlich stritten. Das war weder schön noch produktiv. Und da wir miteinander keine Übung hatten, im Streiten nicht, im Verzeihen nicht, lag unsere junge Freundschaft eine ganze Woche lang auf Eis.

Meine Tante hatte es aufgegeben, mich zurückholen zu wollen. Aber jede Woche kam sie mit einem Brief vorbei.

»Von deinen Eltern.«

»Nein«, korrigierte ich, »von Mamusch, Tata unterschreibt nur.« Das interessierte sie nicht, sie wollte wissen:

»Was schreiben die beiden?«

»Mamusch schreibt, dass ich unbedingt wieder zu euch ziehen soll, sie schreibt, dass sie sich die Haare ausreißt bei dem Gedanken, dass ich hier lebe.«

»No, warum hörst du nicht auf sie?«

Das Haus meiner Großmutter betrat Erikatante nie. Wie ein nervöses Pferd, mit den Füßen scharrend und sich immer wieder umschauend, blieb sie draußen auf dem Trottoir stehen. Warum ich den Eltern nicht antworten würde, wollte sie von mir wissen, und dass ich ein undankbares Kind sei.

»Ja, das bin ich. Und ihr seid verlogen. Wieso sagt mir niemand, warum Puscha wie eine Hexe, nein, wie etwas noch viel Schlimmeres behandelt wird?«

»No, frag sie doch, deine Puscha.«

Eine Woche später überreichte Erikatante mir das erste Mutterpäckchen. Neugierig wie immer schaute sie mich an.

»Willst du reinkommen?«

»Nein!«

Bestimmt hätte sie mir auf die Frage, ob sie nicht neugierig auf den Inhalt des Paketes wäre, eine Antwort gegeben, einen ganzen Antwortenberg, aber ich fand, sie hatte ihre Chance gehabt.

»Dann Servus.«

Das Päckchen hatte drei Wochen lang irgendwo an der Grenze gelegen.

»Absicht«, sagte Misch, »damit die Nahrungsmittel verderben, damit es dir nicht besser geht als jedem x-beliebigen Zollbeamten, der leider über keinerlei Kontakte in den Westen verfügt.«

»Ach, hör schon auf, du verdirbst uns den Spaß«, unterbrach ihn Puscha.

Wir ließen Misch links liegen, und ich machte mich ans Auspacken.

So ein Westpaket muss man sich wie eine Wundertüte vorstellen. Es beginnt bei der Aufschrift, die mit einem Filzstift vorgenommen worden war, den man in Rumänien nicht hätte kaufen können. Das Packpapier sah trotz der weiten Reise, der langen Lagerung und dem vorgeschriebenen Öffnen an der Grenze neuwertig und so stabil aus, dass wir es anschließend für allerlei Bastelarbeiten verwendeten. Ein Karton kam zutage, der das Innere wie ein Heiligenschrein umschloss und mit einer verheißungsvollen Werbeaufschrift versehen war.

schaumig, erfrischend lecker ... so schmecken die neuen süßer moment milchshakes

Was Milchshakes waren, wussten wir nicht, aber wir hätten gerne welche probiert. Der Karton roch köstlich. Natürlich hoben wir auch ihn auf; er diente jahrelang als Aufbewahrungsort für Stoffreste. Dann kam das Seidenpapier zutage, es war durch die wühlenden Hände eines Beamten in Mitleidenschaft gezogen worden, aber darunter lagen die Schätze, und die sahen intakt aus. Eine feierliche Stille hatte sich in der Küche ausgebreitet, wurde nur durch zaghafte »Ohs« unterbrochen. Meine Hände schwitzten. Ein leichtes Zittern hatte mich befallen, ich musste mich hinsetzen. Und wieder aufstehen. Denn ich hatte es längst entdeckt, das kräftige Indigoblau. Neben Strumpfhosen, BHs, Deodorant und Suppenbrühe endlich die lang ersehnte Westjeans. Ich zog sie heraus, führte sie an die Nase, schnupperte. Sie roch nach Farbe, nicht nach Westen, doch das störte mich nicht. Andächtig trug ich sie in mein Zimmer und schlüpfte hinein. Von wegen. Im Stehen ging das nicht, ich legte mich flach auf den Boden, hielt die Luft an. Meine Großmutter rief mir etwas hinterher, vielleicht fragte sie, was mit dem Rest sei, vielleicht wollte sie wissen, ob sie das Backpulver haben könne. Ich hörte ihre Worte wie durch Watte. Meine Mundwinkel hatten sich nach oben gekrümmt, glücklich drehte ich mich vor dem Spiegel. In der Länge passte sie exakt. Ich liebte sie vom ersten Augenblick. Wie man ein Tier liebt, das treuherzig zu einem hochschaut. Mit täglicher Zuwendung konnte sie rechnen.

Die Schokolade ließen wir uns auf der Zunge zergehen, das dunkle Vollkornbrot blieb zwischen den Zähnen haften, aber wir aßen es laut schmatzend. Puddingpulver und Fertigsuppen waren noch haltbar, die hoben wir auf. Ganz zuunterst im Paket steckte ein Brief.

Mein Pusselchen,
wir essen nur noch Rama, köstlich, sie soll genauso gut sein wie Butter und sogar gesünder. Oben drauf kommt Nutella, das ist weiche Schokolade. Dein Vater frisst, pardon, er isst das Zeug mit dem Löffel direkt aus dem Glas und wundert sich, wenn er Zahnschmerzen bekommt. Zu den Paradeisern muss man Tomaten sagen und zum Kren Meerrettich. Bevor wir einkaufen gehen, überlegen wir uns, welche Wörter es zu ersetzen gilt. Die Nachbarin, die auch die Verkäuferin im Supermarkt ist, fragt trotzdem jedes vierte Mal, woher wir kommen. Dabei rede ich Hochdeutsch und sie einen unverständlichen Dialekt. Wenn ich Servus rufe, lacht sie, aber sonst geht es uns gut. Nur Du fehlst mir zu meinem Glück. Nach den Ferien erfahre ich, ob ich als Lehrerin

anfangen kann. Soll einer verstehen, wieso sie bis nach den Ferien warten müssen. Wollen sie erst schauen, ob alle Lehrer aus dem Urlaub zurückkommen oder ob zufällig neue Schüler vom Himmel fallen und ein ungeahnter Bedarf entsteht? Drück mir die Daumen, ja! Ich will nicht, dass es mir wie Deinem Vater ergeht. Nie ist er krank, nie versäumt er seine Schicht, doch eigentlich kann er alte Menschen nicht ausstehen.
Viele Pussi
Deine Mamusch.

Auch Petre hatte Semesterferien. Er arbeitete im Capitol. Offiziell als Aushilfskellner, inoffiziell als Attrappe. Touristen verirrten sich kaum noch nach Kronstadt. Eine Woche nachdem ich sein Tagebuch entdeckt hatte, setzten Karin und ich uns in das Restaurant. Wir wollten bedient werden, und wir wollten natürlich Petres Gefühle für mich testen. Petre spielte wunderbar mit, tat, als würde er mich nicht kennen. Sein rechtes Auge aber war ein blinzelndes Etwas. Ich lachte, und er antwortete lachend.

»Was wünschen die Damen zu speisen?« Blinzeln. Sein weißes Hemd, seine schwarze Hose schlugen Falten in Hüfthöhe, vom Dienern und Sitzen.

»Die Speisekarte, bitte.«

Wie ein Fransentuch fielen ihm die dunklen Haare in die hohe Stirn, doch die Locken täuschten nur Dichte vor. In ein paar Jahren würde er kahl sein. Egal, er hatte unglaublich schöne Hände. Und die Art, wie er ging – unglaublich! Zu Hause war mir das nicht aufgefallen. Er ging ja nicht, er tänzelte, als wäre in seinem Innern ein Radio. Unbekannte Rhythmen schienen seine Beine zu steuern.

»Die ist aber nicht aktuell.« Er brachte uns eine durch jahrelange Benutzung gezeichnete Mappe, in der ein einzelnes Blatt verkehrt herum lag, handgeschrieben. Außer Karin und mir befanden sich nur noch ein Pärchen und eine Gruppe Arbeiter im Lokal. Aus Erfahrung wusste ich, dass man nicht einfach irgendetwas bestellte, sondern vorsichtig anfragte, ob dies oder jenes vorhanden war.

»Aveţi bere, Bier?«

»Nu avem!«, gab er zerknirscht zu.

»Haben Sie Colonade?«, half Karin.

Gleiche Antwort mit dazu passender geheuchelter Zerknirschung. Er war ein wunderbarer Schauspieler, und die Anzughose seines Vaters stand ihm nicht schlecht. Wenn man die Augen ein bisschen zukniff, glich er einem italienischen Playboy. Selbst im Sitzen bekam ich weiche Knie, und meine Stimme hörte sich heiser an. Geduldig zeigte ich auf die Arbeiter und fragte, was die denn trinken würden.

»Bier«, lautete die Antwort.

»Na also, für uns dasselbe.«

»Geht nicht, die haben sich ihr Bier mitgebracht.« Petre neigte den Kopf wie ein Vogel, dann schaute er sich um und flüsterte uns zu: »Wir probieren es.« Für spezielle Gäste könne er etwas organisieren, tuschelte er und tänzelte davon. Unter der Theke holte er einen geöffneten Weißwein hervor, schenkte ein und balancierte zwei Gläser auf einem Silbertablett zu unserem Tisch. Er machte ein großes Trara, als würde er zwei Königinnen bedienen. Wann kommst du heim, wollte ich wissen und dachte, seine lockere ungezwungene Art würde auch in unseren vier Wänden funktionieren. Doch ich erntete lediglich ein verständnisloses Schulterzucken.

»Na, wie findest du ihn?«, wollte ich auf dem Heimweg wissen.

»Zu alt«, seufzte Karin.

»Du bist ja blöd.« Und ich verlängerte meine Nase, um ihr kundzutun, dass sie wie Pinocchio aussah und man ihr eh nichts glauben durfte. Erneut erkrankte unsere Freundschaft an meiner Übellaunigkeit. Da half auch das beste Medikament nicht, ihre Entschuldigung.

Kaum war Petre daheim, verzog er sich in den Keller. Dort stand jetzt sein Schreibtisch. Weil ich keinen vernünftigen Grund für meinen Besuch angeben konnte, schnauzte er mich an.

»Dieses Kellerloch ist das Letzte an Privatsphäre, was ich besitze, hier unten hast du nun wirklich nichts zu suchen.« Mit einer ungeduldigen Armbewegung verwies er mich nach oben.

»Ist was?«, versuchte ich Oberwasser zu gewinnen, doch er ging auf meine Bemerkung nicht ein. Damit ich nicht sehen konnte, woran er gerade arbeitete, legte er beide Arme auf den Tisch. Ich konnte aber doch etwas erkennen. Er versuchte einen Stoß reinweißes Papier zu bedecken. Auch auf die Frage, woher er das Papier hätte, bekam ich keine Antwort. »Kann ich dir nicht helfen oder wenigstens zuschauen? Ich will später auch studieren, weißt du.«

»Komm in vier Jahren!« Wieder diese Wedelbewegung. Und mir wurde klar, so verscheucht man lästige Fliegen. Ein Gespräch unter Liebenden hatte ich mir anders vorgestellt.

Zu Hause also war ich die kleine Verwandte, die ihm sein Zimmer streitig gemacht hatte und die ihm zusätzlich auf die Nerven ging.

»Blöder Kerl«, fluchte ich und stampfte wieder nach oben.

Den summenden Bienen des ersten Verliebtseins folgten hungrige Krokodile, die wütend gegen meine Magenwände anrannten. An diesem Tag bekam ich keinen Bissen herunter. Kalte Piftelle, rote Zwiebeln, Burduf und Brot standen auf dem Tisch.

»Schau, du bist ein Krispindel«, klagte meine Großmutter, »und du wirst ein Krispindel bleiben.« Sie langte mit sichtlichem Appetit zu. »Magst erzählen?« Und nach einer Pause: »Du hast doch was?«

»Alles prima.«

Weil ich nichts mehr sagte, schaute sie auf, zog die gemalten Augenbrauen in die Höhe.

»Sag nicht prima, in deinem Alter verschmäht man nicht grundlos das Essen. Du bist krank.«

»Also gut, ich bin krank.«

Kommentarlos hörte sie sich mein Schweigen an. Doch ihre Augenbrauen wollten zwei Brotscheiben lang nicht mehr nach unten wandern.

»Warst du nicht gerade unten im Keller? No, ich will hören, was du jetzt für eine Geschichte präsentierst.«

»Er studiert, aber er tut, als arbeite er an einem Staatsgeheimnis. Warum darf ich ihm nicht helfen?«

»Weil er Ruhe braucht.« Sie deutete durch das offen

stehende Fenster. »Schau, der Mond liegt auf dem Rücken.«

»Pah! So viel Ruhe braucht kein Mensch.«

Puscha schluckte den Bissen hinunter, legte die restliche Brotscheibe aufs Brettchen, klatschte in die Hände. »Bravo, du hast immer das letzte Wort. In Wahrheit aber weißt du einen Furz. Kotter in deiner eigenen Nase oder schau auf deine Schulsachen.« Sie biss in eine Gurke, Saft spritzte. »Der ischt niemandsch, dem mansch hinterherläuft. Der weisch, wasch er will, und holt es sich.«

Während des Gesprächs hatte sie drei Schmalzbrote und doppelt so viele Salzgurken verspeist. Sie war nicht dick, nur wohlgerundet.

Ich reichte ihr einen Zahnstocher, doch sie lehnte ab. Stattdessen pulte sie die Brotreste mit ihren langen Fingernägeln aus den Zahnlücken.

»Dass du mich akkurat verstehst: Wir alle, die wir hier wohnen, sollten versuchen, uns so wenig wie möglich auf die Nerven zu gehen, vor allem du solltest darauf achten.«

Sichtlich zufrieden, dass mir darauf nichts einfiel, lehnte sie sich zurück.

Und merkte nicht einmal, wie sehr sie mich verletzt hatte.

An diesem Abend verließ ich das Haus, ohne Bescheid zu sagen, ließ mich treiben, suchte nichts, fand aber den Weg zur Erikatante. Die Familie saß beim Essen. Die Zwillinge, die Eltern.

»Wo ist der Großvater?«

Alle unterbrachen das Kauen, schauten auf. Dann wurden Stühle gerückt und Türen aufgerissen. Verzweifelte Stimmen riefen nach dem Alten. Er war sehr kostbar, seine Rente sicherte das Überleben. Sie fanden ihn nicht. Dann fanden sie ihn doch. Draußen im Hof saß er auf der Bank und wartete darauf, dass ihn jemand zum Abendessen hereinholte. Es hatte geregnet, nur ein kurzer Schauer, doch der alte Mann zitterte am ganzen Leib. Rührend kümmerten sie sich um ihn. Zogen ihn vor allen Augen aus, steckten ihn in einen Morgenmantel. Dann ging es wieder ans Essen. Eine Scheibe Brot bekam der halbseitig gelähmte Großvater, und aus dem Eiskasten holte die Erikatante ein Glas mit Fleischpastete, die sie auf die Großvaterbrotscheibe strich. Während sie den Alten fütterte, griff ich nach der Pastete, bekam jedoch einen Schlag auf die Hand. Alle erstarrten. Auch Gicu, der Schläger.

»Îmi pare rău«, entschuldigte er sich.

»Der Lehm ist gut für ihn, der Spurenelemente wegen«, betonte Erikatante, »aber du bist ja noch so jung.«

Wie ein Schraubstock umschloss ihre Hand das Glas mit dem bräunlichen Inhalt. Unter dem Tisch kneteten die Zwillinge ihre Knie, um nicht laut loszulachen. Da ging ich. Und begrub meinen Plan, nach Familiengeheimnissen zu forschen.

Als ich zu Hause ankam, war es irgendetwas nach dreiundzwanzig Uhr.

»Was bist du für eine Figur, he?«, begrüßte mich Puscha mit keksgelbem Gesicht. Ihre Stimme hatte einen merkwürdig weinerlichen Klang. »Agnes, umsonst wirfst du mir einen solchen Blick zu.«

Wie jeden Mittwoch hatte sie Besuch. Immer war sie es, die zum Kränzchen einlud. Ihre beiden Freundinnen, die Ziller Kledi und die Jakobi Irmi, die Einzigen, die sie nicht durch Krankheit oder Auswanderung verloren hatte, lebten in beengten Verhältnissen. Sie blieben immer lange, bis in die Nacht hinein. Zwei Augenpaare also ruhten auf mir, als Puscha unbeirrt fortfuhr:

»Du bist in mein Leben eingedrungen wie ein Dieb, hast alles durcheinandergebracht, was es zum Durcheinanderbringen gibt, und jetzt: Willst du mich ins Grab bringen, willst du das?«

Da ich nicht verstand, was sie mir sagen wollte, ging ich zu Bett. Ich wünschte den Anwesenden eine gute Nacht und viel Spaß bei was auch immer.

»Pletsch mir ja nicht die Tür«, brüllte Puscha mir beleidigt hinterher.

Später kam sie zu mir ins Zimmer. Im Türrahmen blieb sie stehen. Ich atmete kontrolliert gleichmäßig und war froh, als sie die Tür wieder leise hinter sich schloss.

Der Genosse Baggerführer und der Genosse Bauarbeiter klingelten nicht. Sie machten durch Geräusche auf sich aufmerksam. Genosse Bauarbeiter zwickte mit einer Drahtschere den Zaun meiner Großmutter an mehreren Stellen entzwei, Genosse Baggerführer holte eine Säge und kappte einen jungen Ahorn. Nicht die Schere, nicht die Axthiebe hatten mich geweckt, sondern das Ächzen des Baumes. Ein Ächzen wie der langgezogene Schrei eines Bussards. Als er fiel, stand ich am Fenster.

Innerhalb weniger Stunden wurde zwischen dem Grundstück meiner Großmutter und dem des Nachbarn zur Rechten ein Weg geschoben. Am Nachmittag kamen die Hasenställe weg und Kies wurde aufgefüllt. Danach ruhte die unerklärliche Baustelle. Puscha hatte alle Hände voll damit zu tun, die Hasen zu schlachten und zu verschenken. Beim Versuch, die Hasenställe umzulagern, waren diese zu handlichen Scheiten zerfallen.

Mit rotverquollenen Augen saß Puscha abends in der Küche. Ich hatte sie an diesem Tag schimpfend erlebt, das war nichts Neues, ich hatte sie hart arbeitend erlebt, auch dieser Anblick war mir vertraut, dass sie aber resigniert, die Hände vors Gesicht geschlagen, wortlos und ohne Appetit bei Tisch saß, das machte mich sprachlos. Kurzzeitig, dann wollte ich es doch wissen.

»Warum hast du die Hasen auch verschenkt? Du hättest Geld verlangen können.«

Statt Puscha antwortete Misch.

»Verstehst du denn nicht? Beziehungen sind mehr wert als Bares. Sie weint nicht wegen dem verlorenen Geld, sie weint nicht einmal wegen dem Grundstück, sondern weil sie aus Versehen auch dem Tănăsescu Ion einen Hasen abgegeben hat, den dicksten zudem.«

Erst danach erfuhr ich den Grund für den staatlich angeordneten Vandalismus. Tănăsescu Ion, wohnhaft drei Häuser weiter, Genosse irgendwas bei der Stadtverwaltung, hatte ein Auto ergattert und benötigte dafür eine Garage. Und das alles hatte meine Großmutter erst später, während der »Geschenkübergabe«, erfahren, die eigentlich eine Bestechung war und somit kaum besser als der Beamtenvandalismus. Es fiel mir schwer, sie zu trösten.

Die Garage wurde erst im Herbst gebaut. Der junge Ahorn im übernächsten Winter verfeuert.

Ich merkte es lange Zeit nicht. Der junge Mann mit dem ausgedrehten Armgelenk kam immer häufiger zu uns nach Hause. Er hieß Constantin und war ein gut geratener Junge, wie Puscha nicht müde wurde zu betonen. Dichter Flaum stand ihm auf der Oberlippe, und seine Koteletten wucherten üppig, selbst Nase und Ohren waren mit schwarzen Haaren gefüllt. Sein Körper war tadellos und durchtrainiert. Puscha verriet mir, dass er eine große Karriere als Balletttänzer vor sich hätte. Er sei noch keine achtzehn Jahre alt, aber bereits ein wahres Tanzwunder.

Wenn Constantin lautstark seine Sorgen vortrug, Schmerzen an der Schulter, Schmerzen am Oberarm, Schmerzen am Ellenbogen, drehte ich mich kichernd zur Seite und hielt mir die Nase zu. Franzbranntwein durchwaberte die Küche. Puscha rieb und rieb, massierte geduldig und redete wie ein Wasserfall. Seine Haut und die leicht abstehenden Ohren glühten.

»Kannst du Englisch?«, fragte sie ihn unvermittelt.

»Wie meinen Sie das?«

»Dieses junge Fräulein«, sie deutete auf mich, »langweilt sich. Willst du ihr Nachhilfeunterricht geben, dann behandle ich dich billiger.«

»Umsonst«, kam es wie aus der Pistole geschossen. Diese Antwort imponierte ihr, und sie lachte zufrieden.

»Werde ich auch noch gefragt?«

Constantin war inzwischen gegangen, und wir saßen nebeneinander auf der Gartenbank. Puscha pulte Erbsen aus den Schalen, ich half ihr dabei. Demonstrativ stellte ich mein Reindel ins Gras. »Du weißt ja nicht einmal, ob er sein Geld wert ist.«

»Sei so lieb, red nicht immer gleich drauflos, sondern denk erst nach. Gib ihm eine Chance.« Meine Großmutter grinste und kniff mich in die Wange. Es war ihre erste Berührung.

»Du musst mich nicht verkuppeln, Omama.«

»Um Gottes willen, nenn mich Puscha, ich bin viel zu jung für diese alberne Anrede.« Mehr sagte sie nicht.

Ganz klar, sie wollte mich von Petre weglocken. Der hatte sich über meine Zudringlichkeit beschwert. Anstatt sich direkt mit mir zu verständigen, erzählte er eines Abends, jemand hätte im Keller an seinem Schloss herumgestochert. Exakt dieses Wort verwendete er. Kein Name fiel, aber alle Augen ruhten auf mir.

»Wieso muss er abschließen, wo doch sonst alle Räume frei zugänglich sind?«

Eine Antwort bekam ich nicht, aber ich erntete jede Menge Verachtung, vor allem von Misch, was mich sehr bedrückte. Um es Petre heimzuzahlen, aber auch weil ich nicht wusste, wo ich meine Sehnsucht vor Anker gehen lassen sollte, durchsuchte ich am folgenden Tag erneut sein Zimmer. Ich gab mir alle erdenkliche Mühe, aber sein Tagebuch fand ich nicht.

Zwei Tage vor dem 23. August, dem wichtigsten Nationalfeiertag, fiel mir auf, dass Petre spätabends, mit einer Aktentasche unter dem Arm, das Haus verließ. Sofort war ich alarmiert. Ich wollte ihm folgen, doch in dem Augenblick klopfte es an die Tür, Puscha befahl mir aufzumachen und mich um den Besuch zu kümmern. Ein mir fremder Mann stand im Rahmen. Unwirsch bat ich ihn herein.

Alles Zetern half nichts. Meine Großmutter hatte

gebadet, war noch nicht wieder angezogen, deshalb durfte ich nicht weg. Als ich in die Küche zurückkam, beugte sich der Fremde im Unterhemd über unseren gedeckten Tisch. Schon wieder einer zum Einrenken, vermutete ich, doch dieser Mensch hörte nicht auf, sich auszuziehen. Er öffnete auch die Hose, rollte das Unterhemd hoch.

Ich erschrak. Über den Bauch hatte er sich ein halbes Lamm gelegt. Getrocknetes Blut klebte auf seiner Haut, ließ seine Bauchhaare wie Igelstacheln abstehen. Das kugelförmige Auge des Tieres starrte mich an. Bestimmt hatte ich geschrien, denn Puscha kam mit wehenden Haaren und falsch zugeknöpfter Bluse angerannt. Der Mann lachte. Vorsichtig schob er mehrere Teller beiseite, wuchtete das Lamm auf den Tisch. Es war gar nicht so groß, jede Menge männliches Bauchfett hatte falsche Ausmaße vorgetäuscht.

»Schrei nicht so, um Gottes willen.« Puscha griff in ihre Bluse, holte große Scheine aus dem BH und zählte das Geld ab.

»Wer war das?«, fragte ich, nachdem der Fremde seine schmierige Mütze kurz gelüftet und sich verabschiedet hatte.

»Mihai, der Metzger. Na gut, er ist kein richtiger Metzger, er arbeitet in der Fleischfabrik. So, wie er arbeitet, mit Blut an den Fingern, behandelt er auch seine Frau, er ist ein Schwein, aber …«

»Lass mich raten«, unterbrach ich sie, »man kann sich auf ihn verlassen.«

»Nicht einmal das«, gab sie zu. Aber das liege nicht an ihm, sondern am System. »Ist sein Chef besoffen, kann er ganze Schweinehälften aus der Fabrik schmuggeln, hat sein Chef hingegen eine neue Freundin und verzichtet auf Schnaps, sind die Zeiten schlecht.«

»Ich jedenfalls werde von diesem Fleisch nichts essen, es ist gestohlen. Nein, noch schlimmer: Es fehlt im Geschäft.«

»Blöd bist du, nur dass du es weißt. Dieses Fleisch kommt nicht in den Verkauf, das kannst du dir merken. Und wenn es dir lieber ist, dass ich sechs Stunden für ein paar Knochen anstehe, dann kannst du das demnächst gerne für mich erledigen.«

»Aber es ist zu viel«, protestierte ich. »Es ist ungerecht.«

»Joi, du glaubst, wir werden das Fleisch alleine essen? Das Wenigste davon behalte ich. Gleich morgen tausche ich es gegen Medikamente. So, da hast du deinen Sozialismus. Und jetzt pack mit an, wir müssen es zerteilen.« Sie band sich eine Schürze um, streckte mir ein altes Herrenhemd entgegen.

»Wer ist krank?«

»Niemand, aber erstens kommt es anders, und zweitens beruhigt mich die Anwesenheit von Medikamenten.«

Sie versorgte das Lamm alleine, denn ich verweigerte hartnäckig meine Mithilfe. Petre war mir durch die Lappen gegangen, und überhaupt machte hier jeder, was er wollte, und niemand hielt sich an die sozialistischen Ideale.

Am nächsten Tag kam ich erst abends aus der Schule. Trotz Ferien hatten wir die Aufstellung für den morgigen Marsch geprobt, das Lächeln, das Defilieren, das seitliche Blumenschwenken. Da sah ich, wie Petre das Haus verließ. Diesmal wartete ich nicht, bis Puscha mir eine Aufgabe übertragen konnte, noch in der Uniform, noch mit geflochtenen Zöpfen, folgte ich ihm. Es war wieder spät, nach neun Uhr. Der bevorstehende Feiertag hatte Lebensmittel in die Geschäfte gespült. Die Straßen quollen über, jeder hatte versucht, so viel wie möglich zu ergattern. Jetzt trugen die Menschen die kostbare Beute, ein halbes Kilo Fleisch, ein Stück Salami, ein frisches Brot, ein Stück Käse, nach Hause. Morgen Vormittag würden alle jubelnd defilieren, und am Abend würde das große Feiern im Familien- und Freundeskreis stattfinden.

Trotz der Wärme trug Petre einen Regenmantel. Unter dem Arm, kaum sichtbar, die Aktentasche. Ich hatte sie schon mehrmals in Mischs Zimmer gesehen. Immer war sie mit Unterlagen, technischem Kram, gefüllt gewesen. Vielleicht traf Petre sich mit einem Freund zum Lernen. Doch er schien kein rechtes Ziel zu haben. Oft blieb er stehen, schaute sich um. Eine Verfolgung war schwierig. Hinter dem Marktplatz stieg er in einen Bus und wechselte schließlich in einen Trolleybus, der uns ins Neubauviertel hinter Bartholomä brachte.

Neben zwei Männern ging ich in Deckung. Einer jung wie Petre, einer alt, wirklich alt, fast zahnlos und sehr nachlässig gekleidet.

»Soll ich ihn dir wirklich erzählen?«, fragte der Jüngere.

»Welche Kategorie?«

»Einer für fünf Jahre.«

Der Alte lachte, sein letzter Schneidezahn blitzte. »Nur fünf Jahre Kittchen, der kann nicht gut sein.«

Doch der Junge wollte seinen Witz loswerden. Er senkte seine Stimme: »Ein Geheimer verhört einen Kirchgänger:

›Gibst du zu, dass du gerade in der Kirche warst?‹

›Ja.‹

›Gibst du auch zu, dass du die Füße von Jesus Christus am Kreuz geküsst hast?‹

›Ja.‹

›Würdest du auch die Füße unseres obersten Genossen küssen?‹

›Sicher, wenn er dort hängen würde …‹«

Plötzlich tauchte Petres schöner Kopf auf. Er schien aussteigen zu wollen. Dass er mich nicht entdeckte, grenzte an ein Wunder. Der Trolley hielt ruckartig, wir stiegen aus. Vorsichtig eilte ich ihm hinterher und ließ ihn nicht mehr aus den Augen. Noch nie hatte ich ihn so nervös erlebt. Zwischen den Blocks konnte ich ihm leicht folgen, denn die Laternen waren aus Sparsamkeitsgründen noch nicht eingeschaltet worden. Und der Mond, schmal, hing verloren am Himmel, ein Silberband, mehr nicht. Auch hier tummelten sich zahlreiche Menschen, es herrschte Jahrmarktsstimmung. Männer und Frauen kamen von der Arbeit in der Zement- oder Traktorenfabrik zurück, Kinder spielten auf dem Trottoir, und ein Junge in meinem Alter präsentierte stolz seinen neuen Roller. Noch nie hatte ich ein solch kleines silbernes Ding gesehen. Die Reifen waren winzig, mit nur einem Finger konnte man lenken. Ein Westfabrikat, ganz klar. Seine Freunde umringten ihn und baten mit quengelnden Stimmen, eine Runde drehen zu dürfen.

Bis ich mich von dem Anblick lösen konnte, war Petre in einem Eingang verschwunden. Enttäuscht wollte ich abziehen, als sein dunkler Haarschopf hinter einer Hecke wieder auftauchte. Eine Dicke folgte ihm. Die beiden unterhielten sich kurz, dann zeigte die Frau mit der ausgestreckten Hand zum Ende der Blockreihe. Petre zögerte, und nachdem die Frau außer Sichtweite war, ging er nicht in die gezeigte Richtung, sondern bog scharf um die Ecke und trat in einen anderen Hauseingang. Mehr als zwanzig Parteien wohnten in einem solchen Block, da konnte man sich schon verlaufen. Petre aber benahm sich wie jemand, der gar nicht wusste, wen oder was er suchte. In zehn weitere Hauseingänge schaute er rein, kam wieder heraus, lief kreuz und quer durch die Siedlung. Sein merkwürdiges Verhalten konnte ich mir nicht erklären. Als es bereits nach zehn Uhr war, verlor ich seine Spur und fuhr alleine nach Hause.

Statt schimpfend empfing mich meine Großmutter mit einem breiten Lächeln. Sie saßen in trauter Runde beisammen, Misch, Constantin und Puscha. Und weil drei eine unglückliche Zahl sei, wie Puscha betonte, lud sie mich an den Tisch. Ich dachte, es gehe um Englischnachhilfe, und überlegte mir im Geiste bereits, an welchen Tagen ich Zeit haben würde, doch die drei planten eine Reise. Eine Reise, an der ich teilnehmen sollte. Urlaub am Schwarzen Meer, das hörte sich gut an, trotzdem lehnte ich ab.

»Red nicht so«, schmeichelte Puscha. »Und keine Sorge, wir zwei Alten fahren nicht mit, nur junge Leute, Freunde von Constantin.«

»Die kenn ich doch gar nicht«, protestierte ich, drehte mich auf dem Absatz um und wollte in mein Zimmer.

»Nichts da, hiergeblieben«, befahl meine Großmutter, »das wird jetzt zu Ende diskutiert.«

Zähneknirschend hörte ich mir ihr Vorhaben an, mein Interesse aber galt einzig und allein Petre. Ich musste wissen, was seine nächtlichen Abenteuer bedeuteten.

Mitten in der Nacht. Ein schabendes Geräusch war zu hören gewesen. Statt weiterzuschlafen, stand ich auf. Offiziell, um etwas zu trinken, inoffiziell, um zu kontrollieren, ob Petres Schuhe im Flur standen. Die Uhr in der Küche zeigte zwei Uhr, und er war noch nicht zu Hause. Traurig und verärgert ließ ich mich im Eingangsbereich neben dem Schuhschrank nieder. Es gab keinen vernünftigen Grund für mein Verhalten, die Welt würde sich nicht langsamer oder schneller drehen, nur weil ich Wache hielt, doch ich wollte es tun, ich musste es tun. Leos Decke lag da, ich faltete sie auseinander, legte sie mir über die Schultern und wartete.

Gedanken kamen wie Windstöße, manchmal sorgten sie für Erfrischung, dann wieder hauten sie mich fast um. Das Leben erschien mir ein seltsames Geflecht zu sein, aus Schwierigkeiten geflochten, durch spitze Stecknadeln zusammengehalten, an denen man sich oft verletzte. Wieder Geräusche, sie kamen von draußen. Das Flurfenster stand offen, und man hörte das Rascheln von Mäusen und das Schmatzen eines Igels. Ich wollte gerade nachschauen, da drehte sich ein Schlüssel im Schloss. Die Tür wurde einen Spaltbreit geöffnet, und eine Gestalt schob sich träge durch den Rahmen. Mit ihr wehte auch der Geruch von Alkohol herein und etwas, das an Abenteuer erinnerte und von dem ich ausgeschlossen war. Eine Frauenstimme kicherte im Hintergrund. Da wusste ich, meine Geduld war verschwendet. In der rechten Hand schwenkte Petre eine Flasche Wein, mit der Linken zog er dieses Weib herein. Trotz der Enttäuschung, trotz der Eifersucht war ich in der Lage, die Aktentasche zu vermissen. Bei wem hatte er sie liegen gelassen? Mich fröstelte, doch ich traute mich nicht aufzustehen. Ohne mich zu bemerken, schlich das Paar an mir vorbei und die Stufen nach oben. Wusste Petre, dass sein Vater heute bei Puscha schlief, und was hätte er getan, wenn das Zimmer besetzt gewesen wäre?

Das also war Mira oder Alexandra oder Marina. Deutlich spürte ich den Widerhaken, mit dem Petre sich in meinem Herzen verfangen hatte. Ich liebte und hasste ihn zugleich. Obwohl ich über einen Liter Wasser trank und dreihundert Schäfchen abzählte, konnte ich in dieser Nacht nicht wieder einschlafen.

Das Defilieren im halb wachen Zustand will geübt sein. Wie durch Nebel betrachtete ich von unserem Sammelpunkt aus die Aufstellung der Teilnehmer. Da waren die kleinen Falken, denen sich die Pioniere anschlossen, schließlich kamen wir, die Oberschüler. Meine Uniform hatte ich am Morgen bügeln wollen, doch das hatte ich leider nicht mehr geschafft. Karin versuchte, sich mit mir zu versöhnen, immer wieder stellte sie sich neben mich, doch ich blieb eiskalt. Der Gleichschritt fiel mir schwerer als sonst, das Jubeln auch. Nur kurz blickte ich hoch zur Ehrentribüne. Nichts hatte sich gegenüber dem Vorjahr verändert, aber ich war eine andere geworden. Die Soldaten, die Panzer, den ganzen schönen Rest bekam ich nicht mehr mit. Da feierte ich bereits mit Constantin auf einer grünen, einer sehr grünen Wiese. Wir feierten mit Schnaps. Am Abend erzählte ich ihm, dass ich mitfahren würde. Egal wohin, egal mit wem.

Wieder ein Brief von Mamusch.

Mein Honigpusserl,
die Schokolade schmeckt auch hier bitter, selbst wenn nicht Bitterschokolade draufsteht.

Unmöglich, diesen Satz zu verstehen, deshalb las ich ihn Misch laut vor.

»Auch drüben gibt's einen Geheimdienst, sie hat Besuch erhalten«, kommentierte er trocken.

Aber im Gegensatz zur rumänischen Schokolade kann man sie in heiße Sahne legen, sie zerfließt dann sekundenschnell. Übrigens, ich habe meine Stelle.

Da wurde mir klar, dass nicht vom rumänischen, sondern vom deutschen Geheimdienst die Rede war. Und weil sie eine Anstellung erhalten hatte, stand zu befürchten, dass sie als Antikommunistin oder Nichtspionin eingestuft worden war. Schade, dachte ich, Eltern sollten bestraft werden dafür, dass sie sich aus dem Staub machten und ihr Kind zurückließen.

Ich hoffe, es ist Euch recht, dass ich immer vom Essen schreibe.

Die mitgeschickten Fotos sprachen für sich, erweckten den Eindruck, sie wären einzig und allein wegen der Lebensmittelvielfalt in den Westen ausgewandert. Mamusch, sonst schlank, bis auf ihren Hintern, der immer schon etwas Wuchtiges gehabt hatte, war überall kugelrund geworden, strahlte zufriedenglücklich in die Kamera. Den Arm hatte sie um meinen Vater gelegt, der in kurzen, sehr bunten Hosen wie ihr Zwillingsbruder aussah, auch er wohlgenährt. Sein Adlergesicht lag hinter Hamsterbacken verborgen. Von Sport kein Wort in dem Brief.

Im deutschen und holländischen Gemüse lässt sich nicht das kleinste bisschen Leben finden. Ein Kopfsalat zum Beispiel: Legt man ihn ins Wasser, werden weder Schnecken noch Kellerasseln herausgeschwemmt, nicht mal eine. Das Wasser ist durchsichtiger als zuvor, als wären die Salatköpfe nicht auf Erde gewachsen. Schau, Dein Vater hatte recht. Hier ist wirklich das Paradies. Geld braucht man zum Einkaufen, das stimmt, aber die Zeit und die Muskelkraft kann man getrost zu Hause lassen. Einkaufen ist kinderleicht.

Ob hier auch eine versteckte Botschaft versandt worden war, wollte ich von Misch wissen. Doch er zuckte die Schultern.

Als Constantin mich abholte, bereute ich bereits meinen Entschluss. Petres Untreue war vergessen. Er hatte sich am darauffolgenden Tag wieder im Keller eingeschlossen, alle Spuren seiner nächtlichen Besucherin waren ausradiert worden. Nirgends fand sich auch nur ein einzelnes Haar, ein Lippenstiftrest von ihr. Als ich mich verabschiedete, kam er hoch und reichte mir feierlich die Hand. Für eine Umarmung standen wir uns zu nah oder zu fern, beides stimmte.

»Schlimm, das mit deinen Eltern«, sagte Constantin auf dem Weg zu seinen Freunden. Wir wollten uns in der Langgasse treffen, um von dort aus mit dem Wagen weiterzufahren. Weil mein Koffer eine Tonne wog, nahmen wir den Bus. Vorher aber entdeckten wir eine Menschenschlange und stellten uns an. Wie sich herausstellte, gab es Eis.

»Wie ist deine Mutter rüber?«, bohrte Constantin, während wir erstaunlich rasch aufrückten. »Wollen sie dich rüberholen?« Und weil ich nur die Schultern zuckte und so tat, als müsse ich Geld zählen, antworte er sich selbst: »Ich denke, sie werden zahlen. Es sei denn, sie bauen auf die Gnade Ceauşescus. Haben sie Bargeld, was glaubst du? Bestimmt. Vielleicht müssen aber auch Freunde von euch Geld lockermachen.«

Verlegen versuchte ich, das ergatterte Eis, das er mir gerade spendiert hatte, zu genießen. Versuchte auch, die neidischen Blicke der Mädchen um uns herum zu genießen. Beides war ein schwieriges Unterfangen. Aus meinem verlegenen Schweigen wurde ein besorgtes.

»Warum willst du das alles wissen?«

»Nur so.«

Meinem prüfenden Blick wich er aus, wiederholte hartnäckig seine Feststellung, dass ich ein armes, verlassenes Waisenkind sei. Das war eine hinreichend gelungene Einschätzung meiner Lage, aber aus seinem Mund empfand ich es als Beleidigung.

»Und deinen Eltern, denen geht's bestimmt fantastisch, drüben.«

Neben uns stand ein Zigeuner, lehnte sich auf seinen Besen, hörte interessiert zu. Constantin verstummte.

»Das heißt nicht drüben, das heißt neue Heimat oder Westdeutschland. Und meinen Eltern geht's beschissen, nur dass du es weißt. Mein Vater muss jetzt im Altersheim arbeiten, was er verabscheut. Die Lehrerausbildung haben sie ihm nicht anerkannt.«

Eingehend betrachtete ich Constantin von der Seite. Er war einen Kopf größer als ich. Mein Blick erreichte gerade einmal seine Schultern. Wie breit sie waren, wie stark sie wirkten. Und erst die Haare. Für eine solche Mähne wurde man von jedem Schuldirektor oder Hochschuldirektor angemahnt, außer man hatte Beziehungen oder galt als Genie. Viele wollten damals Tänzer, Künstler oder Sportler werden, das ermöglichte ihnen Auslandsaufenthalte, auch außerhalb der sozialistischen Bruderstaaten. Um unter den Auserwählten zu sein, musste man hart arbeiten. Puscha hatte mir erzählt, dass Constantin täglich trainierte. Aber wenn er so unglaublich erfolgreich war, wieso würdigte er mich auch nur eines einzigen Blickes? Ich war ein Nichts, niemand liebte mich, ich liebte mich ja selbst nicht. Er sah wirklich verdammt gut aus.

»Schreiben sie?« Ich erwachte wie aus einem Trancezustand.

»Wer?«

»Deine Eltern, wer sonst.«

Es war zwecklos. Ohne Hast drückte ich ihm das verklebte Eispapier in die Hand, bedankte mich für die Begleitung, dann ergriff ich meinen Koffer und ging wieder nach Hause. Es war ja nicht weit.

Constantin nahm Puschas goldene Hände nie mehr in Anspruch. Trotzdem ist etwas aus ihm geworden. Ich sah ihn im Dezember wieder. Misch hatte von der Redaktion Karten für die Oper in Bukarest geschenkt bekommen. Wir nahmen das Wagnis auf uns und besuchten einen ehemaligen Kollegen von ihm, der uns für eine Nacht sein Wohnzimmer zur Verfügung stellte. Übernachtungen waren meldepflichtig und durften nur bei Verwandten erfolgen. Daher sollten wir keinen Muckser und kein Licht machen. Am Abend schlichen wir durchs Treppenhaus, sehr darum bemüht, den Blockwart nicht auf uns aufmerksam zu machen. Wir benutzten auch kein Taxi, sondern gingen zu Fuß. Trotz der eisigen Kälte trugen Puscha und ich unsere besten Kleider und sehr dünne Seidenstrumpfhosen. Ein unnötiges Opfer an die Schönheit, wie wir später feststellen sollten, das große Haus war nur sparsam beheizt, und niemand zog den Mantel aus, und nur wenige setzten die Mütze ab, was die Sicht reichlich beeinträchtigte. Statt *Arsita*, einer Oper von Nicolae Brândus, wurde Tschaikowskys *Schwanensee* aufgeführt. Eine kurzfristige Programmänderung.

Drei Stunden lang saßen wir steif wie tiefgefrorene Kaninchen vor Tänzern, die ebenso froren wie wir, obwohl sie sich bewegten, obwohl sie lange fleischfarbene Unterhemden und Unterhosen unter den Kostümen trugen. Constantin spielte nur eine Nebenrolle, dabei wurde inzwischen getuschelt, er würde für die Staatssicherheit arbeiten.

Ein zaghaftes Lächeln ab und zu. Zugeworfen und aufgefangen im Vorbeigehen. Aber keine Brücke, über die ich hätte gehen können. Petre vermied Begegnungen mit mir. Das ist in einem Haus mit nur einem Bad, nur einem Klo, nur einer Küche schwer, aber er schaffte es. Als hätte er einen ausgetüftelten Plan erarbeitet, nutzte er geschickt die übereinanderliegenden Ebenen. Bewegte ich mich im ersten Stock, ging er in die Küche. War ich in der Küche, hatte er im Keller zu arbeiten. Die gemeinsamen Mahlzeiten wurden eingestellt, und wie und wo er sich duschte, blieb mir ein Rätsel.

Meine Gefühle wurden durchsichtig und sehr zerbrechlich, Porzellansplitter, die ich als Scherbenhaufen zusammenkehrte und in eine weit entfernte Ecke meines Bewusstseins schob. Schon lange musste ich wieder mit nur einem Herzen auskommen.

Kaum waren die Sommerferien zu Ende, kaum hatten wir uns wieder an das frühe Aufstehen gewöhnt, kaum hatten die Lehrer uns fluchend darauf hingewiesen, dass wir sämtlichen Stoff vergessen hatten, wurden wir als Erntehelfer rekrutiert. Ein Bus holte uns täglich vor der Schule ab. Körbe wurden verteilt, und wir bestiegen Apfel- und Birnbäume, die zu einer landwirtschaftlichen Kooperative in Rosenau gehörten. Ich pflückte voller Eifer und sang Lieder über den sozialistischen Aufbau. Mein vereinsamtes Herz fand Trost in der Liebe zu meinem Heimatland, und auf die Schulstunden zu verzichten, machte mir nun wirklich nichts aus. Gegen Mittag allerdings konnte ich einer Birne mit zartroten Bäckchen nicht widerstehen und biss hinein. Das war ein Fehler, vielleicht aber auch mein Glück, denn diese Birne, innen hart und saftig, außen weich, heilte mich vom Sozialismus. Unsere Vereinigung, ich rede immer noch von der Birne, wurde beobachtet, später sogar protokolliert. Mit zwei weiteren Übeltätern, die ebenfalls Staatseigentum aufgegessen hatten, wurde ich auf den Kartoffelacker verbannt. Soldaten hatten das Feld abgeerntet, wir sollten nun die Nachlese erledigen. Mürrisch machten wir uns an die Arbeit. Ich arbeitete flink und lieferte meine Beute beim Genossen Kooperativenleiter ab.

»Noch einmal, dieselbe Reihe!«, befahl er. Verdutzt suchte ich in den Furchen nach gelbbraunen Punkten.

»Auch die Mickrigen?«

Dem Nicken nachgebend wandte ich mich wieder dem Feld zu, kam nach einer weiteren Stunde mit meiner armseligen Beute zurück. Er, der Genosse Kooperativenleiter, war immer noch nicht zufrieden. Hilfe suchend wandte ich mich an meine Lehrerin, doch die wagte nicht zu protestieren. Selbst eine Pause wurde mir verweigert. Die beiden anderen Übeltäter aber hatten ihre Namen genannt und waren gnädig entlassen worden.

»Warum soll ich als Einzige weiterarbeiten?« Erschöpft hielt ich eine erbsengroße Kartoffel hoch. Nur mit Mühe konnte ich mich aufrichten. Mein Kreuz glühte, fühlte sich wie ein Stock an, der in der Mitte sauber durchbrochen worden war.

»Weil dein Name mir nicht gefällt!«, erwiderte der Genosse und rotzte mit viel Trara in ein tischtuchgroßes Taschentuch.

Am Abend konnte ich die Suppe nicht auslöffeln. Der Suppenlöffel entglitt immer wieder meiner zitternden Hand, fiel klirrend zu Boden. Puscha musste mich füttern.

Die sozialistischen Lieder sang ich am nächsten Tag nicht mehr mit, am übernächsten auch nicht. Und noch ein paar Tage später trat ich aus dem Verband der Werktätigen Jugend aus. Karin folgte mir, aus Solidarität, wie sie mir schrieb. Der dreiseitige Brief kam mit der Post. Darin teilte sie mir mit, wie wichtig ich für sie sei und dass ich sie bitte, bitte wieder als Freundin akzeptieren solle. Es klang wie ein Bewerbungsschreiben. Ich gab nach, und gemeinsam fluchten wir auf das System, das wir bis dahin für unantastbar und heldenhaft gehalten hatten.

Während den folgenden drei Erntewochen aber gab es kein Entrinnen. Jeden Morgen wurden wir mit den Worten: *Ihr seid tapfere Patrioten des Volkes* begrüßt und mit den Worten: *Auf euch kann man sich verlassen* verabschiedet. Wir trugen abwechselnd Zeitungshüte gegen die Hitze und warme Mützen gegen die kalten Herbstwinde. Der Wetterbericht im Fernsehen war gefälscht worden, von konstanten Temperaturen konnte keine Rede sein.

Niemand wurde krank, doch als die Schule wieder ihren Unterricht aufnahm, fehlte die halbe Klasse. Etliche waren am letzten Tag mit Angina oder Schnupfen heimgekommen und hatten sich ins Bett gelegt. Andere fehlten, weil ihre Schuhe während des Ernteeinsatzes ruiniert worden waren.

Auch ich musste mir Schuhe von Puscha leihen. Sie besaß zahlreiche Paare, in allen möglichen Größen, doch an die Absätze konnte ich mich nicht gewöhnen. Wie ein verletzter Storch knickte ich immer wieder um. Am Nachmittag fasste ich den Entschluss, das Modarom, Kronstadts größtes Kaufhaus, aufzusuchen.

Chinesische Turnschuhe waren geliefert worden. Schwarze für die Frauen, blaue für die Männer. Bereits auf der Straße hatte ich einen beißenden Geruch wahrgenommen. Oft blies der Wind aus östlicher Richtung, wehte die Verbrennungsrückstände des Müllbergs durch die Stadt, doch in der Abteilung mit den Schuhen roch es noch viel schlimmer. Es wunderte mich jetzt nicht mehr, dass sich an der Kasse keine Menschenschlange gebildet hatte.

»Haben Sie auch Lederschuhe?«, fragte ich eine der zahllosen Verkäuferinnen und hielt mir die Nase zu.

»Ja, allerdings von der Sonne verblichene und auch nur für Herren und auch nur in den Größen 40 und 42.«

»Und was tragen Frauen?«

»Turnschuhe oder Herrenschuhe«, antwortete sie, ohne zu zögern. »Bei Schnee merkt das kein Mensch.«

»Wofür gibt es Geld, wenn es nichts zu kaufen gibt?«, ließ ich Dampf ab.

»Keine Sorge, auch Geld wird knapp, ich habe mein Gehalt für den September immer noch nicht erhalten.«

Ich schwieg und stolperte enttäuscht heim.

»Servus«, begrüßte mich Puscha.

Den leeren Beutel in den Händen schwenkend verkündete ich mit der Stimme einer Lehrerin: »Dieser Staat nimmt auf die Bedürfnisse der Menschen keine Rücksicht.«

Meine Großmutter lachte mich aus. Menschen, wo ich denn Menschen sehen würde, wollte sie wissen? »Ich sehe akkurat gleich aussehende Pappfiguren. Solange es Brot gibt, wird sich niemand wehren. Aber das muss ich dir sagen, ausgerechnet dir? Sonst nimmst du unseren obersten Genossen immer in Schutz. Hört bei den Schuhen der Spaß auf?« Sie grinste triumphierend. Sechs Jahre sei es her, fuhr sie fort, »da habe ich ein Paar Schuhe ergattert, ein Paar, das mir wirklich gefiel. Alles andere kauft man, weil es diese Dinge gibt und die Nachbarin einem Bescheid gesagt hat.« Jetzt geriet sie in Fahrt. »Er, dieser Bulă, ist dabei, alle Auslandsschulden zu be…«

Sie hatte das Wort noch nicht zu Ende gesprochen, da klingelte es an der Hoftür. Wir schauten uns an. Und schluckten hastig nicht nur vorbereitete Wörter, sondern auch vorgedachte Gedanken hinunter. Puschas Gesicht war krebsrot angelaufen. Waren wir abgehört worden, oder hatte ich im Kaufhaus zu offensichtlich das System beleidigt? Niemand wollte öffnen, deshalb gingen wir zu zweit. Auch Leo spürte, dass etwas nicht stimmte, begann wie wild zu bellen und war nicht zu beruhigen. Vor der Tür stand einer von den Geheimen. Und wir waren sicher, dass unser letztes Stündchen geschlagen hatte. Stolz blickte er uns an, öffnete seine Lederjacke, entnahm der Innentasche einen Zettel, wippte mit den Schuhspitzen.

»Wohnt hier Genosse Vasile Sungiu?«, wollte er wissen.

»Wie bitte?«

Noch bevor er den Namen wiederholen konnte, begriffen wir. Er kam nicht wegen uns.

»Nein«, stotterte Puscha, und ihr ausgestreckter Zeigefinger zeigte nach rechts. Da lang, sollte das heißen, bedien dich dort.

Dann, wir hatten das Tor gerade geschlossen, umarmten wir uns stumm.

Die Vorsicht hielt nicht lange. Noch am gleichen Abend nutzte Puscha die Gelegenheit, um erneut vom Westen zu schwärmen. Eine direkte Aufforderung an mich, endlich den Pass zu beantragen.

»Nur der Pass beschert dir die Freiheit. Ich meine nicht die Freiheit eines Vogels, damit du reisen kannst, wohin du willst, und Güter anhäufst, ich meine die Freiheit, ein Mensch zu sein, ohne diese ständige Angst.«

»Weißt du, was sie mit dem Vasile gemacht haben?«

»Ich habe seine Frau gefragt, aber sie weiß natürlich nichts. Letztes Mal haben sie ihn für fünfzehn Jahre eingelocht.«

»Weswegen?«, wollte ich wissen und stellte mir diesen gütigen alten Mann vor, der uns im Frühling Tulpen und im Sommer süße Butterbirnen vorbeibrachte.

»Joi, wie du fragst. Für nichts und wieder nichts natürlich, obwohl …«, Puscha war aufgestanden, um sich ein Glas mit Leitungswasser zu füllen, »… vielleicht hat er doch etwas ausgefressen, damals war er ja noch ganz jung, und für nichts bekommt man höchstens zehn Jahre.«

Nachdem sie ausgetrunken hatte, kam sie noch einmal auf ihr ursprüngliches Thema zurück. »Geh endlich mit mir aufs Amt und gib die Papiere ab.«

Doch ich wollte nicht, wollte immer noch nicht zu meinen Eltern. Dann fiel mir etwas ein.

»Wo wohnt eigentlich mein Otata?«

4

Das Schweigen besitzt eine Farbe, dunkler als alle natürlichen Farben, es ist schwarz. Es schluckt das Licht und trägt in sich die Fähigkeit zu wachsen, sich auszudehnen, die Tiefe eins Burggrabens zu erreichen. Das Schweigen ist dazu geeignet, darin zu ertrinken. Ich aber wollte leben und die Wahrheit wissen. Wer ist mein Großvater? Lebt er? Warum erfahre ich nichts über die Kindheit meiner Mutter?

Die Fragen stellte ich nicht zum ersten Mal, doch Puscha wich mir auch diesmal aus. Ich bettelte und tobte umsonst. Erst als ich das Album holte und den Finger auf ein Foto legte, lockerte sich die Erstarrung in ihrem Körper. Sie nickte. Und ließ eine Zugbrücke für mich herunter. Tapfer betrat ich das schmale wacklige Ding.

»Das ist er, nicht wahr?«

»Ja. Und jetzt leg es wieder zurück.«

Das Bild, klein, unscharf, mit gezacktem weißen Rand, zeigte eine hübsche junge Frau mit hochtoupierten Haaren und einen sehr schmalen Mann in Uniform. Die Frau war Puscha, den Mann neben sich hatte sie als einen ihrer Brüder vorgestellt. Doch ein Bruder legt seine Hand nicht besitzergreifend um die Schultern der Schwester, ein Bruder lächelt in die Kamera statt ins vertraute Schwesterngesicht. Dieser Mann, das war mir bereits beim ersten Durchblättern aufgefallen, war bis über beide Ohren in Puscha verliebt.

»Ist das mein Otata? Warum sagst du nichts?«

Misch kam herein, begriff die Situation im Nu und versuchte, mich zu beschwichtigen.

»Lass sie, sie schämt sich.« Doch Ruhe war das Letzte, was ich jetzt brauchte.

»Warum? Ich will es wissen.«

Puscha fuhr sich über die Augen. Doch da war nichts. Keine Träne. Ihr Gesicht wie versteinert.

Kinder kommen als Kinder auf die Welt, hatte Herr Honigberger behauptet, damit sie alles und jeden hinterfragen. Ich war kein Kind mehr, doch ich hatte viele Fragen.

»Hast du ihn umgebracht? Hast du ihn mit deinem zweiten Mann betrogen, ist er deshalb auf und davon?«

»Komm, setzt dich«, forderte Misch mich auf. Seine Stimme klang merkwürdig gedämpft, als würde sich ein Kranker im Raum befinden. »Es ist nicht so schrecklich dramatisch, wie du dir das ausmalst. Die Sache ist eher banal. Aber wer redet schon gerne über Fehler, ich meine über die eigenen ...« Er sah Puscha an, suchte nach der Erlaubnis weiterzusprechen, »deshalb übertreibt sie es mit der Geheimniskrämerei«.

»Du weißt Bescheid?«

»Ich war Zeuge. Deine Omama und ich kennen uns seit der Schulzeit. Allerdings hat sie mich immer links liegen gelassen.« Erheitert schnippte er mit den Fingern. Es war eine zärtliche Geste, ein Zeichen seiner Liebe. Tief beugte er sich herunter, suchte Puschas Wange, doch die drehte sich zur Seite. Er traf ihre Nase und hauchte einen Kuss darauf.

»Komm«, murmelte er ihr ins Ohr. Dann setzte er sich erwartungsvoll neben mich.

Dieses Gefühl, an einem anderen Ort zu sein, in einer anderen Zeit, dieses Gefühl hielt lange an. Puscha war aufgestanden, hatte aus ihrem Schlafzimmer ein paar Hefte geholt und den Stapel vor mich auf den Tisch gelegt. Wie sie meinem Spürsinn entgehen konnten, war mir schleierhaft, ich hatte jeden Winkel von Puschas Zimmer durchsucht.

»No, schau, hier steht alles drin.« Meine Großmutter zog die Augenbrauen steil in die Höhe. »Das habe ich für deine Mutter aufgeschrieben, aber sie will es nicht lesen.« Die Lippen öffneten sich, klappten wieder zu. »Nicht aus Scham habe ich geschwiegen, sondern weil deine Mutter das Recht gehabt hätte, dir ihre Version zu erzählen. Frag mich nicht, warum sie es nicht getan hat.«

Puscha stand wie eine gelangweilte Schauspielerin vor mir. Die Rolle ist eine von vielen, bedeutete ihr Blick. Bild dir nichts darauf ein, dass ich dir etwas von mir preisgebe.

Die Hefte, makellos sauber, waren geschützt worden durch Leintücher oder Handtücher, in einem lichtlosen Schrank. Nahezu gewichtslos lag das erste in meiner Hand, ein liniertes Schulheft, bis zur letzten Seite mit eng aneinandergesetzten Zeichen gefüllt. Jeder einzelne Buchstabe gleichmäßig nach rechts gestellt, die Schrift einer braven Schülerin. Passt nicht zu meiner Großmutter, das war mein erster Gedanke. Mein zweiter: Einen Menschen, selbst wenn man mit ihm unter einem Dach zusammenlebt, kennt man nie ganz, auch nicht halb, höchstens etwas besser als seinen Nachbarn. Umsonst hatte Misch darauf gewartet, dass eine Diskussion oder Aufarbeitung in Gang kam, ich stand auf, bedankte mich bei den beiden mit einem Kopfnicken und zog mich in mein Zimmer zurück. Als Erstes suchte ich nach Jahreszahlen, fand aber keine. Die altmodisch wirkenden Umschläge, alle von gleicher Machart, deuteten darauf hin, dass Puscha die Hefte vor vielen Jahren gekauft haben musste. Sie waren mit römischen Zahlen gekennzeichnet. I–VI.

Eintauchen in ein fremdes Leben. Ich schlug das oberste Heft wie ein Buch auf und sprang mit einem Kopfsprung mitten hinein in das unbekannte Gewässer, ließ mich mitreißen und wurde Teil des Geschehens. Draußen lockten Amseleltern die Nachbarskatze mit wildem Geschrei vom Nest weg, doch davon bekam nur mein Unterbewusstsein etwas mit.

Puscha, einzige Tochter eines Gasthausbesitzers, war siebzehn, als sie alleine nach Wien fuhr. Sie hatte sich gegen den Willen ihres Vaters gestellt, sich durchgesetzt. Nicht Kindergärtnerin wollte sie werden, nicht Schneiderin, schon gar nicht Wirtin, sondern Zahntechnikerin. Bereits am ersten Tag, noch im Reisekleid, noch mit zwei Koffern beladen, noch weltfremd und schüchtern, trat sie einem Mann auf den Fuß. Sein Äußeres war sorgsam gepflegt, aber die blank geputzten Schuhe schienen das Wertvollste zu sein, was er besaß.

Herrje, stampfen Sie jemand anderem auf die Haxen, so oder so ähnlich soll er gebrüllt haben, denn meine Großmutter musste sich vielmals entschuldigen. Erwin Schuller, auch er ein Siebenbürge, ließ sich nicht beruhigen. Trotzig zeigte er auf eine Haarlinie im Leder.

Schuhwichse vielleicht, schlug meine Großmutter vor. Erwin Schuller aber schüttelte den schönen Kopf, folgte ihr. Folgte ihr bis vor die Tür der Familie Wegner, einem Cousin von Puschas Vater, meinem Urgroßvater. Dort sollte sie unterkommen. Die Familie lebte in einer kleinen Wohnung im dritten Stock. Im Parterre aber besaßen sie einen großen Verkaufsraum für Hundebekleidung. Das Geschäft ging besser, seit sie die neuen Trachtenmodelle ausstellten. Karierte Mäntelchen mit weißen Krägelchen und aufgenähten wattierten Westen. Die Myrthengasse war nicht leicht zu finden, und meine Großmutter schaffte es nicht, den aufdringlichen Kerl neben sich abzuschütteln. Ersatz verlangte er. Und wenn neue Schuhe nicht drin seien, dann doch wenigstens ein Probetanz. Wie sie denn hieße und woher sie komme, wollte er wissen, sie sehe ganz passabel aus, und tanzen könne sie vielleicht auch. Er sei auf der Suche nach einer Partnerin, fuhr er ohne Pause fort, seine sei krank geworden, schwanger, um Gottes willen, wie man sich in der jetzigen Zeit paaren und Kinder in die Welt setzen könne?

Man schrieb das Jahr 1939. In Siebenbürgen herrschte Euphorie, die Deutschnationalisten sahen sich bereits mit dem Reich vereinigt, doch Erwin Schuller war skeptisch. Ein österreichischer Anstreicher auf dem deutschen Kanzlerstuhl, was sollte das schon geben?

Mein Otata also war Tanzlehrer und nahm an Turnieren teil. Das stellte ich mir sehr schön vor. Wange an Wange mit zahlreichen Frauen, die unterschiedlich dufteten, die sich unterschiedlich anfühlten und zu ihm, dem Könner, dem Virtuosen aufschauten. Das war eine seiner Seiten, wie ich erfuhr. Da er aber auch hochtrabende Pläne schmiedete, musste er als Betrüger arbeiten, und so manche der hübschen Fräuleins wurde durch ihn ihre Ersparnisse los, weil er ihnen außer der

Liebe auch noch eine glorreiche Zukunft im Versicherungswesen versprach. Bei meiner Großmutter hielt er sich zurück, denn sie besaß nichts, und in sie verliebte er sich wirklich. Doch die Zeit drängte. Zu dem Zeitpunkt, als Erwin Schuller sie kennenlernte, saß er bereits auf gepackten Koffern. Er wollte auswandern, nach Amerika. Das tat er auch, doch vorher tanzte er mit ihr, eroberte sie beim ersten Walzer und forderte sie auf, mit ihm das Schiff nach New York zu besteigen. Puscha aber wollte ihre Ausbildung beenden, sie war ehrgeizig und den Eltern zu Dank verpflichtet. Doch die Liebe war da, groß und exklusiv, und konnte nicht übersehen werden. Hart arbeitete sie Tag und Nacht, sie wollte ihre Ausbildungszeit verkürzen und musste doch weinend dem Zug hinterherwinken, der Erwin nach Hamburg brachte und von dort in eine andere Welt.

Mein Herz, du kommst nach, schrie er, *wie soll ich ohne Herz leben, dort drüben.*

Wien, die Stadt der Liebe, der Düfte, der schönen Frauen und gut gekleideten Männer. Wien hatte sich für Puscha in eine farblose Großstadt verwandelt, in der sie litt. Doppelt litt, an der Trennung und an dem Leben, das in ihr wuchs. Verzweifelt schrieb sie Erwin, der im Bundesstaat Vermont gelandet war, von der Schwangerschaft; er solle sagen, was zu tun sei.

Oje, schrieb er, wie konnte das passieren? Nun denn, ich schicke dir einen Freund, der bringt Geld.

Was sie mit dem Geld machen sollte, schrieb er nicht. Der Freund kam sowieso nicht. Mit Mühe und Not beendete Puscha ihre Ausbildung. Zum Geburtstermin wollte sie rechtzeitig wieder zu Hause sein. Rumänien hatte Hitler Öllieferungen zugesagt, bot sich als Kriegshelfer an. Säbel wurden gewetzt, gegen Juden, Zigeuner und Linke. Und die dahinterliegende Gier lautete: Wohlstand und Macht zu konzentrieren oder neu zu verteilen. In Puschas Ohren klang das gut, die Ungewissheit jedoch, ob sie zu den Gewinnern oder Verlierern zählen würde, bereitete ihr große Angst.

Jedes Drama lebt von der Steigerung. Und selbst wenn man denkt, jetzt kann es nicht mehr schlimmer kommen, es kann. Als Puscha in Kronstadt eintraf, beide Hände mit Geschenken und Koffern beladen, ahnte sie nichts von den Ereignissen in der Schulmeistergasse. Ihre Eltern hatten gemeinsam den Freitod gewählt. Die Gastwirtschaft war hoch verschuldet und musste zwangsverkauft werden. Puscha war eine Waise geworden, wusste nicht ein noch aus.

Briefe nach Amerika durchquerten den halben Kontinent, bevor sie per Schiff weitertransportiert wurden. Sechs Wochen dauerte das Zustellen. Bis Antwort kam, noch einmal so lange. Also schickte man Telegramme.

Meine Eltern tot. Puscha.

oder:

Doris geboren, gesund. Kein Geld
mehr. Deine Mutter will mich nicht
empfangen. Puscha.

Die Antwort kam:

Komme selbst nach Kronstadt. Hole Euch. Erwin.

Das letzte Telegramm war auf ein kleines Format zusammengeschnitten und in das Heftchen mit der Nummer III geklebt worden. Die Schrift verschmiert, kaum lesbar. Wie eine erhobene Faust mahnte es: Das alles ist passiert, keine Geschichte, keine Erfindung.

Bange Monate vergingen, in denen meine Großmutter nicht viel mehr tat, als zu warten. Irgendwann aber stellte sie ein Kindermädchen ein, sie musste Geld verdienen. Ihre erste Anstellung fand sie bei Dr. Jakobi, Zahnarzt in der Angergasse. Die Hälfte des Verdienstes ging an das Kindermädchen, der Rest reichte gerade zum Überleben. Endlich das ersehnte Telegramm:

Bin in Hamburg. Ankomme in vier Tagen. Erwin.

Es war Winter, die Reise beschwerlich. In Europa herrschte Krieg. Alles war ungewiss. An der Grenze zu Ungarn stand ein junger Zöllner. Ihm fehlte ein Auge, für den Wehrdienst war er untauglich. Erwin Schuller, las er, geboren in Kronstadt, österreichischer Staatsbürger. Warum nicht beim Dienst?, wollte er wissen. Er hörte sich die Geschichte an, hörte Amerika, hörte das Wort Freundin und Kind und konnte nicht glauben, dass jemand nur an sich und seine Familie dachte. Es ging schließlich ums Ganze, um die Verteidigung des Vaterlandes. Der Zöllner rief seinen Vorgesetzten, der Vorgesetzte telefonierte wiederum mit seinem Vorgesetzten, und Erwin Schuller wurde festgenommen und wenig später in eine Uniform gesteckt. Sie war nur notdürftig gereinigt worden, zeigte am Rücken Blutflecken. In Kampfstiefeln durfte er den Hexentanz um Leben oder Tod tanzen, im Osten, in Russland. Rumänien durchquerte er in einem geschlossenen Eisenbahnabteil.

1942. *Ich war zwanzig,* hatte meine Großmutter unter das Telegramm geschrieben, in dem Erwin ihr von der Zwangsrekrutierung berichtete, *und ich war allein auf der Welt. Doris, ein Winterkätzchen, blieb winzig, wollte nicht wachsen. Der einzige Plan, den ich hatte, war, durchzuhalten, bis Erwin aus dem Krieg zurückkam. Bis dahin musste ich überleben. Ich gab das Kind weg, weil ich beim Jakobi nicht genug verdienen konnte, um eine Wohnung, das Kindermädchen und die steigenden Lebenshaltungskosten zu bezahlen. Ich richtete mir ein Dentallabor ein, machte mich selbstständig. Die Zeiten waren hart, aber es gab eine gewisse Freiheit für Frauen, die neu war. Viele Männer waren jetzt im Krieg.*

In Reps lebte eine Cousine meines Vaters. Sie war nur neun Jahre älter als ich. Ihrem Mann gehörte die Apotheke, und die beiden hatten vier Buben. Sie wünschten sich ein Mädchen. Doris war ein knappes Jahr, als sie sie bei mir abholten. Eine Zeit lang dachte ich daran, mich in Reps niederzulassen, um in ihrer Nähe zu sein, doch Kronstadt bot die besseren Möglichkeiten. Bereits nach wenigen Wochen wollten sie Doris adoptieren. Wir vereinbarten, dass Doris Bescheid wissen sollte. Sie sollte wissen, dass sie ein Ziehkind war und ich ihre Mutter. Nur unter dieser Bedingung willigte ich ein. Sooft ich wollte, durfte ich sie besuchen. Es war schön, sie aufwachsen zu sehen. Ich war die Mama Hertha,

Tatas Cousine war die Mutti. Das Geschäft in Kronstadt lief gut, Zahngold überschwemmte den Markt, ich konnte etwas zur Seite legen.

Auf der ersten Seite des letzten Heftes ein Brief. Am oberen Rand gefaltet und eingeklebt. Eine andere Handschrift, krakelig, als wären Amseln zuerst durch Tinte, dann über ein weißes Blatt gehüpft. Ich sah die Schrift meines Großvaters zum ersten Mal.

Datiert war der Brief am 16. Dezember 1947, abgeschickt worden war er allerdings erst im Januar des Folgejahres, in Nürnberg. Der Zweite Weltkrieg war überstanden. Opfer überall!

Aus einem trotzigen Gefühl heraus ließ ich den Brief unbeachtet und suchte nach der Handschrift meiner Großmutter.

1943 geriet Erwin in Kriegsgefangenschaft. Beim Rücktransport muss er durch Kronstadt gekommen sein, doch er ist nicht ausgestiegen. Vom Osten wolle er nichts mehr wissen, schrieb er mir nach seiner Ankunft im Westen, ich solle nachkommen. Nachkommen, ohne das Kind, wie stellte er sich das vor? Und die Grenzen waren dicht. Eine Handvoll Kommunisten hatte das Ruder übernommen. Fast wäre ich auch nach Russland deportiert worden, zum Wiederaufbau, doch ich konnte mich verstecken und entkam dem Transport. Mein Geschäft aber musste ich aufgeben. Die Verstaatlichung trieb mich auch aus meiner Wohnung, ich wanderte mit Sack und Pack nach Reps.
Ein Jahr verging, und nichts passierte, außer dass meine Liebe sich in Hass verwandelte. Man sagt das so leicht

dahin, aber so eine Verwandlung ist wie eine Häutung, schmerzhaft, und man kommt sich vollkommen schutzlos vor.
Doris wurde drei Jahre alt, ein stilles, zurückhaltendes Kind. Statt Freude ins Haus zu bringen, versteckte sie sich vor den vier Brüdern, machte sich unsichtbar, so gut es ging. Die Cousine meines Vaters hatte vor Kurzem ein Mädchen geboren, ein Nesthäkchen, sie wollte, dass ich Doris wieder zu mir nahm. Aber wo sollte ich mit dem Kind hin, ich besaß weniger als nichts. Außerdem hatte ich gerade George kennengelernt. Er war meine Fahrkarte in dem kleinen Boot, das sich nach und nach in einen Ozeandampfer verwandelte. Wenn schon im Unrat schwimmen, dachte ich mir, dann wenigstens obenauf. Oberstes Deck, wo die Luft besser ist. George war drei Jahre jünger, er war einfacher Arbeiter gewesen, bevor er der Kommunistischen Partei beitrat. Seinem Aufstieg schien nichts im Wege zu stehen. George wollte Kinder, aber Doris konnte er nicht akzeptieren. Ich musste wählen.

An dieser Stelle war die Tinte verwischt; das Papier wellte sich wie die Meeresoberfläche während eines Sturms.

»Doris oder George?«, wiederholte ich laut. Meine Großmutter, die Hure. Der Ausdruck war starker Tobak, aber eins schien festzustehen, sie hatte sich für ein angenehmes Leben und gegen ihre Mutterpflichten entschieden.

Obwohl die Aufzeichnungen nicht zu Ende waren, klappte ich das Heft zu. Ich mochte nicht mehr weiterlesen. Gespannt wartete ich auf die Empörung. Sie musste kommen. Ich wusste, dass sie da war, tief in mir drin, aber eine ganze Reihe neuer Gefühle ließ nicht zu, dass sie an die Oberfläche aufstieg. Männer gehen, und man schüttelt den Kopf. Aber wenn Frauen aufhören, sich wie Mütter zu verhalten, dann kann mit einem Entrüstungsbeben gerechnet werden. Aus weiblicher Sicht erschien mir das ungerecht. Bei meiner Mutter war das natürlich etwas anderes. Sie hatte *mich* verlassen, war in ein fremdes Land geflohen. Es stimmte, ich hasste sie mehr als meinen Vater. Aber ich konnte mich nicht dazu überwinden, auch meine Großmutter zu hassen.

Als ginge es darum, das Für und Wider einer Berufsausbildung abzuwägen, suchte ich Argumente für und gegen den Hass. Meine Großmutter war alles, was ich hatte. Sie liebte mich nicht, davon ging ich aus, aber sie war für mich da. Immerhin. Enttäuscht warf ich das letzte Heft zu den anderen auf den Tisch. Der Stapel wurde erschüttert, stieß gegen eine Karaffe mit Wasser. Neben der Karaffe ein Stirnband, rot, von meiner Mutter. Die Gegenstände bildeten auf der Pepitatischdecke einen optischen Dreiklang. Ich suchte nach meiner Kamera und holte die Gegenstände dicht vor die Linse. Alles gehört zusammen, irgendwie. Puschas Vergangenheit, Mamuschs Verletzungen, mein Alltag.

Leise, als wolle ich die Geister, die sich in meinem Zimmer versammelt hatten, nicht stören, legte ich mich aufs Bett. Ich weinte. Ich weinte um mich. Alle anderen hatten Schuld auf sich geladen. Da sollte es mir möglich sein, mich erhaben zu fühlen, doch ich fühlte mich miserabel. Als Kind, das wurde mir erst zu dem Zeitpunkt bewusst, hatten Bilderbücher, Filme, der Pfarrer, die Erzieherinnen und meine Eltern mir etwas versprochen. Sie hatten mir von einem allumfassenden Glück gesungen und erzählt. Wenn man nur tüchtig und mutig genug war, blieb die Belohnung nicht aus. Doch wo war mein Glück?

Ein heftiger Windstoß stieß das Fenster auf, ich schreckte hoch. Draußen fegten Wolkenhexen in rasendem Galopp vorbei. Es war so dunkel, dass ich das Licht einschalten musste.

Da stand Puscha in meinem Zimmer, als hätte sie auf ein Zeichen gewartet. Ihr Blick fiel auf den Heftturm, dann auf mich. Sie kam mir kleiner vor als sonst, älter, als wäre die Vergangenheit ein Zementsack, der sie zu Boden drückte. Doch ihre Stimme war ganz die alte, schneidend, Respekt fordernd.

»Und, was sagst du?«, wollte sie wissen. Mit der rechten Hand strich sie sich eine Strähne aus dem Gesicht, ihre Augen schauten lauernd. Ich verstand nicht, dass sie sich schützen musste.

Mehr als ein Nicken brachte ich nicht zustande. Mir war nicht klar, was sie hören wollte. »Dann komm, es gibt frische Pariserwurst.«

»Pariserwurst«, wiederholte ich. »Bei dir geht's immer nur ums Essen. Und nicht nur bei dir, bei Mamusch und Tata ist es genauso.«

»Joi, worum soll's denn sonst gehen im Leben. Komm«, wiederholte sie.

Ich zuckte die Schultern und suchte nach meinen Hausschuhen.

»Das Essen ist es jedenfalls nicht. Lebt mein Großvater noch?«, bedrängte ich sie in der Küche und durfte mit ansehen, wie sie unruhig auf dem Stuhl hin und her rutschte.

»Joi.«

Dieses »Joi« glich einem Schrei, kurz und laut.

»Wo? Kennt Mamusch seine Adresse? Du sagst immer, lass dir nicht alles aus der Nase ziehen. Warum …?«

»Meine Nase gehört mir, das kannst du dir merken. Und ich will nichts mehr von diesem Menschen hören.«

»Aber du hast mir die Hefte gegeben. Und deshalb musst du mir endlich alles sagen. Wenn er lebt, wenn er im Westen lebt, dann hätten meine Eltern regulär den Pass beantragen können, dann hätten sie mich nicht hier …«

Ich brach ab und schlug mit der Faust auf den Tisch. Es war eine kleine Faust, es sollte ein kleiner Schlag sein, doch ich traf ein Glas, es fiel um, rollte gegen die Milchflasche, die Milchflasche stieß gegen die Butterdose, und alles donnerte zu Boden. In dem Augenblick kam Petre hereingeweht, in der Hand schwenkte er die Parteizeitung *Scienteia.*

»Zieht euch warm an«, redete er drauflos, »ein neues Dekret ist verabschiedet worden. Im kommenden Winter soll die Raumtemperatur in Schulen und öffentlichen Gebäuden weiter sinken. Statt der üblichen zwölf Grad auf zehn Grad.«

Als niemand aufsah, drehte er sich verwundert um. »Das ist ideal für die Kakteen der Hausmeisterehefrauen. Was ist los mit euch, versteht ihr keinen Spaß mehr?«

Am folgenden Tag lauerte ich Puscha auf. Noch vor der Schule klopfte ich an ihre Schlafzimmertür. Misch war bereits weg. Sie saß am Schminktisch. Vor ihr lagen die Bürste, die Schminkstifte, diverse Puder und Salben. Hatte sie verschlafen? Sonst machte sie sich vor der Arbeit »schön«.

»Ob du reden willst oder nicht, ist mir egal, habe ich mir überlegt.«

»Ein ›Guten Morgen‹ wäre auch nicht verkehrt gewesen«, gab sie zurück. Puscha war dabei, sich die Augenbrauen nachzuziehen, jede Braue so rund wie ein Aquäduktbogen. Sie war gut darin, doch an diesem Tag zitterten ihre Finger.

»Gab es einen Kontakt zwischen Mamusch und meinem Großvater? Oder zwischen dir und ihm?«

Ich musste ihr helfen. Das Zittern hörte nicht auf. Während ich den Stift mit Spucke befeuchtete, während ich den verpatzten Bogen übermalte, legte ich Brotkrümelfährten, die sie aus dem Wald herauslocken sollten. »Kann sein, dass ich zu ihm ziehe. Er wohnt doch drüben, nicht wahr?« Gemeinsam betrachteten wir das Ergebnis meiner Arbeit. Sie im Spiegel, ich im Original.

Puscha schluckte. Sie hustete. Sie räusperte sich, als hätte sie tagelang nicht geredet.

»Also, dein Großvater hat sich nie mehr bei mir gemeldet, so viel zur Treue. Und deine Mutter«, sie räusperte sich erneut, wie vor einer körperlichen Anstrengung, einem Hochsprung zum Beispiel, »hat gemacht, was sie wollte.«

Eine Pause entstand, in der sie sich nur kämmte und ich ihr nur zuschaute. Dann stand ich auf und stellte mich hinter sie, sodass sich unsere Augen im Spiegel begegneten. Zum ersten Mal stellte ich eine Ähnlichkeit zwischen uns fest. Vielleicht war es die Linie unserer Nasen, vielleicht die Augen.

»Und?«, bohrte ich.

»Ob sie ihrem Vater geschrieben hat, musst du Pilla selbst fragen.«

Ich dachte aber nicht daran, meine Mutter da reinzuziehen. Sie sollte sich selbst um ihr Leben kümmern. So wie ich mich um meines kümmerte. Ohne Bescheid zu sagen, ging ich aus dem Haus. An diesem Tag schwänzten Karin und ich die Schule. Ich hatte ihr einfach zu viel zu erzählen.

Als ich spätabends in mein Zimmer zurückkehrte, waren die Hefte verschwunden.

Immer noch kam wöchentlich ein Brief aus dem Westen, immer noch antwortete ich nicht. Trotzdem erhoffte ich mir einen Anruf. Mir fehlten Mamuschs Duft und ihre Stimme. Und ich wollte sie nun doch nach meinem Großvater fragen. Aber sie rief nicht an. Sooft ich konnte, hörte ich *Radio Freies Europa*. Es war verboten, aber das war mir inzwischen egal. Gegen jedes bessere Wissen hoffte ich, die Stimme meiner Mutter zu hören. Ich stellte mir vor, wie sie mir Grüße sendete, wie sie mich um Verzeihung bat. Ich wartete vergeblich. Was ich stattdessen hörte, waren Berichte über Dissidenten und politische Gefangene. Plötzlich horchte ich auf. Eine tiefe Männerstimme berichtete:

In Kronstadt, rumänisch Braşov, kam es am 15. November zu einem spontanen Aufstand von Fabrikarbeitern. Die mit Bussen herangekarrten Arbeiter der Steagul Roşu, der

Hidromecanica und der Tractorul gingen nicht wie geplant jubelnd an die Wahlurnen, sondern drangen gewaltsam ins Rathaus ein. Sie wollten damit gegen die vor Kurzem vorgenommenen Lohnkürzungen und die manipulierten Wahlen protestieren, bei denen die Ergebnisse von vorneherein feststehen. Wie Augenzeugen berichteten, wurde der Aufstand innerhalb weniger Stunden niedergeschlagen. Es gab über sechzig Verhaftungen.

War das möglich? Mein Blick fiel auf den Kalender. Es war Dienstag, der 17. November 1987. Demnach wäre der Aufstand vor zwei Tagen gewesen. Im Fernsehen hatten sie Ceauşescu bei Gesprächen mit dem ägyptischen Präsidenten gezeigt. Alles lief bestens. Von einem Aufstand war mir absolut nichts bekannt. Rasch holte ich Puscha aus der Küche, erzählte ihr atemlos, was ich gehört hatte, doch sie schüttelte den Kopf.

»Märchen. Nicht sehr glaubwürdig«, seufzte sie und wischte sich die Hände an der Schürze ab. »Wir hätten doch etwas mitbekommen. Allerdings stehen in der Postăvarul zwei Wasserwerfer herum, die sind …« Mehr konnte ich nicht verstehen, sie war davongeeilt.

Ja, auch Wendi hatte *Radio Freies Europa* gehört, auch meine Freundin Liane. Ihr Vater hatte an der Wahl teilnehmen müssen, doch von einem Aufstand, einer Revolte gar, hatte er nichts mitbekommen. Vielleicht, so dachte ich, stimmte es ja doch, und die Amerikaner versuchen durch Nachrichtenfälschungen ihre Macht in Richtung Osten auszudehnen. Zuzutrauen wäre es ihnen. Mit diesem Gedanken vergaß ich das Ganze.

Doch als ich am nächsten Nachmittag am Gebäude der Partei- und Kreisverwaltung vorbeikam, bemerkte ich, dass vier Bauarbeiter mit Renovierungsarbeiten beschäftigt waren. Die hölzerne Eingangstür des gepflegten gotischen Bürgerhauses wurde erneuert. Beim Weitergehen blieb mein Blick am grünen Sockelabsatz hängen: *Nieder mit C – gebt uns Essen!* stand dort geschrieben. Ein erster Deckanstrich hatte die hungrigen Zeilen nicht zu übertünchen vermocht. Keine Ahnung, was in mich gefahren war, plötzlich fiel mir meine Kamera ein, ich holte sie aus der Schultasche. Für die Schülerzeitung hatte ich ein Klassenfoto geschossen, jetzt aber handelte ich ohne Auftrag, nahm den übertünchten Häusersockel ins Visier, drückte ab. Klick und noch einmal. Da war der Reiz, der Reiz des Verbotenen, das gebe ich gerne zu. Rasch blickte ich mich um, dann hastete ich davon. Mit klopfendem Herzen. Ich kam nicht weit. Gerade einmal bis zur nächsten Straßenecke, aber weit genug, um mich sicher zu fühlen. Als sie mir die Schultasche wegrissen, dachte ich zunächst an Diebe und schrie. Doch dann sah ich ihre Schuhe. Lederschuhe, neu. Da verstummte ich und wusste, meine Kamera würde ich nie wiedersehen.

Dreimal täglich, wie eine Prinzessin, hatte der Herbst sich umgezogen und uns demonstriert, dass auf ihn kein Verlass war. Doch als der Winter ihn mit Wucht aus dem Land vertrieb, vermissten wir die launische Prinzessin. Der Winter regierte wie ein absolutistischer Herrscher. Über Nacht wurde es weiß in Kronstadt. Ein eisiger Wind fegte durch die Straßen, wirbelte die Kristalle zu bizarren Schneezungen auf, die Sonne ließ tagsüber Stalaktiten an den Dachrinnen wachsen.

Gas gab es morgens von fünf bis sieben, danach floss das Gold in die Fabriken. Erst am Abend konnte man wieder kochen oder heizen. Wer nicht zur Arbeit ging, musste sich tagsüber in Geschäften herumdrücken, damit er nicht erfror. Jetzt rächte sich, dass Puscha ein Organisationstalent war.

Sie verließ um halb sechs das Haus, um im Milchladen auszuhelfen. Wenn sie wiederkam, gab es kein Gas mehr. Widerwillig stand ich mit ihr auf und kochte das Mittagessen vor. Französische Erdäpfel, Topfenknödel, Suppe. Immer musste es schnell gehen, immer musste es dem Anspruch – einfach aufzuwärmen – gerecht werden.

In unserer Küche wuchs ein Ofenrohr aus dem Fenster. Mittags wärmten wir das Essen auf einem alten Kohleherd, der zehn oder zwanzig Jahre lang im Geräteschuppen gestanden hatte.

»Joi, dass ich ihn noch einmal brauchen würde, wer hätte das gedacht«, murmelte Puscha. Kein Wort mehr über die Misswirtschaft im Land, über dieses Schreckgespenst Sozialismus, über den lispelnden Gnom, der es nicht schaffte, seine Untertanen mit dem Lebensnotwendigsten zu versorgen. Kräfte wurden sorgsam eingesetzt, zum Anstehen, zum Holzsammeln. Auch Kohlen gab es keine, deshalb wurde der Ofen mit minderwertigem Zeug gefüttert. Die Rückstände ließen sich als schwarzer Ruß in Puschas Küche nieder.

Petres Mutter, sonst nie zu sehen und selten zu hören, schrie sich die Lunge aus dem Leib. Der Rauch drang in ihr Zimmer, sie hatte Angst zu ersticken. Ihr Schlafzimmer und das von Misch und Petre mussten getauscht werden. Da sah ich sie zum ersten Mal. Ihr milchiges

Gesicht war in den hellen Laken kaum zu erkennen. Aus dunklen, tiefliegenden Augen starrte sie mich an. Diese Augen erzählten mehr vom Sterben als vom Leben, und durch die eingefallenen Wangen schimmerten die Knochen. Eine Gänsehaut bildete sich auf meinen Armen, und ich ließ den Stuhl fallen, den ich gerade von einem in das andere Zimmer hatte tragen wollen.

»Warum bringt ihr sie nicht ins Krankenhaus?«, fragte ich Petre, der mein Entsetzen kommentarlos beobachtete. Es war unser erstes Gespräch seit Monaten.

»Weil kein Krankenhaus sie aufnimmt, die Ärzte würden sie in ein Heim einliefern. Dort würde sie innerhalb weniger Tage sterben. In Bâile Gorova kratzen sie den Kalk von den Wänden.«

War es blöd, die naheliegende Frage zu stellen? Ich stellte sie trotzdem.

»Warum?«

»Kälte und Vernachlässigung.«

Darauf gab es nichts zu erwidern. Ich schwieg verlegen und beeilte mich, den Stuhl aufzuheben.

Hungrig suchte ich an diesem Tag noch ein paarmal Petres Blick, doch er schaffte es jedes Mal, in eine andere Richtung zu schauen. Selbst als ich ihm ein jüngeres Exemplar der inzwischen verbotenen *Prawda* unter die Nase hielt, ich hatte sie unter dem Nachttisch seiner Mutter gefunden, sah er mich nicht an.

»Die kannst du verbrennen. Es steht nichts Spannendes drin. Gorbatschow spielt sich im Kreml als großer Chef auf, aber uns kommt er nicht zu Hilfe.« Da war ich anderer Meinung, aber ich schaffte es nicht, ihm zu widersprechen.

In der folgenden Nacht brachte er seine Freundin mit, wie um mir zu demonstrieren, dass ich chancenlos war. Mira oder Alexandra oder Marina. Singend polterten sie die Stufen nach oben. Ich hielt es im Bett nicht mehr aus, trat vor Petres Tür und horchte. Lange hörte ich nichts. Dann hörte ich es doch. Ein Kichern und Quietschen und Obertonjammern. Es hätte nicht viel gefehlt, und ich hätte gegen die Tür gedonnert. Doch wozu? Heulend ging ich ins Bad und schnitt mir die Haare ab, streichholzkurz, ohne in den Spiegel zu schauen. Danach fegte ich sie sorgsam zusammen und stopfte sie in Petres Schuhe. Mit Füßen trat er mich, das sollte er wissen.

Puscha japste nach Luft, als sie mich am nächsten Morgen sah. Sie klang wie ein verletztes Tier, und als habe sie Angst zu erblinden, hielt sie sich die Hände vor die Augen.

»Kruzitürken, wenn du dich schäbig machen wolltest, dann ist dir das mehr als gelungen. Nimm Geld und geh zum Friseur, vielleicht ist noch etwas zu retten.«

Ich lehnte dankend ab. Wenn man infiziert ist, so richtig krank, dann pfeift man auf die Hilfe von Amateuren, die gar nicht wissen, worum es geht.

Der Umzug hatte Petres Mutter nicht gutgetan. Sie starb, wie sie die letzten Jahre über gelebt hatte, einsam, unauffällig. Misch fand sie morgens, als er mit einer Schale Hafergrütze in ihr Zimmer ging.

»Sie ist kalt wie ein Eisschrank«, meldete er und rief im Büro an. Doch sie gaben ihm nicht frei. So musste die Tote bis zum Abend warten. Weder Puscha noch ich trauten uns in ihr Zimmer. Petre hatte auswärts geschlafen.

Beim Mittagessen sahen Puscha und ich uns an.

»Bist du froh?«, wollte ich wissen.

Sie zuckte die Schultern, stieß die Gabel in die Tokană. Die Erleichterung war greifbar.

»Joi«, seufzte sie, »es ist, wie es ist. Es ist gut für Petre. Endlich bekommt er sein Zimmer zurück. Die Koffer waren schon lange gepackt.«

»Welche Koffer?«

»Wenn du über sechzig bist, so wie ich, dann sitzt du auf gepackten Koffern. Er kann jeden Tag kommen und …« Sie zögerte.

»Und was?«

»Dir die geschärfte Sense zeigen.«

»Er da?«

Ich sah hoch zum Plafond, folgte ihrem Blick, doch da war niemand. Nur der Wasserfleck, der seit Jahren von einer Überschwemmung im Bad berichtete.

»Wie willst du beerdigt werden?« Es war an der Zeit, sich Gedanken zu machen. »In welchem Kleid, meine ich.«

Sie lachte.

»Bravo, du bist mir eine. Soll dein Lehrer noch einmal behaupten, du wärst mundfaul. Joi, wenn du es genau wissen willst, zieh mir den schwarzen Rock an und die weiße Bluse mit dem großen Kragen. Ja, genau die, die du nicht magst. Dem Chef wird das gefallen. Aber kauft ja keinen Sarg. Merk dir das. Es darf kein Deckel zugehen …«

Fragend schaute ich sie an. »… da drin kriegt man keine Luft«, behauptete sie ernsthaft.

»Was du redest. Man darf doch nicht ohne Sarg beerdigt werden. Sogar zum Verbrennen braucht man einen.«

Puscha schüttelte den Kopf. »Verbrennen kommt nicht infrage. No, was ist, wenn der Schreck, die Hitze, was weiß ich … mich aufwecken?«

Zur Trauerfeier meldeten sich über vierzig Personen an. Nie hatte Frau Dobresan Besuch erhalten, jetzt kamen sie von überall her. Exschwestern und Exfreunde, Exnachbarn und Exschwäger. Nach der Beerdigung wurde ins Restaurant Hirscher eingeladen. Am Vortag war Misch nach Zeiden gefahren und mit einem halben Schwein zurückgekehrt. Von der Kooperative, Direktverkauf, behauptete er, doch niemand wusste, ob das stimmte. Ein Achtel Schwein bekam der Hirscher-Koch, damit er den Mund hielt, der Rest wurde von den Trauergästen verspeist. Dazu gab es Selbstgebrannten aus großen Flaschen. Wir trauerten, bis wir nicht mehr konnten. Nur Petre saß still und in sich gekehrt in einer Ecke. Noch bevor die Reden geschwungen wurden, verdrückte er sich. Dabei waren sie sehr ergreifend, wenngleich der Pope gegen Ende seinen Text vergaß. Nicht nur die Erinnerung, auch die Zunge wollte ihm nicht mehr gehorchen. Trotzdem: Ein unvergleichlich schönes Fest. Und es tat mir wirklich leid, dass ich mich nicht mehr um Petres Mutter gekümmert hatte, als sie noch lebte.

Zwei Tage später kam ein Herr in Zivil vorbei. Genosse Soundso vom Wohnraumbewirtschaftungsamt. Ein Zimmer sei frei geworden, erzählte er, die Nachbarn hätten ihn informiert.

»Von wegen Mehrzahl«, schimpfte Puscha, »bestimmt will der junge Duran hier einziehen. Vorgefühlt hat er bereits. Herr Dobresan ist mein Zeuge.« Sie zeigte auf Misch, dessen Miene verriet, dass er von gar nichts wusste. »Aber was kann ich dafür, dass er seine Kollegin geschwängert hat, bevor die Wohnungszusage kam. Gut hat er es bei seinen Eltern gehabt. Aber die haben jetzt die Nase voll von ihm. Und ich will ihn und seine Perle auch nicht haben, vom Kind ganz zu schweigen«, Puscha erregte sich immer mehr, bekam Atemnot. Rote Flecken überzogen ihr Gesicht, und Misch musste sie mit einer Handbewegung zum Schweigen bringen. Hinter seiner hohen Stirn arbeitete es.

»Lieber Genosse«, begann er und schaute ernster, als ich es je bei ihm gesehen hatte, »da kann es sich nur um einen Informationsfehler handeln. Das Zimmer meiner Frau ist sehr klein. Es ist frei geworden, das stimmt, aber machen Sie sich selbst ein Bild.« Er winkte den Beamten hoch. »Kommen Sie.« Im Aufstehen jedoch rief er plötzlich: »Halt! Da fällt mir ein …, sollte man die Leintücher, ich meine wegen der Bazillen, nicht vorher … aber was, Sie sehen nicht empfindlich aus.«

»Doch«, sagte der Genosse entschieden.

»Also gut, dann warten Sie hier.«

Von oben hörte man Gepolter. Niemand sprach ein Wort, alle starrten nach oben. Wo war Petre? Der Genosse trank Puschas Weichsellikör leer.

»Nur zu«, animierte ihn Puscha. »Der ist selbst aufgesetzt. Im Keller habe ich noch eine Flasche, die dürfen Sie Ihrer Frau Gemahlin mitnehmen. Sie haben doch eine Frau, nicht wahr?«

Endlich kam Misch zurück, und zu zweit gingen sie

nach oben. Der Genosse wirkte angespannt, stolperte aber kein einziges Mal. Vorsichtig schlich ich hinterher und wunderte mich sehr. Die Stimmen kamen aus dem Badezimmer. Zwischen Klo und Badewanne eingeklemmt stand ein Bett, Frau Dobresans Eisenbett. Ohne Leintuch, ohne Bezug. Die Matratze sah katastrophal aus. Am Duschvorhang hingen Frauenkleider, ordentlich aufgereiht. Eine Ikone war am Wäschehaken befestigt worden, Pantoffeln standen neben der Tür. Sogar ein aufgeschlagenes Buch lag auf der Ablage.

»Und wo baden Sie?«, hörte ich den Genossen fragen.

»Das Bad ist schon länger kaputt, wir waschen uns in der Küche. Aber das Klo benutzen wir nach wie vor.«

»Das ist ja ekelhaft.« Den ausgeschenkten Likör trank der Genosse nicht aus, doch die Flasche für seine Ehefrau nahm er mit.

Misch und Puscha stritten jetzt oft. Sie waren glücklich. Wie Geschwister gingen sie aufeinander los, zankten sich um Kleinigkeiten. Wenn ich zu schlichten versuchte, lachten sie mich aus.

»Schau, sie mag uns«, sagte Puscha dann stolz und nahm ihren Kapitän in den Arm. »Er gehört jetzt mir ganz allein«, fügte sie hinzu. »Damit er nicht übermütig wird, muss ich mit ihm kämpfen.«

5

Von der Trauerfeier war uns ein Gast übrig geblieben. Jemand hatte Marina, Mischs Nichte, vergessen. Nach einigem Nachfragen stellte sich heraus, sie sollte für ein paar Wochen bei uns wohnen. Sie war erst zehn Jahre alt, ein Küken, doch ich verdanke ihr viel. Zunächst aber verteidigte ich mein Revier.

»Bei mir wird sie nicht länger schlafen«, fauchte ich.

Vergebens. Puscha baute sich vor mir auf, beschrieb mit eindringlichen Worten, wie krank Marinas Mutter sei, und drohte, sie würde mich auf die Straße setzen, wenn ich es noch einmal wagen würde, ein Zimmer für mich allein zu beanspruchen. Der Streit dauerte drei Minuten. Wütend beschloss ich, schnellstmöglich auszuziehen.

Puschas Großmut war geheuchelt.

»Eine Trinkerin«, charakterisierte sie Mischs Schwester wenig später, zog die Nase hoch und ließ zu, dass ihr Mund verächtlich zuckte.

Sobald Marina im Bett war, erfuhr ich: Roza, Mischs Schwester, hat in ihrem Leben viele Schicksalsschläge einstecken müssen. Der Schlimmste war, dass sie mit achtzehn Jahren einen gewissen Nicolaie kennenlernte, ihren späteren Mann. Dass er sie nach nur drei Jahren verließ, machte die Sache nicht besser. Die Erblast war hoch. Denn aus der Zeit mit ihm waren ihr seine alte Mutter, ein Kind und die Liebe zum Schnaps geblieben.

Sie arbeitete in einer Kolchose, fütterte Hühner, mistete Ställe aus, fuhr die ausgemusterten Hennen zum Schlachthof. Nie gab es bei ihr Huhn, nie verwendete sie Eier zum Backen.

»Wie du redest«, unterbrach Misch meine Großmutter, »sie hätte das Kind gern abgetrieben«, argumentierte er, »sie wollte auf die Handelsschule. Glaub mir, sie hatte was auf dem Kasten.« Er seufzte. »Aber ich war weit weg und konnte ihr nicht helfen.«

Ohne Überleitung fragte er: »Kennt ihr den? Kommt einer ins Krankenhaus. Rechts einen großen Koffer, links einen großen Koffer.

›Wie heißt du?‹, fragt der Portier.

›Laurentiu Venga.‹

›Sag, Laurentiu, was willst du mit den großen Koffern? Wir sind kein Hotel.‹

›Einer ist für mich‹, stottert der Patient, ›einer für euch. Das ist so üblich, sagte man mir.‹

›Bist du blöd, was ist drin in dem Koffer, den du für uns gepackt haben willst?‹

›Geld‹, stöhnt der Patient. ›Für dich, die Schwestern, für die Ärzte, für Bettwäsche, für Essen, für warmes Wasser, für Medikamente, für die Besuchererlaubnis. Dreizehntausend Lei. Sechs Monatsgehälter.‹

Der Portier rauft sich die Haare.

›Ich wiederhole, du bist blöd. So was macht man diskret. Man kommt mit etwas Geld, nicht zu wenig, nicht zu viel. Am nächsten Tag lässt man sich noch etwas von der Frau mitbringen, man stöhnt, man windet sich. Das ist schmieren. Aber so, wie du daherkommst, macht es keinen Spaß. Verschwinde und lass dich nicht vor übermorgen blicken.‹

›Aber, aber‹, stottert der Patient. ›Ich habe morgen einen Operationstermin.‹

Der Portier lacht ihn aus. ›Du Trottel, den Termin habe ich längst an einen anderen verkauft. ‹«

»Warum erzählst du diesen blöden Witz?«, wollte ich wissen, »der ist uralt.«

»Weil ich meine Schwester morgen ins Krankenhaus fahren muss, deshalb.«

Trotz Kälte, trotz heftigem Schneefall fuhren Petre, Marina und ich in die Schullerau. Mütze, Schal, zwei Paar Handschuhe, gefütterte Jacke, wattierte Hosen. Wir zwängten uns mit doppeltem Lebendgewicht in den Bus, die Rodelschlitten fest umklammernd. Es war Sonntag, und die Menschen lachten mit roten Backen. Ein Glück lag in der Luft, ein Glücksschwamm, der die Alltagssorgen aufzusaugen schien. Schlangestehen vor dem Schalter, das ja, Drängen und Schubsen vor dem Bus, auch das, aber es ging nicht um Brot und Milch und das Lebensnotwendige, sondern um Freizeit und Spaß, sodass Menschen, die das Lachen verlernt zu haben glaubten, verlegen mit den Mundwinkeln zuckten. Kronstadt, weißgepudert, glänzte silbrig, glich einer Braut, die umarmt und zum Tanz geführt werden wollte.

Auch wir konnten uns dem Sog nicht entziehen, Petre, Marina und ich.

Aus dem Weg! Bahn frei! Endlich war es ein Miteinander, und es gab kein Ausweichen mehr. Petre und ich genossen eine abenteuerlich lustige Schlittenfahrt, und Marina, das Kind, wurde zum Alibi für unser Vergnügen. Jauchzend saß sie vor mir, Beine weit gegrätscht. Dichter Pulverschnee füllte uns Augen, Münder und Nasen, wir sahen nur einen Meter weit, trotzdem rauschten wir ungebremst den Rodelhang hinunter. Das ging lange gut. Dann ein Schatten, eine Schrecksekunde, ein Aufschrei. Das Knirschen war ohrenbetäubend. Schließlich Stille wie vor einem Sommergewitter. Die Stimmen um mich herum waren verschluckt, ich lag in einem Berg aus Schnee, eingegraben bis zur Nasenspitze. Erst nach und nach spürte ich, dass in meinem linken Bein eine Uhr pochte. Erschrocken rappelte ich mich auf. Doch ich knickte sofort wieder um und blieb endgültig liegen.

Bereits nach wenigen Minuten entstand eine Hitze in mir wie an einem Lagerfeuer, ungleichmäßig, launisch. Oben, da wo Petre stand, war es kaum auszuhalten, von unten jedoch kroch die Kälte, dieses gefräßige Tier, in mich herein. Ich begann zu zittern. Jemand holte Hilfe. Petre wich nicht von meiner Seite, er hielt meine Hand und redete Unsinn. Liebkosungen und wirre Verwünschungen wechselten sich ab. Das eine auf Rumänisch, das andere auf Deutsch. Ich musste lachen. Das Glück, so lernte ich an diesem Tag, kommt nicht zur geplanten oder erwünschten Stunde, sondern eifert der Trauer nach, die sich ebenfalls an keine Regeln hält und einen am liebsten dann überfällt, wenn man sich gerade sicher fühlt. Dankbar nahm ich, was sich mir darbot, die Aufmerksamkeit eines Mannes, dessen Verteidigungsanlage zerborsten war.

Ich schaute in Augen, die sich monatelang versteckt hatten, und ich sammelte Liebesworte, die ohne die Sorge um mich nie ausgesprochen worden wären.

Liebe, so fantasierte ich, denn das Fieber hatte mich fest im Griff, ist wie Strom. Liebe fließt durch unser Leben, bewirkt, dass wir im Licht stehen oder, wenn die Leitung unterbrochen ist, in tiefster Dunkelheit.

Ein Bänderriss, ein schwerer Gips und Bettruhe waren ein geringer Preis für das, was ich geschenkt bekam, Petres offene Zuneigung. Marina, unsere Glücksbotin, las mir stundenlang vor und errichtete einen Schutzzaun um unsere junge Liebe. Weil sie nicht zur Schule ging, verbrachte sie den ganzen Tag mit mir, am Abend aber verließ sie freiwillig unser Zimmer, bezog vor der Tür Wache. Dann kam Petre. Ich nannte ihn Brombeerchen. Es klang verrückt, aber eine Königin kann es sich leisten, alle Vernunft und Vorsicht über Bord zu werfen.

Petre, groß und schlank, saß neben mir auf dem Bett und legte seine Hand in meine. Wir sprachen wenig, schauten uns stattdessen an, streichelten uns zaghaft, schnupperten aneinander. Weil ich es nicht mehr aushielt, dieses beinahe Verschmelzen, begann ich zu jammern. In meinem Zimmer hatten sich Eiskristalle auf der Fensterbank gebildet, ich zeigte mit lang ausgestrecktem Finger darauf. Nach hartnäckigem Drängen streifte Petre seine Schuhe ab und legte sich neben mich. Zuerst auf die Decke, doch ich hob sie an und er kroch darunter. Das Gipsbein trennte unsere Unterkörper, unsere Gesichter aber und unsere Hände fanden mühelos den Weg zueinander. Inmitten einer kalten und feindseligen Umgebung bildete sich eine Hitze in mir, die mich zu verbrennen drohte. Es war kein Fieber, und es diente auch nicht der Heilung, sondern wollte gefüttert werden, wie jedes ordentliche Feuer.

»Liebst du mich?« Ich war ein Schaf. Sechzehn Jahre

alt und ich verwechselte Begehren mit Liebe und umgekehrt. Als gäbe es keine Zwischentöne, keine Abweichungen, forderte ich alles und die ständige Bestätigung, dass ich zum Mittelpunkt von Petres Dasein geworden war.

»Schwer zu sagen, wir kennen uns ja kaum. Werd du erst einmal gesund und am besten auch noch erwachsen.« Petre machte sich über mich lustig.

»Würdest du etwas anders machen, wenn du dir sicher wärst?«

»Du meine Güte, lernt man diese Fragen in der Teenagerschule?«

»Sag schon«, beharrte ich.

»Wie kann man sich je sicher sein? Da ist nur dieses Gefühl. Dieses Sehnen, dieses ständige Kreisen um den anderen.«

»Um mich, du redest von mir. Warum sagst du es dann nicht?« Und weil er die Schultern zuckte, bohrte ich weiter: »Wann hattest du zum ersten Mal dieses Gefühl?«

»Es war nicht Sehnsucht auf den ersten Blick.« Er lachte.

»Sondern?«

Seine Hand streichelte über meine Haare, doch sein Blick mied den meinen.

»Entschuldige, ich habe geschummelt. Es war, als ich dich das erste Mal sah. Du warst so traurig, so …«

»Ach, so einer! Einer, der Frauen nur dann mag, wenn sie Schutz brauchen, wenn sie schwach sind. Deshalb hast du dich erst um mich gekümmert, als der Unfall passierte.«

»Jesus, jetzt hat sie mich durchschaut«, Petre hatte

sich aufgerichtet, »jetzt weiß sie, dass ich sie sofort fallen lasse, sobald sie wieder gesund ist.«

»Komm«, forderte ich und zog ihn zurück. Er hatte recht, man musste nicht alles analysieren und verstehen, unsere Körper benötigten keine Hilfestellung.

Ich war gerade dabei, Petres Hemd aufzuknöpfen, als ein Warnruf erklang. Wie ertappte Diebe, mit bebenden Herzen, ließen wir voneinander ab. Mein Geliebter nestelte an seiner Kleidung, da wurde angeklopft. Es waren Karin und Liane. Karins lange Nase zuckte, als wolle sie Witterung aufnehmen. Etwas lag in der Luft. Eifersüchtig beäugte sie Petre, und ihr Blick blieb auf dem baumelnden Gürtel hängen. Ich versuchte zu lächeln, doch mein Lächeln prallte an ihrem Gesicht ab. Eine Zunge schnalzte. Liane wollte wieder gehen. Wir überredeten die beiden zu bleiben. Leider ließen sie sich überreden.

Nur selten gelang es Petre und mir, alleine zu sein. Ich wurde gesund, ohne einen richtigen Zungenkuss von ihm erhalten zu haben.

Bis auf die Straße hörte man sie zetern. Meine Omama fürchtete sich vor nichts und niemandem. Ein Milizionär, mit Schreibheft und Stift bewaffnet, stand in unserem Hof. Ich kam von der Schule und spitzte die Ohren. Die Worte »Abgaben aus Privaterwirtschaftung« verstand ich und »unbürokratisch«.

»Das sagt der Richtige«, brüllte meine Großmutter. »Ich habe keine Hasen mehr, warum soll ich da Abgaben bezahlen?«

Der Beamte schaute in seinem Heft nach. Sein Schnurrbart, dick wie eine Kaninchenpfote, zitterte.

»Fünfzehn Hasen, steht hier. Bei einer normalen Vermehrung könnten daraus in 365 Tagen ...«

»Sie sind verrückt. Hören Sie auf zu rechnen.« Puscha schaute zum Himmel, raufte sich die Haare. »Ich habe Ihnen doch die Garage gezeigt. Die Hasen mussten im Frühling weg, weil ein Nachbar eine Garage bauen wollte. Auf meinem Grundstück wohlgemerkt. Eine Entschädigung sollte bezahlt werden, darauf warte ich heute noch. Und jetzt kommen Sie mir mit Abgaben.« Puscha sparte nicht mit Flüchen, der Mensch schien ihr gerade recht zu kommen.

Amüsiert folgte ich den beiden ins Schlafzimmer. Dort holte Puscha aus einem Geheimfach Dokumente hervor, die den Bau der Garage bestätigten. Während sie auf den Mann einredete, während der Mann sich zu verteidigen versuchte, während beide zum Fenster traten, um besser sehen zu können, natürlich gab es wieder einmal keinen Strom, fiel mein Blick auf das gut getarnte Fach im Wäscheschrank. Ich erkannte den Heftturm, aber auch mehrere Briefe. Ein ganzes Bündel. Rote Punkte zierten die weiße Schleife, die das Päckchen zusammenfasste. Ich schnappte danach und versteckte es unter meinem Pulli. Mein Interesse an Hasen, Garagen und rumänischen Flüchen war schlagartig erloschen. Die oberste Briefmarke, groß, mit einer Zeichnung von Rotkäppchen und dem Wolf, hatte ausgereicht, um mir zu sagen, hier handelte es sich um Westbriefe.

Wie ein Dieb schlich ich in mein Zimmer. Zog sorgsam die Tür zu und lehnte mich hastig atmend dagegen. Mein Herz schlug im doppelten Rhythmus. Würde Puscha das Fehlen der Briefe bemerken? Und was dann?

An Frau Hertha Copony, las ich. Das war Puschas Mädchenname, und die Schrift war die meines Großvaters. So viel zu Wahrheit und Vertrauen.

Der liebe Gott schlägt nicht mit dem Knüppel, sagte Puscha oft und erhob dabei ihren pädagogischen sowie den echten Zeigefinger. Mir als bald Siebzehnjährige konnte sie damit nicht kommen. Trotzdem fühlte ich mich ertappt, als mich in der folgenden Nacht furchtbare Zahnschmerzen plagten. Statt in die Schule, ging ich in die Klinik. Der Arzt wollte mich nicht behandeln. Heulend kam ich heim.

»No, du warst zu spät oder wie?«

»Ach was. Drei Stunden habe ich gewartet, nur damit sie mir sagen, ich muss erst zum Gynäkologen. Einen Nachweis soll ich bringen, dass ich nicht schwanger bin.«

»So beschäftigen sie die Menschen«, war alles, was Puscha an Trost für mich übrig hatte.

An diesem Tag stellte ich sie nicht zur Rede, auch nicht am darauffolgenden. Ich las alle Großvaterbriefe einmal, las sie zweimal, dann schlug ich zu:

»Du hast mir nicht gesagt, dass er euch fast besucht hätte, aber er traute sich dann doch nicht über die Grenze. Aber er hat euch mehrmals zu sich eingeladen, mehrmals!« Puscha verstand nicht, natürlich nicht. »Du, nein ihr, ihr solltet nachkommen, steht in den Briefen.« Ich erhob meine Stimme. Ohne in den Spiegel zu schauen, wusste ich, dass ich bis über beide Ohren rot geworden war.

»Joi, schaut sie euch an. Sie klaut Briefe, und dann regt

sie sich auf, als ginge es um ihr Leben. Sag, wie bist du überhaupt drangekommen?« Nach einer kurzen Pause fuhr sie mich an: »Nein, sag nichts, ich pfeife auf deine Entschuldigungen. Hast du auch das Datum gelesen, he? Damals war ich bereits mit Gicu verheiratet. Es war zu spät.«

»Für die Liebe ist es nie zu spät. Du hattest ein Kind von ihm, meine Mutter.«

»Und von dem neuen Mann hatte ich eine Nähmaschine geschenkt bekommen, eine Pfaff. Alle haben mich bewundert. Und glaub mir: Die Liebe ist keine Garantie fürs Glücklichsein.«

»Du hast es nur nicht richtig versucht. Ich werde es versuchen. Ich schreibe ihm.«

»Wohin willst du den Brief schicken, glaubst du, er lebt seit vierzig Jahren in derselben Straße?«

Sie ließ mich stehen, angelte sich die Handtasche vom Kasten, zog einen Mantel an und zeigte mir die kalte Schulter.

»Du wärst Schneewittchen und ich dein Prinz.« Die Kindersprache ist auch die Sprache der Liebe. Den Schneewittchensatz legte ich ihm in den Mund, denn einmal hatte er, wie aus Versehen, meine dunklen Haare und meinen blassen Teint bewundert. Um das zu unterstreichen, benutzte ich, sooft ich konnte, Puschas roten Lippenstift.

»Ja, du bist mein Prinz.« Um sein Lachen festzuhalten, bat ich ihn, mir Puschas Kamera zu holen. Sie lag zuoberst auf dem kleinen Tischchen, das ich als Schreibtisch und Ablagefläche für alles Mögliche benutzte.

Meine Großmutter prophezeite mir, dass ich bei meiner Unordnung nie einen Mann bekommen würde.

»Es ist mein letzter Film, hoffentlich schickt Mamusch mir neue«, jammerte ich. »Ich laufe seit Wochen herum und finde keine. Sie wollen Devisen, weißt du.«

Ich bat ihn, näher zu treten, ich bat ihn hinzuknien. Dann setzte ich mich auf und holte sein Gesicht mit dem Zoom heran. Seine kantigen Wangen und der breite Hals bildeten eine Gerade, nur von einer zarten Kinnlinie unterbrochen. Er sah unglaublich stolz aus.

»Tu noch einmal so, als würdest du dir eine Strähne aus der Stirn streichen.« Er weigerte sich kopfschüttelnd. Als er lachte, drückte ich auf den Auslöser.

Da wurde er ernst.

»Gehst du noch zur UTM?«, fragte Petre unvermittelt, und sein Gesicht wirkte wieder ernst und besorgt. Ich aber wollte spielen, lachen und verliebt tun.

»Warum willst du das wissen?« Als er schwieg, sagte ich im Spaß: »Für meine Noten wäre es besser.«

»Das denken alle, deshalb ändert sich nichts.«

»War nur ein Witz!«

Doch er konnte nicht lachen, nicht einmal lächeln. Dieser Ernst, der ihm wie ein Geruch anhaftete, stimmte mich traurig. Er versuchte nicht einmal, ihn loszuwerden, das nahm ich ihm sehr übel.

Um eine politische Diskussion zu vermeiden, hielt ich die Kamera vors Auge und drückte ab. Sofort streckte er mir die Zunge heraus. Seine Ablehnung reizte mich. Erneut schoss ich ein Bild und erwischte ihn mit herausgestreckter Zunge. Da war nicht nur Zuneigung zwischen uns, doch das übersah ich, weil ich es übersehen wollte. Ohne Anstrengung träumte ich mich in eine gemeinsame Zukunft hinein. Und wieder zurück in die Gegenwart.

»So eine Zunge ist als Hilfsmittel für die Nahrungsmittelaufnahme und das Sprechen konzipiert«, lockte ich, »aber kann man damit nicht auch ganz andere Dinge tun?« Immer noch hatte er mich nicht richtig geküsst. Deshalb zog ich ihn zu mir hoch. »Magst du mich?« Mein Mund war plötzlich sehr trocken.

»Nicht.« Rasch befreite er sich aus meiner Umarmung. Den Zipfel seines Hemdes hielt ich noch in den Händen. Er machte sich ganz frei, stand auf und schob das Hemd wieder in die Hose. »Drăguţa, woher soll ich das wissen?«, beschwichtigte er mich, kam näher und hauchte mir einen Kuss auf die Stirn. So küsste er auch seine kleine Cousine. Enttäuscht drehte ich mich zur Wand. »Drăguţa«, wiederholte er, konnte mich jedoch durch dieses winzige Kosewort nicht beruhigen.

»Zgârcitul e totdeauna sărac«, konterte ich mit einem rumänischen Sprichwort und machte damit klar, dass ich mehr brauchte, mehr von allem, vor allem aber Zärtlichkeit.

Erst später begriff ich: Petre war ein Jäger, vorsichtig, kontrolliert. Kein Risiko. Er ließ sich Zeit, prüfte den Wind, musste sich ganz sicher sein, bevor er einen Pfeil abschoss.

Weihnachten ging wie im Rausch vorbei. Die Feiertage und das kalte Wetter schweißten uns zu einer richtigen Familie zusammen. Ich weiß nicht mehr, was ich geschenkt bekam und was es zu essen gab; ich erinnere mich nur noch daran, dass das in einem Brief angekündigte Päckchen aus Deutschland nicht pünktlich ankam. Es kam auch nicht unpünktlich an. Es kam überhaupt nicht an.

Als hätte sie es geahnt, rief meine Mutter an Heiligabend an, das erste Mal. Petre zog die Schnur lang, brachte den Apparat zu mir in die Küche, und seine Augen funkten: wichtig, wichtig.

»Ja«, sagte ich.

Als Petre gehen wollte, hielt ich seine Hand fest. Seine Zurückhaltung erschien mir fehl am Platz. Da die Küche der wärmste Ort war, saßen Puscha, Misch und Marina sowieso neben mir und hörten mit.

»Bist du immer noch bei … bei ihr?«, stellte Mamusch ihre Eingangsfrage.

Ich lachte. »Sonst hättest du mich hier nicht erreichen können.«

»Red nicht so. Zuerst habe ich bei der Eri angerufen.«

»Ach, die haben jetzt Telefon?«

»Ja, sonst hätte ich nicht gewusst, wo du steckst.«

Wir seufzten gleichzeitig. Und wünschten uns einen schöneren Dialog. Etwas in der Form von: Ich vermisse dich. Ich will zu euch. Oder: Stell dir vor, ich bin verliebt.

Das alles hätte ich sagen können. Damit sie antwortet: Wie schön, wie heißt er denn? Auch ich vermisse dich, schrecklich sogar. So viele Dinge hätten wir sagen können. Wir sagten nichts dergleichen. Meine Gedanken schienen wie mit Kaugummi verklebt.

»Willst du Puscha sprechen?«

»Nein!« Ein lautes Nein mit Ausrufezeichen. Dann die Stimme meines Vaters. Sehr fremd. Wie von einem anderen Stern.

»Scha du …, ha du …?«

Ich verstand nicht, was er sagte, und wurde unruhig. Hätte ich eine freie Hand gehabt, ich hätte wieder mit dem Nägelkauen begonnen. Im Hintergrund hörte ich, wie Mamusch rief:

»So nimm doch die Zigarette aus dem Mund.«

»Tata, seit wann rauchst du?«

Er erzählte ein bisschen, er rechtfertigte sein Glück ein bisschen. Dann ein Rauschen im Hörer. Wie am Meer. Die Leitung war unterbrochen worden.

»Ich soll euch lieb grüßen«, sagte ich zu den anderen und wischte mir eine, vielleicht auch zwei Tränen aus den Augenwinkeln.

Über sechzig Zentimeter Schnee waren über Nacht gefallen. Die Fahrer der Räumfahrzeuge hatten verschlafen oder das Benzin verkauft oder beides. Auch die Gehwege waren nicht geräumt, das Gehen mühsam. In der Woche vor Silvester konnte man sich seine Fleischration abholen. Ein Kilo Fleisch pro Familie, hatten das Radio, der Fernseher, die Zeitung verkündet. Ein Geschenk des bestbezahlten Schusters der Welt an sein ausgehungertes Volk. Man sollte meinen, ein Anstehen wäre überflüssig. Schließlich waren die Gutscheine abgezählt. Aber die Jahre davor hatten gezeigt, dass das Fleisch nie reichte. Ein Kilo konnte man so oder so abmessen. Da an diesem Tag schulfrei war, sollte ich die erste Schicht übernehmen. Doch allein für den Fußweg, es fuhr kein einziger Trolleybus, brauchte ich fast eine Stunde. Immer noch schmerzte mein Bein, aber die Vorfreude auf den Festbraten ließ mich lächeln. Vor der

Metzgerei hatte sich eine lange Schlange gebildet. Wie Kaiserpinguine standen die Wartenden dicht an dicht. Bald war ich ein Teil von ihnen. In meinem Nacken spürte ich den Atem eines großen Mannes. Er rauchte unablässig. Zwei Stunden lang standen wir so. Er rauchend, ich hustend. Kaum jemand sprach. Während ich mir die zehnte Geschichte erzählte, während wir mit winzigen Schritten vorwärtstippelten, sank ein altes Mütterchen in die Knie. Zwei Männer eilten zu ihr, redeten auf sie ein, trugen sie schließlich fort. Schon war die Reihe durcheinandergeraten. Einige versuchten, aus dem Vorfall Profit zu schlagen, und überholten. Eine Schnapsflasche fiel zu Boden. Es gab Geschrei und die wildesten Flüche. Jemand sagte, das Fleisch wäre ausgegangen. Ein anderer schlug seinen Nachbarn nieder. Blass vor Angst drückte ich mich an die Hauswand.

»Der Preis für ein rauschendes Silvesterfest«, flüsterte der große Mann hinter mir und legte mir beschützend die Hand auf die Schulter. »Besser, du gehst heim.«

Tatsächlich begann die Schlange sich aufzulösen. Das schwere Eisengitter der Metzgerei rasselte zu Boden. Jetzt schon, ich schaute auf die Uhr. In wenigen Minuten sollte Misch mich ablösen.

»Kommt morgen wieder!«, schrie die Verkäuferin. »Ihr benehmt euch wie Tiere.« Ich sah, wie sie mit einem Besenstiel auf diejenigen einschlug, die neben ihr durch die Seitentür in den Laden einzudringen versuchten. Und ich machte mich auf den Weg, um Misch mitzuteilen, dass es sich nicht lohnte, die Redaktion früher zu verlassen.

Am 1.1.1988 war ich immer noch Jungfrau. Wir hätten uns aufs Philosophieren verlegen können, Petre und ich. Doch auch hierbei stellte sich bald heraus, dass der Altersunterschied zu groß war. Was ich später einmal werden wolle, fragte er mich am Silvesterabend. Die Küche war uns zu eng geworden, und wir hatten uns trotz der Kälte in mein Zimmer geflüchtet. Puscha hatte die ganze bucklige Verwandtschaft und die halbe Nachbarschaft eingeladen; sie mimte die gekrönte Königin. Und alle gehorteten Nahrungsmittel waren geopfert worden, um ein wahrlich fürstliches Mahl zuzubereiten. Es gab Leckerbissen wie Ciorbă de perişoară mit reichlich Gemüse, Greiwenhiewes und verschiedene Mehlspeisen. Ein paar Buchteln hatten wir uns mit hochgenommen, deshalb sprach ich mit vollem Mund. Gegen die Kälte tranken wir Ţuică.

»Lehrerin, vielleicht.«

»Und Kinder, willst du Kinder haben?«

Aufrecht hockte er neben mir. Meine Hand hielt er, weil ich darauf bestand. Ihm schien es zu reichen, mich anzuschauen. Aber er nannte mich wieder: Mein Schneewittchen.

»Natürlich will ich Kinder, jede Frau wünscht sich Kinder. Aber ich will nur zwei, vielleicht auch nur eins.«

An der Wand gegenüber kroch eine Kakerlakenfamilie über die Tapete. Sie sahen selbstsicher aus. In ihrer Welt gab es keine Fragen, keine zögerlichen Antworten. »Und du?«

»Ich will viele. Aber sie sollen in einem freien Land leben, nicht hier.« Wieder fing er damit an. Weil ich nichts sagte, lediglich die Augenbrauen hochzog, flüsterte er mir zu: »Ceauşescu wird sich nicht ewig halten können.

Es wird eine Revolution geben. Die Menschen werden sich wehren, sie werden kämpfen. In Polen und Russland gärt es.«

Weggehen, etwas Neues suchen, diese Gedanken waren mir vertraut, zwei Drittel der deutschsprachigen Minderheit hatte das Land verlassen, aber dass der Sozialismus revolutioniert werden könnte, diese Forderung schien absurd.

»Der Sozialismus ist die Revolution!«, beharrte ich.

»Nimm eine gute Idee, scheiß drauf, und du siehst nur noch Scheiße.«

»Was meinst du?«

»Dieses Stehenbleiben, dieses Nichtdenken, es kotzt mich an. Und ich verstehe es nicht. Bei den Alten, ja, da kann man eine gewisse Resignation verstehen, aber nicht bei den Jungen. Die tun, als wüssten sie schon alles, als hätten sie alles gesehen. Oder sie haben mit sechzehn beschlossen, dass nichts Neues möglich ist. Sie resignieren mit sechzehn! Was ich mir wünsche, ist Offenheit und dass wir kämpfen. Wir alle.«

»Für Neues?« Ich war wie vor den Kopf geschlagen. Neues gab es woanders, in Rumänien ganz bestimmt nicht. Und hatte er auch mich in seine Kritik der verbohrten Sechzehnjährigen einbezogen? Tatsächlich wollte ich nichts von einer Revolution hören. Wie konnte ich Petre nur von diesen Gedanken ablenken? Sein Gerede machte mir Angst. Sprach er auch mit anderen darüber, in der gleichen Offenheit? Für weit kleinere Vergehen konnte man eingesperrt werden. Während ich über eine passende Antwort nachdachte, beobachtete ich die Kakerlaken. Eine hatte den Anschluss an ihre Familie verpasst. Irritiert blieb sie unterhalb des Loches, das am Übergang zum Plafond den Kakerlakenwohnungseingang darstellte, stehen.

»Du hast recht, er kann ja nicht ewig leben«, versuchte ich das Gespräch zu beenden und warf, weil ich nichts anderes griffbereit hatte, ein Buch nach dem Kakerlakennachzügler. Natürlich verfehlte ich ihn, natürlich gab er nun Gas und rannte zielstrebig nach Hause.

»Wart, den Russen krieg ich.«

Petre war mit einem Satz an der Wand und schlug mit der flachen Hand auf das Mistvieh ein. Ein hohles Knacken, mehr nicht, entschied über Leben und Tod. Glücklich lachend verließ Petre das Zimmer. Hände waschen, behauptete er. Doch er vergaß zurückzukommen. Dabei wollte ich ihn fragen, mit welcher Art Frau er Kinder bekommen und großziehen wollte. Offensichtlich nicht mit mir.

Resigniert verkroch ich mich in meinem Bett, blies mir warmen Atem in die eiskalten Hände. Hätte ich doch auf Karin gehört und wäre zum Keff mitgegangen. Petre, der sich hartnäckig weigerte, Feste zu besuchen, bei denen er weniger als die Hälfte der Teilnehmer kannte, hätte dann alleine feiern müssen.

Trotz Petres Zurückhaltung lernte ich im Winter 1987/88 die Anatomie des männlichen Körpers kennen. Nicht durch ihn, wie ich es mir gewünscht hatte, sondern durch Misch. Mein Vater, von Haus aus verklemmt, hatte sich meinen neugierigen Blicken stets entzogen. Misch hingegen schien es zu genießen, dass ich seinen kleinen Rundbauch und das, was darunter hing, interessiert bestaunte. Seit ich ihm von meiner Vorliebe für glatte, bartlose Männergesichter erzählt hatte, fehlte der Vollbart, nur einen kleinen Schnauzer hatte er stehen lassen. Jeden Abend, nach dem Essen, kletterte ich auf seinen Schoß und streichelte sein Kinn, prüfte die Stoppeln.

»Aber morgen rasierst du dich wieder.« Dieses Ritual behielten wir bei, auch nachdem Petre und ich ein Paar geworden waren. Inzwischen war es offiziell. Puscha konnte man nichts verheimlichen, sie war wie ein Spürhund, nichts entging ihrer Witterung.

»Kruzitürken«, hatte sie geschimpft, »du glaubst, ich bin blöd, dabei bin ich nur alt. Was soll das geben mit euch beiden?« Eine Hand in die Hüfte gestemmt, stand sie vor mir und hielt mit der anderen einen Brief hoch. Er war von Petre, das sah ich sofort. Er war für mich. Meine Großmutter verlangte Auskunft, sie verlangte auch ein Versprechen.

»Sei kein Tschapperl, geh ja nicht mit ihm ins Bett. Schneller als du auf zwei zählen kannst, bist du schwanger. Dann ist dein Leben verpfuscht.«

Das Versprechen gab ich ihr bereitwillig, nur damit ich endlich den Brief ausgehändigt bekam.

Petre war vom Polytechnikum aus zum Winterdienst eingeteilt worden. Zusammen mit Soldaten räumten sie Schnee von den Straßen und besserten Fahrwege aus. Aus einer Art Arbeitslager erreichten mich seine Briefe wie Hilferufe. Obwohl er nie deutlich wurde, konnte man zwischen den Zeilen von unglaublicher Erniedrigung und Erschöpfung lesen.

Unser Leid war nicht weniger groß, wir froren den ganzen Tag. Zu Hause, in der Schule, im Kino. Es gab in ganz Kronstadt keinen Ort mehr, an dem man es ohne zweifache Winterbekleidung aushalten konnte. Aber einmal die Woche fütterten wir den Ofen mit Hartholz. Wir zogen uns aus. Puscha, Misch und ich. Rosafarben wie Schweinchen, hüpften wir auf dem kalten Linoleum. Stühle mit künstlich verlängerten Rückenlehnen wurden um den Ofen aufgestellt.

Darauf nahmen die beiden Platz, während ich alle verfügbaren Decken über ihren Köpfen ausbreitete und sorgsam die Lücken verschloss. Zu guter Letzt wühlte ich mich wie ein Maulwurf hindurch, um auf den dritten Stuhl zu krabbeln. Siebenbürgische Sauna. Wir schwitzten, was das Zeug hielt, erzählten Geschichten, lachten. Von Zeit zu Zeit kam jemand zu nahe an den Ofen, es zischte, Haut verbrutzelte, und es roch wie am Schlachttag nach Schweineborsten.

Meine Sehnsucht wuchs. Wann kommst du endlich?, schrieb ich an Petre, oder: Komm endlich!, als läge es in seiner Hand, Entscheidungen zu treffen. Er war wochenlang weg, und nur diejenigen, die sich durch Devisen hatten freikaufen können, saßen in den Hörsälen und lauschten den Professoren. Ich ahnte, je mehr Unterricht er verpasste, desto weniger Zeit würde er für mich haben.

Der Plan war schnell gefasst, die Umsetzung jedoch schwieriger als gedacht. Nach Schulschluss fuhr ich zum Mühlenberg, betrat zum ersten Mal den Campus des Polytechnischen Instituts. Petres Welt. Eingeschüchtert fragte ich mich bis zum Fachbereich Ingenieurwesen durch und schrieb von einem Kommilitonen seitenweise Einträge ab. Bücher gab es so gut wie keine, Vervielfältigungsmöglichkeiten auch nicht, alles wurde von Hand kopiert. Dreimal half mir der gleiche Kommilitone weiter, dann zeigte er mir beschämt ein ärztliches Attest.

»Es gilt nur noch diese Woche, dann bin ich auch weg.«

Das war mir recht, meine Hand tat mir schon weh.

Zum Abheften der Unterlagen musste ich in Petres Reich eindringen. Ein Vorhängeschloss sicherte den Kellerraum, und statt Misch nach dem Schlüssel zu fragen, entschloss ich mich, mehrere Schrauben zu lösen. Natürlich hätte ich die Unterlagen auch in Petres Zimmer legen können, doch ich wollte ihn überraschen. Alle Abschriften aus dem Physikseminar sollten in den Physikordner, die Maschinenbauunterlagen in den Maschinenbauordner. Ich hielt das nicht nur für einen genialen Plan, das gebe ich zu, sondern wollte auch meine Neugierde, was den Keller betraf, befriedigen. Doch kaum hatte ich den Raum betreten, ging wie auf ein geheimnisvolles Signal das Licht aus. Das hätte ich als Fingerzeig Gottes verstehen können, doch Gott war weit weg und meine Neugierde nah. Da es keinen Sinn hatte, auf Licht zu warten, es war Feitag, und der Strom wurde für die Sollerfüllung der Wochenproduktion abgezweigt, ging ich rasch nach oben und holte die Petroleumleuchte. Sie stand wie immer im Flur, griffbereit.

Auch beim zweiten Betreten des Kellerraumes fiel mir ein besonderer Geruch auf. In einem Zinngefäß entdeckte ich Reste von Asche, doch was verbrannt worden war, konnte ich nicht feststellen. Meine Neugierde wuchs. Mehrmals drehte ich mich im Kreis, betrachtete die seltsame Einrichtung. Auf der einen Seite stand der

Schreibtisch mit dem dazugehörigen Bücher- und Aktenregal, in dem anderen Teil aber hingen Werkzeuge, Kabel und Elektrogeräte an der Wand. Davor stand eine stabile Werkbank. Petre bastelte alte Radios auseinander und wieder zusammen, das wusste ich, aber wozu brauchte er die vielen Feilen, Schnitzwerkzeuge und die sorgsam geschmirgelten Holzbretter? Zu einem schiefen Berg geschichtet lagen sie auf dem teilweise gefliesten Fußboden.

Das Gerücht, es gäbe Huhn, hatte Puscha und Misch aus dem Haus gelockt, vor einer Stunde würden sie nicht zurückkehren. Ich hatte Zeit. Also legte ich die Akten auf den Schreibtisch, ging zur Werkbank, bückte mich und begann, die Bretter der Größe nach zu ordnen. Beim Abstellen des vorletzten Brettes strich meine Hand über den Steinfußboden. Eine Fliese löste sich, und ich konnte sie mit der Hand anheben. So etwas erlebt man nicht sehr oft. Mein Herz begann, heftig zu schlagen. Ein Hohlraum befand sich unter der Fliese, das sah ich sofort. Ein gutes Versteck für ein Tagebuch, jubilierte ich. Als ich jedoch das Abdecktuch vorsichtig anhob, stieß ich auf eine Zigarrenkiste. Ein Tagebuch passte da nicht hinein, aber immer noch dachte ich an etwas Harmloses, an Briefe zum Beispiel. Neugierig holte ich die Zigarrenkiste hervor, hielt sie ans Licht, öffnete sie und erstarrte.

Buchstaben aus Holz waren sorgfältig übereinandergelegt und durch Löschpapier fixiert worden. Ich war jung, ich war unerfahren, aber ich hatte genug gehört und erlauscht, um zu ahnen, dass ich einem Geheimnis auf die Spur gekommen war, einem Geheimnis, dass direkt mit Petres merkwürdigem Verhalten im August zu tun hatte und seiner Angst vor Entdeckung, die ihm damals wie eine Ausdünstung angehaftet hatte. Ich suchte weiter und fand reinweißes Schreibpapier und ein Schriftstück mit einem verwischten Probedruck. Auch eine kleine Walze, versteckt in einem Radio, und Tusche, als Holzfarbe getarnt, kamen nach längerem Suchen zum Vorschein. Als ich das blaue Durchschlagpapier entdeckte, wusste ich, dass Petre mit mindestens einem Bein im Gefängnis stand. Plötzlich ging über mir das Deckenlicht wieder an. Ich erschrak, als hätte jemand einen Schuss auf mich abgefeuert.

Den Probedruck faltete ich sorgsam zusammen und versteckte ihn in meinem Hosenbund. Alles andere räumte ich wieder dorthin zurück, wo ich es gefunden hatte. Meine Hände zitterten. Alles verbrennen, dachte ich mir, doch ich wollte erst in Ruhe über diesen Impuls nachdenken. Fast hätte ich die mitgebrachten Unterlagen vergessen. Ich ordnete sie nicht ein, sondern nahm sie hoch und legte sie auf Petres Bett. In der Aufregung hatte ich auch noch die Petroleumlampe unten stehen lassen. Hastig rannte ich wieder in den Keller, schraubte das Scharnier zum zweiten Mal ab, eine Minute später wieder dran. Die Zeit wurde knapp, und bis ich mit allem fertig war, fühlten sich meine Hände eiskalt an. Unter den Achseln aber war ich nassgeschwitzt.

Ich atmete erleichtert aus, als feststand, dass Puscha und Misch noch nicht zurück waren. Wusste Misch von den geheimen Aktionen seines Sohnes? Es war mir unbegreiflich, wie man ein solches Risiko eingehen konnte. Bereits für den Besitz eines einzigen Protestbriefes konnte man zu einer Gefängnisstrafe verurteilt werden.

Um mich zu beruhigen, kochte ich mir einen Tee, dann schloss ich mich in meinem Zimmer ein.

```
We ... gegen die Politik von Ceau...
protestier.. will, soll jeden Sonntag,
11 ..., auf .....rktplatz kommen.
```

Das Schriftstück zu entziffern war nicht schwer. Immer wieder hatte Petre mir erzählt, was er tun würde, wenn er mutiger wäre. Bei dem Papier handelte es sich um einen Aufruf zum Protest, so viel stand fest. Erschrocken schloss ich die Vorhänge, als könne ein vorbeifliegender Vogel die Nachricht aufschnappen und einem Verräter zutragen. Ich dachte an Constantin und dass er auf der anderen, auf der sicheren Seite stand. Ein Spitzel war nichts für mich, aber mit einem Landesverräter konnte ich ebenso wenig glücklich werden.

Angst und Unglaube fochten in meinem Inneren einen hartnäckigen Kampf aus. Doch wer auch immer für kurze Zeit siegte, immer lautete mein Entschluss gleich: Ich muss alles Material vernichten, selbst auf die Gefahr hin, dass Petre nie mehr ein Wort mit mir spricht.

Um nicht aufzufallen, nahm ich am Abendessen teil, obwohl mir der Hals wie zugeschnürt war und ich keinen Hunger verspürte. Puscha und Misch konnten, nachdem sie jeweils zwei Stunden in eisiger Kälte ausgeharrt hatten, nicht mehr als Hühnerfüße und -hälse vorweisen. Die Ware, lieblos in kleine Plastiktüten gestopft, wog nicht mehr als ein halbes Kilo. Trotzdem, davon würden wir tagelang essen. Vier Stunden also waren sie angestanden, vier Stunden lang erzählten sie davon. Wer da gewesen war, wer frühzeitig aufgegeben, wer sich vorgedrängt und wer einen Streit vom Zaun gebrochen hatte. Auch dass es an der Hintertür immer wieder zu unerlaubten »Warenverschiebungen« an Bekannte gekommen war, erschien meiner Großmutter berichtenswert, dabei profitierte sie selbst von ihren Beziehungen im Milchladen.

»Joi, diese Paraplutch, eine Frau ist sogar in Ohnmacht gefallen, sie war schwanger«, zeterte Puscha. »Also, Schwangere sollten gutes Hühnerfleisch bekommen, am besten gratis, und nicht anstehen müssen.«

»In diesem Land gibt es kein gutes Hühnerfleisch«, lachte Misch sie aus. »Wusstest du nicht, dass unsere Kaiserin (gemeint war Ceauşescus Frau) eine Neuzüchtung auf den Markt gebracht hat. Sie ist ja die größte Wissenschaftlerin aller Zeiten, und daher hat sie ein hennenartiges Tier fabriziert, das nur aus Kopf und Füßen besteht, den sogenannten rumänischen Kopffüßler.«

6

Seit der Kindergartenzeit hatte ich keine allerbeste Freundin mehr. Karin mochte ich, aber sie war mir zu spitz: spitzgesichtig, spitzzüngig und spitzfindig. Vor allem, wenn es um Petre ging, gerieten wir oft aneinander. Dennoch suchte ich sie auf. Ich musste dringend mit ihr reden. Leider war sie nicht zu Hause. Was dann passierte, werde ich mir nie verzeihen. Auf dem Heimweg traf ich Rosi. Sie war elf Jahre älter als ich und arbeitete als Krankenschwester. Ich hakte mich bei ihr unter. Rosi ging in unserem Haus ein und aus. Sie liebte Puscha und holte sich oft Rat bei ihr. Jetzt wollte ich den Spieß umdrehen und mit ihr über die Entdeckung im Keller sprechen. Natürlich ohne zu erwähnen, dass ich die Entdeckung gemacht hatte und wo und wen sie betraf. Rosi war sehr schön, hatte hüftlange Haare, dicht, rötlich. Ich merkte nicht, dass auch sie Kummer hatte. Mir fiel nur auf, dass sie kaum Fragen stellte.

Drei Tage später standen vier Männer in Zivil vor dem Haus meiner Großmutter. Alle Räume wurden durchsucht, vor allem der verschlossene Kellerraum. Sie fanden gehortete Lebensmittel, jedoch keine Gegenstände, die zum Drucken von Pamphleten geeignet schienen, nicht einmal ein weißes Blatt Papier. Wegen der Lebensmittel erhielt Misch eine Verwarnung, sein Gehalt sollte gekürzt werden. Zudem musste Petre damit rechnen, dass sein Arbeitseinsatz verlängert wurde.

Rosi hatte beim Leben ihrer Mutter geschworen, dass sie nichts erzählen würde. Aber wer sonst, wenn nicht sie, hätte den Verrat begehen und die Geheimen informieren können? An einen Zufall konnte ich nicht glauben, wenngleich mir das lieber gewesen wäre. Aufgebracht fuhr ich zum Bahnhof, sie wohnte ganz in der Nähe. Ihre Mutter öffnete mir die Tür. Als ich ihr ins Gesicht sah, ahnte ich, dass etwas Schreckliches passiert sein musste. Aus gelben Augen starrte sie mich an, ihre Schultern und die Brust hatte sie nicht unter Kontrolle, alles zuckte. Für einen kurzen Augenblick befriedigte mich dieser Anblick. Der Fluch, den ich vor Stunden gegen ihre Tochter ausgesprochen hatte, schien die Familie bereits erreicht zu haben. Ich fragte nach Rosi. Doch statt einer Antwort trat nun auch Rosis Vater in den Türrahmen. Er war betrunken. Rosi sei im Krankenhaus, krakeelte er, Besuch könne sie keinen empfangen. Kurz schloss er die Augen, dann nahm er seine Frau in den Arm und sagte, ich solle verschwinden.

Rosi sah ich nicht mehr wieder. Sie war, wie ich später erfuhr, im vierten Monat schwanger gewesen und hatte gehofft, durch den Verrat die Genehmigung für eine Abtreibung zu erhalten. Die Behörden wollten ihr lediglich bei der Beschaffung einer Wohnung helfen. Da griff sie selbst zur Stricknadel. Zu ihrer Beerdigung ging ich nicht.

In den folgenden Tagen versuchte ich, mit Puscha zu sprechen, ich versuchte, mit Misch zu sprechen. Es tut mir leid, stammelte ich ein ums andere Mal, ich konnte doch nicht wissen ... woher hätte ich wissen sollen?

Sie ließen mich ausreden, drehten sich jedoch weg und blieben stumm. Sie erledigten ihre Arbeit, während ich weiterstammelte. Ich wusste inzwischen, dass es Misch zu verdanken war, dass die Sekuritate nichts gefunden hatte. Die Uni-Unterlagen auf Petres Bett hatten ihn aufgeschreckt, er war in den Keller gegangen und hatte sofort erkannt, dass jemand eingebrochen war. Er folgte meinen Spuren und wurde fündig.

Petre schrieb ich einen glühenden Liebesbrief. Er meldete sich mit keinem Wort. Da wusste ich, ich hatte ihn verloren.

Sie kamen nach Schulschluss. Als ich mit Sebastian im Flur stand und wir uns über das Theaterprojekt unterhielten, an dem wir mitwirkten. Sie waren zu zweit. Ich erkannte sie an ihrer Kleidung, grau-braun-grau, an den guten Lederschuhen und an der Art, wie sie sich bewegten, mit einer Zielstrebigkeit, die ungewöhnlich war.

»Komm mit, wir haben ein paar Fragen!« Sofort war sie da, die Angst. Sie mussten mich anstoßen, damit ich aus der Erstarrung erwachte und ihnen in einen kleinen Abstellraum folgte. Mein Blick hing an Sebastian, der sprachlos geworden war. Langsam hob er seinen Arm, wie zum Protest, ließ ihn dann wieder sinken.

Der Raum war eng, ein einziges Fenster hing verloren unter dem Plafond, trübe Sonnenstrahlen sickerten durch ein Metallgitter. Wie in fast allen öffentlichen Räumen war die 60-Watt-Birne durch eine schwächere ersetzt worden. Es dauerte eine Weile, bis sich die schemenhaften Schatten in den Regalen in Schulartikel verwandelten, ich starrte auf Kartons mit Buntpapier und Scheren, Zeigestöcke und Landkarten. Ein kleiner Tisch mit Stuhl stand an der Fensterseite. Es roch nach Mäusedreck. Da sie mir keinen Platz anboten, blieb ich stehen. Und presste meine Schulterblätter gegen die Tür, die jetzt keine normale Tür mehr war, sondern die Kälte einer Gefängnistür ausströmte. Zitternd schlug ich den schweren Kragen des Wintermantels nach oben. Das war ein inoffizielles Verhör, daran bestand kein Zweifel.

»Und?«, fragte der Erste. Schwerfällig setzte er sich auf die Tischkante, die er vorher mit einem Taschentuch abgewischt hatte. Was ihm am Kopf an Haaren fehlte, trug er im Gesicht. Sein wilder Bart glich einer Fassadenbegrünung. Irgendetwas galt es zu schützen oder zu verschönern. Die Männer stellten sich nicht vor, sie begannen gleich mit den Fragen. »Was hast du uns zu sagen?«

Ich sah von einem zum anderen. Der mit dem Bart lächelte. Weil ich immer noch schwieg, kam der Zweite auf mich zu. An sein Gesicht erinnere ich mich nicht mehr, aber er war groß, ungewöhnlich groß für einen Rumänen. Mit einer ungeduldigen Bewegung schob er seine Brille nach oben, musterte mich, wie man ein seltenes Insekt mustert. Ich war ihm lästig, besagte sein Blick.

»Du heißt Agnes Tausch?« Er sprach den Namen mit *s* und einem angehängten Zischlaut aus.

»Ja«, stotterte ich.

»Du lebst bei deiner Großmutter, seit deine Eltern beschlossen, ins kapitalistische Feindesland zu fliehen. Du kennst Petre Dobresan.«

Mein Schlucken war hörbar, und plötzlich hatte sich so viel Speichel im Mund gesammelt, dass ich nur noch nicken konnte.

»Wie ist er so, der junge Dobresan?« Immer noch stand der Große direkt vor mir. Wollte ich nicht unhöflich sein, musste ich den Hals weit strecken, um sein Gesicht zu erreichen. In seinen Augen wiederholte sich die Frage, doch ich verstand sie nicht. Deshalb sprach er: »Machen wir es einfach. Er ist ein Stinktier, und jetzt wollen wir herausfinden, ob du auch stinkst.«

Nun musste ich doch etwas sagen, doch er ließ mich nicht zu Wort kommen. »Deine Eltern leben jetzt in Westdeutschland, ohne dich.« Das »dich« betonte der Bartlose, legte eine vielsagende Pause ein. »Da fragt man sich wieso, warum. Warum wollen sie ohne dich leben? Was macht das Zusammenleben mit dir so schwierig? Deine Großmutter hält es mit dir aus, aber wie lange noch?« Er nickte wie jemand, der sich Sorgen machte. »Du gibst dir nicht viel Mühe, nett zu sein, nicht wahr. Zu uns bist du auch nicht nett. Du bist nicht zu uns gekommen, um uns von deiner Entdeckung zu erzählen, du bist zu deiner Freundin gerannt. Das war dumm. Vielleicht hast du ihr auch geraten, du weißt schon, sich von dem Kind zu befreien. Bist du so eine …?« Seine Stimme wurde immer leiser, »… eine, die andere ins Unglück stürzt? Unabsichtlich vielleicht, weil du unkonzentriert bist und nicht weißt, wie man es richtig macht. Aber jetzt … jetzt hättest du die Chance, alles richtig zu machen. Du musst uns nur alles erzählen, was du weißt. Von dem Versteck im Keller. Von dem, was auf den Papieren stand. Seit wann weißt du davon? Na, mach schon!« Der Große kam noch einen Schritt näher, jetzt sah ich nur noch das Grau seiner Jacke, roch den Duft von herbem Rasierwasser und Tabakqualm. Mir wurde übel.

»Ich weiß gar nichts«, flüsterte ich gegen die Brust des Fremden.

»Wie bitte, ich verstehe dich nicht.«

Ein Verhör ist kein Gespräch. Trotzdem dachte ich, nachdem sie mich widerwillig vom Haken gelassen und ins Meer zurückgeworfen hatten, tagelang, nächtelang darüber nach, wie ich treffender hätte antworten können. Wie Spielkarten lehnte ich jeden gesprochenen Satz neu gegeneinander, baute das Fragenhaus aus der Erinnerung auf, überlegte mir Antworten. Sie hätten immer gewonnen, egal, was ich gesagt oder nicht gesagt hätte.

Ich weiß gar nichts, diese eine Karte spielte ich aus, immer und immer wieder. Doch sie gaben keine Ruhe. Nach einer Stunde nicht, nach zwei Stunden nicht. Längst kauerte ich, in Tränen aufgelöst, auf dem Boden, längst hatte ich mir die Lippen blutig gebissen, und ich wagte es nicht mehr, den Kopf zu bewegen, damit die Übelkeit in meinem Magen nicht zunahm. Draußen hörte ich Sebastian auf- und abgehen. Ab und zu dachte ich daran aufzustehen und hinauszurennen, doch ein Blick auf die Männer wischte jeden Fluchtgedanken beiseite.

»Wir wissen sowieso alles.« Der Bärtige war aufgestanden, er wirkte gelangweilt. Und zu seinem Kollegen sagte er: »Es reicht, lass uns gehen.«

»Nicht so schnell«, fauchte der Große, wischte sich eine Strähne aus der Stirn. »Sag schon, dann geht's dir besser, wer hat dem Dobresan beim Drucken geholfen? Du, sein Vater?«

»Die Sache hat nichts mit Herrn Dobresan zu tun«, jammerte ich. »Ich kenne überhaupt niemanden, der etwas druckt. Rosi hat sich wichtig gemacht.«

»Ich glaube ihr.«

»Ich nicht.«

»Schau, wie fertig sie ist.«

»Es geht ihr schlecht, weil sie etwas zu verbergen hat.«

Wie Tennisspieler spielten sie sich den Ball zu. Der Versöhnliche bot an, mir zu helfen. Den Pass könnte ich schneller bekommen, wenn ich mich kooperativ zeigen würde. Ich solle alles sagen, dann könne ich nach Hause und er zum Fußballspiel seines Jungen.

Ja, mischte sich der andere wieder ein. Familie, das sei ein gutes Stichwort. Man frage sich natürlich, ob die Eltern, und er zeigte verächtlich in meine Richtung, mich überhaupt wiederhaben wollen.

Das war's. Ich heulte erneut los, Sebastian klopfte an die Tür, und nachdem sie ihn tüchtig zusammengestaucht hatten, machten sie ein Zeichen, und ich wurde gönnerhaft entlassen. Meine Tasche vergaß ich in der Schule. An diesem Tag konnte ich meine Hausaufgaben nicht erledigen.

Leben mit der Angst. Ich war zu jung, um das System auch nur annähernd zu verstehen. Aber ich verstand etwas von der Angst, die ganz Rumänien fest im Griff hatte und die auch zu meinem Halt geworden war. Gut war, wenn man sich den Gesetzen fügte, wenn man nicht nachdachte, wenn man seinen Kopf nicht aus dem Graben herausstreckte. Das und nichts anderes hatte ich getan.

»Grübel nicht zu viel«, sagte Puscha in ihrem schroffen Ton, »sonst wirst du kaptschulig. Er, dieser lispelnde Bauerntrottel, hat in diesem Land dafür gesorgt, dass jeder kriminell wird, weil jeder Verbote überschreitet. Nichts ist erlaubt, nicht einmal ein befreiender Furz. Man kann die Gesetze nicht einhalten, also ist jeder über kurz oder lang erpressbar. Aber, Gott sei Dank, es gibt Menschen, die sich auflehnen.«

»Das sagt die Richtige. Du hast dich immer nur arrangiert.«

»Ich habe mich arrangiert.«

»Du hast einen Rumänen geheiratet, obwohl du ihn nicht geliebt hast.«

»Von der Liebe, mein Kind, verstehst du weniger als nichts, halt dich also zurück. Und wenn wir schon dabei sind, lass Petre seinen Weg gehen.«

»Ich wollte ihm helfen, weiter nichts.« Meine Stimme klang kläglich.

»Joi, helfen, was willst du helfen?« Puscha stemmte die Hände in die Hüften. »Verschon mich mit deinen Gescheitheiten. Ich hoffe nur, du hast während dem Verhör deinen Mund gehalten.«

Als Petre vom Arbeitsdienst zurückkam, da kam er nicht, er ging. Er ging in sein Zimmer, an mir vorbei, als wäre ich ein Geist oder ein Kasten. Einen Kasten grüßt man nicht, wozu auch. Eine Woche lang spielte er dieses Spiel mit mir, dann stellte ich ihn zur Rede. Zwang ihn, mich anzuschauen. Er nickte, nickte zu allem, was ich sagte und zusammenstotterte. Am Schluss aber gab er mir zu verstehen, dass er meine Entschuldigung nicht annehmen könne oder, doch ja, er könne, von ihm aus, aber das ändere nichts an der Tatsache, dass es zwischen uns aus wäre. *Aus*, dieser schreckliche Ausdruck, der nichts Erklärendes in sich birgt, lediglich die Handlung beschreibt. Einen Fernseher stellt man auf Aus, wenn man mit ihm oder dem Wunsch nach Unterhaltung abgeschlossen hat.

Was soll ich tun?, schrieb ich ihm.

Wenige Tage später zog er aus. Zog zur Schwester seiner Mutter, die in Rosenau auf einem Bauernhof lebte. Als Unverheirateter hatte er keinen Anspruch auf eine eigene Wohnung.

Wir sahen uns selten und wenn, dann gruppierten sich stets zahlreiche Menschen wie eine Ziegelmauer um uns herum. Ich kam nicht mehr an ihn heran. An Mischs Geburtstag wirkte er noch verschlossener als sonst. Nur weil ihn Puscha drängte, erzählte er von sich. Er hätte jetzt immer einen oder mehrere Begleiter, berichtete er, daran müsse er sich wohl oder übel gewöhnen. Sein Lächeln hing ihm schief im Gesicht, es war ein geliehenes Lächeln. Ich saß ihm schräg gegenüber, zwischen uns eine wuchtige Torte, die Puscha mit gehamsterten Eiern gebacken hatte.

»Wenn ich zur Haltestelle gehe, läuft jemand mit mir, wenn ich Kaffee trinke, schlürft hinter mir ein Idiot extra laut.«

Ich hing an seinen Lippen, wagte nicht zu atmen. Sein Gesicht schmal, die Haare zerzaust, so gerne hätte ich sie glatt gestrichen. Mein Herz brannte.

»Joi, diese Arbeitswut ist eine Plage«, betonte Puscha, als wäre die Bespitzelung ein Problem von kollektivem Beschäftigungsmangel. Doch sie hakte nach: »Machst du dir Sorgen?«

Weil ich mich vor der Antwort fürchtete, stand ich auf, ging zur Tür, stellte mich in den Rahmen. Ein Torbogen, der mich vor Angriffen schützen sollte. Bestimmt verachtete er mich. Ich hatte sein Leben zerstört. Meine Knie wurden weich, als er berichtete:

»Sie geben sich keine Mühe, die Beobachtung geheim zu halten, das stört mich am meisten.«

Petre legte die Kuchengabel neben den Teller und trank ein halbes Glas Wasser. Kaffee gab es keinen, und die Torte staubte, Maismehl war ihr untergemischt worden. Ich starrte auf offen stehende Münder, alle hatten das Kauen unterbrochen. Die Spannung wuchs mit jedem Wort.

»Im Gegenteil, wenn ich zu schnell gehe, fängt mein Begleiter an zu schimpfen. Ihr könnt euch das nicht vorstellen. Ob ich blöd wäre oder was, ruft er mir dann hinterher, er sei nicht mehr der Jüngste. Ich solle gefälligst langsamer tun, allein schon aus Achtung vor seinem Alter.«

Nun lachten wir doch, erst Puscha, dann Misch, dann die anderen. Die anderen waren Mischs ältere Schwester Adela, ihr Sohn und ein Mann, von dem niemand zu wissen schien, in welchem Freundschafts- oder Verwandtschaftsverhältnis er zu uns stand. Er trank nicht viel und verhielt sich ruhig. Petre beschrieb den Geheimen im Sportdress.

»Chinesische Turnhosen, chinesische Sportschuhe, gesunde Gesichtsfarbe, vermutlich wegen der Außendiensttätigkeit. Er erinnert mich an meinen früheren Physiklehrer, den Herrn Bartels.« Gierig leerte Petre sein Glas. »Trotzdem bin ich nicht langsamer gelaufen, obwohl er mir sympathisch ist. Soll er in seinen Bericht doch hineinschreiben, was er will.«

Die Stimmung war wieder umgekippt. Nicht nur ich, auch Misch schaute hinüber zu dem uns unbekannten Mann an Adelas Seite. Es gab keine sympathischen Informanten. Sehr langsam senkte Petre den Kopf, legte ihn in beide Hände. Ein heftiges Ausatmen oder Schluchzen war zu hören.

»Auch bei Mira und einigen Studienkommilitonen waren sie.«

Mira, der Name klingelte in meinen Ohren. Wir hatten kaum über sie geredet. Jetzt war mir klar, dass die beiden den Kontakt nie abgebrochen hatten.

Ohne Gruß ging ich in mein Zimmer und schrieb einen Brief an die Deutsche Botschaft in Bukarest. Mein Großvater hatte meine Anfrage nicht beantwortet, vielleicht war seine Adresse tatsächlich veraltet. Aber mir war klar, dass ich nicht aufgeben durfte. Dieser Unbekannte, das fühlte ich, wartete auf mich.

Stillstand. Wochen vergingen, ohne dass etwas geschah. Außer zur Schule ging ich nirgends mehr hin. Zu keiner Versammlung, zu keiner Abendveranstaltung. Selten, viel seltener als früher, traf ich mich mit Karin. Ihre Eltern hatten ihr den Kontakt mit mir untersagt. Mit der Ausreise sah es gut aus, ein Beamter machte ihnen Hoffnung. Daher wollten sie kein Risiko eingehen. Manchmal hielt Karin sich an dieses Verbot, manchmal nicht.

Jeden Mittwoch fand Puschas Frauenkränzchen statt, am Tag darauf das gemischte Kränzchen. Zwei Männer, die Ziller Kledi, die Jakobi Irmi und Puscha spielten in der Küche Karten, lachten, redeten und tranken Ţuică. Danach lachten sie noch mehr. Ich fühlte mich in letzter Zeit schlecht in ihrer Gegenwart. Sie waren so alt und doch so fröhlich.

Da ich nicht viele Jungs in meinem Alter kannte, war es schwer, sich zu verlieben. Am Ostermontag aber bekam ich eine neue Chance. Christian, der Bruder einer Schulfreundin kam zum Spritzen vorbei. Aus einer großen Flasche Rotes Moskau sprühte er, was das Zeug hielt. Zuerst bespritzte er Puscha, dann mich.

»Auf dass du blühst und gedeihst wie eine Blume«, sagte er sein Sprüchlein auf. Er traf nicht immer meine Haare, die jetzt wieder lang waren, schön waren, dunkel glänzten. Bis vor Kurzem hatte Petre darauf gewartet, dass sie genau diese oder mindestens diese Länge erreichten. Doch sein Interesse an mir schien endgültig erloschen. Ein Feuer, das nie richtig gebrannt hatte.

Als Christian sich zu mir herunterbeugte und mir ins Ohr flüsterte, ich sei etwas ganz Besonderes, lachte ich ihn aus. Ich lachte ihn aber auch an und schüttelte unmerklich den Kopf, weil Puscha ihm Schnaps anbot. Unter Männern herrschte Saufzwang. Er aber lehnte mit den Worten ab: »Das Zeug schmeckt nicht.«

Dieser Satz imponierte mir gewaltig, und ich bat ihn, noch etwas zu bleiben. Christian aß sechs Buchteln, aß genüsslich, während ich ihm beim Essen zuschaute. Ich sah, dass er schöne Zähne hatte. Ebenmäßig, war das passende Wort dafür. Auch die Augen gefielen mir, dunkelbraun, fast schwarz. Allerdings redete er mit vollem Mund. Krümel und Marmeladenspritzer landeten auf seinem weißen Hemd.

»Isch, ’tschuldigung«, er schluckte, »… ich bin in keinem Kränzchen, und wir können zusammen ins Kino gehen, wenn du willst.«

»Was hat das eine mit dem anderen zu tun?«

»So halt.«

Auch sein Lachen war schön. Es ließ ihn jung und freundlich aussehen.

Noch für den selben Abend verabredeten wir uns. Und lernten uns näher kennen. Er stellte mir ein paar Fragen, ich schenkte ihm ein paar Antworten. Dann küssten wir uns, so wie man das eben macht. Aber da war keine Leidenschaft, nur ein gewisses Interesse. Trotzdem bekam ich eine Gänsehaut, vor allem als er mir unter die Bluse griff. Deshalb dachte ich, es wäre vielleicht doch Liebe. Kein Mensch sagt einem, was Liebe eigentlich ist und ob es unterschiedliche Formen gibt und wo das rein Körperliche anfängt. Auch Petre hatte mir darauf keine Antwort geben können oder wollen.

In allen Filmen, die ich gesehen, und Büchern, die ich gelesen hatte, war die Liebe immer da und immer eindeutig und wie für die Ewigkeit gemacht. Christian erging es nicht anders, auch er war auf der Suche. Doch leider hatte er keinen langen Atem. Dass ich die Schönste war, schien er bald vergessen zu haben. Wenn ich zu spät zu einem Treffen kam, schimpfte er, und ich schimpfte zurück. Nach einer Woche benahmen wir uns wie ein Ehepaar, und da wurde mir klar, dass ich weitersuchen musste.

Solange sich das Leben als Schwarz-weiß-Film darstellte, schlief ich viel. Nach der Schule kam ich heim und legte mich ins Bett. Nicht weil ich müde war, sondern weil ich träumen wollte. Meine Träume waren farbig, und manchmal konnte ich sie beeinflussen. Natürlich träumte ich von Petre, manchmal aber auch von jemand anderem. Weil ich mit vollem Bauch besser einschlafen konnte, aß ich mehr als nötig. Ich nahm zu, drohte, mich in einen Kasten zu verwandeln. Daher verbot ich mir das Essen nach achtzehn Uhr. Es half nichts. Erst als sich der Reißverschluss der Jeans nicht mehr schließen ließ, selbst im Liegen nicht, kehrte mein Ehrgeiz zurück.

Appetit konnte man unterdrücken, die Gedanken über den Sinn der menschlichen Existenz aber nicht, sie türmten sich zu einem Gebirge auf.

Puscha gegenüber hatte ich, versehentlich versteht sich, zugegeben, dass ich weder an Gott noch an den Sozialismus und nun auch nicht mehr an die Liebe glaubte. Wozu man leben würde, das hätte doch alles keinen Sinn. Es war keine Frage gewesen, eher eine Feststellung. Sie aber musste ihren Senf dazugeben und lachte mich erst einmal aus, wie sie es gerne tat.

»No, wenn unser Dasein einen tieferen Sinn hätte«, gab sie zum Besten, »dann hätte alles einen Sinn, jedes Ding, jedes Gefühl. Gibst du mir recht?«

»Wozu aber soll ein Sandsturm gut sein«, philosophierte sie. »Für gar nichts. Also hat nichts einen tieferen oder allumfassenden Sinn oder wenn, dann ist er so groß, dass wir ihn mit unseren geistigen Mitteln nicht begreifen können.«

»Also alles hinschmeißen?«

»Aber nein, es«, sie meinte das Leben, »ist doch ab und zu ganz spaßig, das solltest du bitte nicht übersehen.« Puscha lachte mich nicht mehr aus, sondern an, trotzdem wuchs und gedieh in mir die Hoffnungslosigkeit.

Ich will doch nur glücklich sein, das kann verdammt noch mal nicht so schwer sein, schrieb ich in mein Tagebuch.

Es war einer jener Rückkehrtage, an denen sich die Kälte als unerwünschter Besucher durch die Straßen Kronstadts drängte, sich großspurig aufblähte und man nach weggeräumten Halstüchern und Jacken suchen musste. Misch war nicht nach Hause gekommen. Einen Tag und zwei Nächte lang bangten wir um sein Leben, dann brachten sie ihn. Zwei Lastwagenfahrer hatten ihn gefunden, siebzig Kilometer von Kronstadt entfernt, in einem Straßengraben. Seine Beine und mehrere Rippen schienen gebrochen. Wir erkannten ihn an seiner Kleidung. Starr vor Kälte lag er auf Puschas Bett. Das Gesicht war geschwollen und blutverkrustet. Wir versuchten, ihn zu waschen, doch er schrie vor Schmerzen laut auf und schlug um sich. Etwas Schreckliches musste passiert sein, wir konnten uns nicht erklären, was. Die Polizei sollten wir nicht rufen, raunte Misch uns zu, mehr sagte er nicht. Da wussten wir, dass es mehr als ernst war. Erst ein einziges Mal hatte ich Puscha weinen sehen.

»Warum ausgerechnet mein Kapitän?«, fragte sie. Ihre Hände zitterten, als sie immer wieder zum Telefonhörer griff, um im Krankenhaus anzurufen. Beim dritten Anruf kam endlich eine Verbindung zustande. Man fragte sie nach dem Alter des Patienten.

»Das Alter, sind Sie blöd? Wozu soll das wichtig sein?«, schrie Puscha in den Hörer.

Die Antwort bekam ich nicht mit, aber meine Großmutter raufte sich die Haare und knallte den Hörer auf den Apparat. Kurze Zeit später rief sie bei allen Bekannten an, die irgendwelche Beziehungen zu einem Arzt hatten.

Dr. Dumitrescu kam erst am Abend. Er war sehr höflich, aber auch sehr müde und auch sehr direkt.

»Bevor Sie mir nicht 2000 Lei geben, kann ich gar nichts tun. Wie Sie wissen, mache ich mich strafbar, wenn ich zu Ihnen nach Hause komme. Und so wie es aussieht, muss er ins Krankenhaus. Also geben Sie mir besser gleich das Doppelte, damit ich den Arzt im Krankenhaus schmieren kann.« Dr. Dumitrescu lächelte freundlich, unterstrich damit, dass es sich um einen fairen Preis handelte. Nachdem er das Geld eingesteckt hatte, lud er uns alle in seinen Wagen. Obwohl mich niemand dazu aufgefordert hatte, fuhr ich mit.

Dabei stand ich nur im Weg. An der Pforte feilschte einer der Angestellten lange mit Dr. Dumitrescu. Misch brauchte ein Bett. Um eins zu ordern, verlangte der baumlange Portier einen Hunderter, sein Kollege jedoch fand den Preis zu niedrig. Nachdenklich kratzte sich der Arzt am Kinn. Bis Puscha endlich eingriff und bezahlte, war das letzte Bett an Nachrücker vergeben worden.

»Drecksbande.« Der junge Arzt ließ uns fluchend stehen, kam nach einer Weile zurück und half Misch auf einen Medikamenten- oder Servierwagen.

»Der Stationsarzt ist informiert, und das da«, er zeigte auf den Wagen, »habe ich von meinem Anteil bezahlt. Es wird schon schiefgehen«, sagte er und verschwand.

Die Ambulanz war noch besetzt, wir hatten Glück. Aber mehrere Schwerverletzte lagen entlang der Wände aufgereiht, offensichtlich hatte es in der Maschinenfabrik einen Unfall gegeben. Zwei der Verletzten beteten, einer stöhnte ununterbrochen. Seine aufgerissene Hose war braun verschmiert, er stank erbärmlich. Misch wurde ans Ende der Reihe geschoben, und wir befürchteten natürlich, dass das stundenlange Warten daheim lediglich eine Vorstufe gewesen war. Doch da von den Angehörigen der Arbeiter nichts zu sehen war, ergriff Puscha sofort ihre Chance und zerrte den diensthabenden Arzt, Dr. Dimitru, zu Misch. Brüche, diagnostizierte er trocken, während Misch unter seinen tastenden Händen wie ein Tier schrie und die herbeigeeilte Krankenschwester Notizen machte.

»Vielleicht sollten wir röntgen!«, schlug der Doktor vor. Dann wischte er sich die Hände an der nicht mehr sauberen Hose ab, ging zum nächsten Patienten und begann, dem stöhnenden Patienten die Hose mit einer sehr kleinen Schere aufzuschneiden.

»Ja, röntgen Sie«, rief Puscha und schob Misch samt Wagen eigenmächtig dem Arzt in die Arme. »Worauf warten wir denn noch?«

Der Tag war aufregend gewesen. Völlig erschöpft suchte ich nach einem Schlafplatz. Da kein Stuhl zur Verfügung stand, ließ ich mich auf dem Boden nieder. Nun gut, die Hose würde ich anschließend waschen müssen. Neben mir ragte eine großblättrige Monstera aus einem Metallkübel, sie zeigte sich in einem prächtigen Grün, sah gesünder aus als alles, was ich bislang im Krankenhaus gesehen hatte, das Personal eingeschlossen. Doch kaum hatte ich Platz genommen, kaum waren Misch und die Krankenschwester in einem Röntgenraum verschwunden, kaum hatte auch Puscha sich etwas beruhigt, da schwappte vom Eingang ein lautstarker Wortwechsel zu uns herüber. Wir schauten auf. Zwei Männer in Zivil kamen auf Dr. Dimitru zu, redeten auf ihn ein und entrissen ihm Unterlagen. Entschlossen gingen sie in die angewiesene Richtung. Ich wusste nicht, was los war, und mir kam das Ganze unwirklich, wie ein schnell geschnittener Film vor.

Gerade betrat die Krankenschwester den Flur, von der Aufregung schien sie nichts mitbekommen zu haben. Konzentriert hantierte sie an einem Schalter. Da traten die Männer auf sie zu und begannen sie anzuschreien. Der Name Dobresan fiel. Die wartenden Patienten erwachten, der, der schwer gestöhnt hatte, war kurzfristig verstummt. Und im Flur eine Luft wie vor einem Gewitter. Ich war aufgesprungen, und auch Puscha hatte sich aus der Erstarrung gelöst. Was los sei, wollte sie wissen, doch die beiden Zivilen beachteten sie nicht, redeten weiter auf die Schwester ein. Sie verlangten, dass Misch sofort da herauszuholen sei; sie zeigten auf die dunkle Stahltür des Röntgenraums. Demonstrativ legte einer die Hand auf die Türklinke. Die Krankenschwester, nicht groß, aber wohlgerundet, schob die Hand und den Menschen, der daran hing, beiseite. Sie hatte an Größe gewonnen, wuchs über sich hinaus. Wie ein Schild stellte sie sich vor die Tür und posaunte, sie könne nicht abbrechen, das sei ein Krankenhaus und kein Kinderspielplatz!

Alle verstummten, und ich wunderte mich sehr über den Mut der Schwester. Als der Piepston erklang, erwachten wir aus einer Art Dornröschenschlaf, und jeder machte sich wieder an seine Arbeit. Die Geheimen standen wie zum Sprung bereit, die Krankenschwester kümmerte sich um Misch, der Arzt ging in Deckung, und Puscha fing erneut an zu schimpfen. Sie hörte erst auf, als der Kapitän neben uns abgestellt wurde. Die Bleiweste hing schief an ihm herunter, seine Beine waren seltsam gekrümmt. Als Einziger wusste er nichts von dem Besuch der Geheimen. Doch als er unsere besorgten Mienen sah, schloss er ergeben die Augen, als hätte er verstanden. Wir aber, Puscha und ich, wollten nicht verstehen. Alle redeten durcheinander, bis es den beiden Zivilen zu bunt wurde und sie mit dem Arzt im Röntgenzimmer verschwanden. Wir blieben verdattert zurück und hörten, wie drinnen verhandelt wurde. Mehrmals klopfte Puscha an die Tür, mehrmals wurde sie von der Krankenschwester aufgefordert, ruhig zu bleiben. Mindestens zweimal dachte ich daran, das kleine Glastürchen mit dem aufgeklebten Strahlensymbol zu öffnen und den dahinterliegenden Knopf zu betätigen.

»Es hat keinen Sinn, warten Sie ab.« Die Krankenschwester drückte Puschas Hand.

»Warten? Worauf soll ich warten, dass mein Mann stirbt? Dafür brauch ich kein Krankenhaus«, ereiferte sich Puscha. »Hören Sie doch selbst, sie drohen Dr. Dimitru. Bestimmt tun sie das!«

»Gliven Se mir«, eine sächsische Krankenschwester

mischte sich ein, sagte, randalieren sei sinnlos. Der Arzt hätte einen Sohn, der in Bukarest studieren würde, man wisse, was das bedeutet. Vielleicht aber könne er heimlich etwas für den Patienten tun, wenn man nicht unnötig auffalle.

Puscha, weder duldsam noch ängstlich, gab auf und biss sich auf die Zunge. Noch in der selben Nacht wurde Misch entlassen. Von den Röntgenaufnahmen erfuhr man nie wieder etwas. Und auch über den Grund für den Überfall oder die Täter wurde nie mehr gesprochen. Misch weigerte sich hartnäckig, über die Angelegenheit zu reden.

Armer, armer Kapitän. Ja, auch ich nannte ihn jetzt so, nicht aus Mitleid, sondern aus Respekt, obwohl er weniger denn je einem tatkräftigen Anführer glich. Zwei Wochen lang hütete er das Bett. Zwei Wochen lang wussten wir nicht, wie das mit seinen Beinen ausgehen würde. Und zwei Wochen lang genoss ich es, dass Petre am Nachmittag vorbeischaute und längere Zeit blieb. Ich sorgte dafür, dass ich mich zur betreffenden Zeit in der Kapitänskajüte befand. Entweder las ich dem Kapitän etwas vor, oder ich leistete ihm beim Essen Gesellschaft. Vergebens wartete ich darauf, dass er wieder Witze erzählte. Die Worte: »Kennt ihr den?« wollten ihm nicht mehr über die Lippen purzeln.

Puscha litt am meisten. Sie war diejenige, die nachts beim Kapitän Wache hielt und sich um ihn kümmerte, wenn er vor lauter Schmerzen nicht schlafen konnte. Sein Körper, sonst trainiert und robust, wurde steif vom vielen Liegen, bereitete ihm zusätzliche Pein. Morgens kam Puscha dann nicht aus dem Sessel hoch, und ich musste mir den Wecker auf fünf Uhr stellen, um im Milchladen auszuhelfen. Jetzt bekam ich das System und die Verteilung der raren Nahrungsmittel erst richtig mit. Meine Eltern hatten mich von allem ferngehalten, von Schwarzmarktgeschäften, vom Schlangestehen.

Im Milchladen helfen bedeutete, um halb sechs die Hintertür aufzuschließen, den Lieferanten zu empfangen, die Kisten nach vorne zu schleppen. Erst zu diesem Zeitpunkt erschienen die beiden Angestellten. Sie bedienten zuerst an der Hintertür ihre Familienmitglieder und Freunde, dann kümmerten sie sich um die anstehende Kundschaft, die sich müde und kraftlos, manchmal aber auch schimpfend, gegen die Fensterfront lehnte. Milch war rationiert, das heißt, wer seinen Personalausweis vergessen hatte, wer am falschen Tag kam, wer im falschen Laden stand, wurde ohne Ware weggeschickt. Und egal wie sehr man bettelte, es gab nur das auf der Liste vermerkte Kontingent, und keine der Verkäuferinnen ließ sich von Erzählungen, nahestehende Verwandte seien samt Kindern zu Besuch gekommen, erweichen. Es deprimierte mich, es machte mich wütend, erwachsene Frauen weinen zu sehen, doch schließlich machte ich nichts anderes als die Angestellten auch, ich ergaunerte mir durch eine verbotene Nebentätigkeit Privilegien. Oft musste ich ohne Frühstück zur Schule rennen, denn der Ansturm war in den frühen Morgenstunden so groß, dass ich auch im Verkauf mithelfen musste.

»Ich bleibe heute Nacht hier«, Petre kaute auf seiner Unterlippe, »dann kann ich nach meinem Vater schauen und Puscha schläft aus und du …«, er suchte nach einem passenden Wort.

»Und ich bin entlastet«, half ich aus.

Obwohl er weit von mir abrückte, spann sich ein neues Freundschaftsband zwischen uns, hauchdünn, doch es war sichtbar, es war spürbar. Sein feindseliger Blick war einem nachsichtigen gewichen. So bedachten Väter ihre pubertierenden Töchter.

Auch als es dem Kapitän wieder besser ging, kam Petre regelmäßig zu Besuch. Ich hatte mir angewöhnt, seine Lieblingsspeisen zuzubereiten. Gefülltes Sauerkraut, Klausenburger Sauerkraut oder Krautsuppe. Er schien vernarrt in den säuerlichen Geschmack. Und irgendwann hingen seine Sachen wieder in Mischs Schrank, er war zurückgekehrt.

Am Ende der Straße verkaufte Frau Iordache in ihrer Küche Sauerkraut. Die ganze Wohnung war erfüllt von einem Geruch, so intensiv, als hätte ein Bataillon Soldaten, zeitgleich, einen gigantischen Furz fahren lassen. Dabei ging die Saison zu Ende, die Krautfässer waren fast gänzlich geleert.

Ich ging mit einem Eimer hin, in der Hosentasche das abgezählte Geld. Kaum hatte Frau Iordache mich gesehen, fragte sie, ob wir uns nicht schämen würden. Ich verstand nicht. Was mit der Fahne sei, wollte sie wissen. In drei Tagen wäre der erste Mai, ob wir keinen Kalender besäßen. Ein Schulkind wie ich müsse defilieren, und eine Sozialistin wie meine Großmutter müsse die Fahne hissen. Das solle ich meiner Großmutter ausrichten. Sie redete ohne Punkt und Komma.

»Wird gemacht«, antwortete ich und ging mit dem abgewogenen Kraut nach Hause.

Zwei Tage später stand die Hexe vor unserem Haus, klingelte Puscha nach draußen und zeigte auf die leere Hülse am Tor.

»Da, ich sehe keine Fahne.«

Ihr Untermieter, Herr Dobresan, sei krank, entschuldigte sich meine Großmutter, da wäre nichts zu machen, und die Hülse sei kaputt, das könne selbst ein Blinder erkennen.

»Dann kaufen Sie eine neue, wo ist das Problem?«

»Joi, dass Sie blöd sind, das ist das Problem. Es gibt keine Hülsen zu kaufen, das habe ich Ihnen letztes Jahr bereits erklärt.«

»Ach«, die Nachbarin stutzte. Sie trug einen braunen Arbeitskittel, der früher einmal blau gewesen war, vielleicht auch rot. Die Arme in die Hüften gestemmt, dachte sie nach. »Aber letztes Jahr war Herr Dobresan nicht krank.« Was also das eine mit dem anderen zu tun hätte?, wollte sie wissen.

»Dass er hochgeklettert ist und die Fahne am Zaun festgebunden hat. Wenn ich das aber mache, breche ich mir garantiert das Kreuz, oder ich vermassle es, und ein Wind kommt, und die Fahne fliegt jemandem auf den Kopf, dann bin ich dran.« Meine Großmutter drehte sich um, ich hielt ihr das Tor offen. Alles war gesagt worden. Doch Frau Iordache war noch nicht fertig.

»Sie sind so oder so dran«, giftete sie weiter. »Aber hören Sie auf meinen gut gemeinten Rat: Für einen unverschuldeten Totschlag gibt es weniger harte Strafen als für aufwieglerisches Verhalten. Nächstes Jahr werde ich Sie melden müssen.«

»Dann können Sie sich Ihr Sauerkraut in den Arsch stecken!«, rief Puscha ihr hinterher und verlangte von mir, dass ich eine Leiter und einen Hammer holen solle. Kurze Zeit später stand ich auf der obersten Sprosse und schlug die Hülse ab. Danach hatten wir Ruhe. Und am ersten Mai ging niemand von uns zum Defilieren.

Erst an meinem Geburtstag traute sich der Kapitän aufzustehen. Wenngleich er dreifüßig, also zu einem Stockmenschen, geworden war, lächelte er. Wir feierten draußen in Puschas Garten unter dem hellgrüne Blätter treibenden Marillenbaum. Karin, Liane und ihr Bruder Sebastian waren gekommen. Irgendjemand hatte frische Vinete besorgt, irgendjemand hatte rote Zwiebeln besorgt, und die ersten Paradeis zierten das karierte Tischtuch. Ich war glücklich. Aß gierig, sprach nichts, schaute nur auf meine Familie, wie ich sie heimlich nannte, meine Omama, meinen falschen Otata, meinen Geliebten, der nicht merken durfte, dass ich ihn immer noch liebte, und meine Freunde, Karin, Liane und Sebastian. Leo lag zu meinen Füßen, seine feuchte Schnauze kitzelte meine nackten Zehen.

»Machen wir nachher das Päckchen auf«, fragte irgendjemand.

»Ja, nachher.«

Alle stimmten in mein Lachen ein.

Im Februar abgeschickt und pünktlich zu meinem Geburtstag eingetroffen. Ein extra großes Päckchen. Dass es bereits geöffnet worden war, sah man an dem durchtrennten Klebeband. Es war überklebt worden, von einem bräunlichen Zeug mit sozialistischen Eigenschaften. Es klebte nicht, und der Deckel löste sich von selbst.

Wie dumm sie waren. Die Zöllner hatten rumänische Zeitungen benutzt, um die Lücken zu schließen, die durch ihre Habgier entstanden waren. Ich wollte wissen, was sie entwendet hatten, und überflog, mit Tränen in den Augen, den Brief.

Alles Gute zu Deinem 17. Geburtstag.
Wir haben jetzt einen Computer, stell Dir vor.
Über Tschernobyl haben sie die schrecklichsten Lügen erzählt. Jod soll gar nichts genutzt haben. Wir sind damals umsonst drei Tage lang Schlange gestanden.

Das Blatt war mit einer römischen II nummeriert, also hatten die Zöllner auch noch Hand an meinen Brief gelegt, an den Teil mit der Inventurliste. Aber Mamusch hatte wie immer im Text verschlüsselte Botschaften eingebaut. Von einem ihrer Lieblingskleider war die Rede, und da wusste oder ahnte ich, sie hatte mir ein Kleid gekauft. Womöglich ein Jeanskleid. Petre reichte mir ein Taschentuch, ich reichte Puscha den Brief.

»Kruzitürken, jetzt läuft jemand in Bukarest mit deinem Kleid herum«, zischte sie. »Der Kuckuck soll sie holen.«

»Wieso Bukarest?«, fragte Karin.

»Bares ist mehr wert als das Glück von Zöllnertöchtern«, antwortete Sebastian.

»Wenigstens sind alle Lebensmittel drin«, frohlockte meine Großmutter und begann, das Puddingpulver, den Kaffee und die Soßen auszupacken, als wären es ihre Geburtstagsgaben.

Petre hatte die ganze Zeit über nichts gesagt. Jetzt holte er ein kleines Päckchen hervor, reichte es mir.

»Aufmachen!«, befahl er. Sein unsicheres Lächeln verriet ihn. Vielleicht hätte er mich gerne in den Arm genommen, vielleicht wäre er gerne ein wenig freundlicher zu mir gewesen. Aber eine Mauer stand zwischen uns, eine Mauer, die ich errichtet hatte, eigenhändig. In dem Päckchen ein Buch. Lenins Schriften. Entsetzt sah ich ihn an. Er lächelte immer noch, nein, grinste. »Freust du dich?«

»Und wie, du Idiot.«

»Das kannst du überall lesen. In jedem Trolleybus, in jedem öffentlichen Gebäude.«

»Super, und wenn mir der Inhalt nicht gefällt?« Ich schlug das Buch auf. Mehr aus Unsicherheit denn aus Interesse. Ich schlug es mittendrin auf.

Sie zog sich an. Sie stand vor einem Spiegel. Nein, an ihrem Körper gab es nichts Monströses. Unterhalb der Schultern …

Rasch blätterte ich nach vorne. Die ersten Seiten entstammten tatsächlich einem Aufsatz von Lenin, *Staat und Revolution* aus dem Jahre 1917, doch dann folgte eine deutsche Übersetzung von *Die unerträgliche Leichtigkeit des Seins.*

»Milan Kundera«, flüsterte ich ehrfürchtig, drückte das Buch an mich und hastete um den Tisch herum. Mit dem freien Arm umschlang ich Petres Hals, zog sein Gesicht zu mir. Ich küsste ihn auf den Mund. Sofort hörte Puscha auf, in dem Paket zu rascheln. Karin und Misch unterhielten sich über die Tschechei, und aus den

Augenwinkeln nahm ich wahr, dass Sebastian erstarrte. Gerne hätte ich noch etwas zu Petre gesagt, etwas
Schönes. Doch der stand mit geradem Rücken auf und
marschierte wortlos ins Haus. Leo, dieser Verräter,
folgte ihm schwanzwedelnd.

7

Sebastian war immer schon da, zunächst in meiner Klasse, dann eine Klasse über mir. Ich kannte seine Schwestern Eli und Liane, kannte seine Freunde, kannte sogar seine Mutter, da sie an unserer Schule Russisch unterrichtete. Niemand mochte sie, weil wir auf Englisch und Französisch erpicht waren. Sebastian aber war beliebt. Er lächelte viel, und wenn er mich sah, dann strahlte er. Irgendwann beschloss ich, dieses Strahlen nicht mehr zu ignorieren. Es war einfach an der Zeit, ihm eine Chance zu geben. Während einer Tanzveranstaltung gestattete ich ihm, seine Wange an meine Wange zu legen. Dazu musste er sich nicht verrenken, wir passten wunderbar zueinander. Er war nur wenig größer. Er tanzte ganz passabel. Damit ich nichts falsch machte, drückte er seine rechte Hand fest gegen meinen Rücken. Durch den dünnen Stoff meiner Bluse versandten seine Fingerkuppen Botschaften an mein Gehirn, die ich mühelos verstand. Morsezeichen, die sich selbst erklärten. Ich führe dich, weil ich dich begehre, verkündeten seine Finger.

Na also, da war sie doch, die Liebe. Warum rannte ich Petre hinterher, warum versteifte ich mich auf Pfirsich, wo es doch auch Äpfel zu essen gab? Mein Verstand schmolz dahin, mein Körper wurde weich und anschmiegsam. Ich ließ zu, dass erst eine Hand, dann zwei von mir Besitz ergriffen. In der Pause spielte er den Kavalier, holte mir eine Limonade. Später besorgte er auch etwas zu Essen. Weißbrot, eine Kostbarkeit, mit frischem Kren. Bereits in der Theatergruppe war er mir als Organisationstalent aufgefallen. Dort galt seine Zuneigung allen, jetzt galt sie mir allein. Neugierig betrachtete ich ihn. Es war, als würde ich ihn zum ersten Mal sehen. Seine Haut wirkte durchscheinend, wurde durch Sommersprossen zusammengehalten. Mit seiner rotblonden Mähne glich er dem frisch gebackenen Brot in seiner Hand. Langsam führte er es zum Mund. Er aß nicht wie andere Menschen, sondern atmete die dünne Scheibe ein. Wie durch Zauberei war das Brot hinter seinen vollen Lippen verschwunden. Dabei war nichts Gieriges in seinem Verhalten, lediglich eine Zielstrebigkeit, die mich an meinen Vater erinnerte. Ein- und Ausatmen, schon wieder war eine Brotscheibe verschwunden. Fasziniert schaute ich ihm beim Essen zu. Erst nachdem er sich die Hände und den Mund ordentlich an einer Serviette abgewischt hatte, stellte er seine Frage.

»Würdest du eventuell mit mir wegfahren?«, wollte er wissen.

»Du meinst fliehen, auf einem Pferd, weiß, mit Flügeln?«

»Nein, ich meine in die Berge, auf den Königstein vielleicht.«

»Ach, so einer bist du.«

»Wie, so einer?«

»Berge sind schön, aber findest du nicht, dass sie arg im Weg herumstehen?«

»Oje. Nichts steht vergeblich herum, man muss die Dinge nur richtig nutzen.«

Weil er lachte, weil er über sich selbst lachen konnte, schlug ich ein. Ergriff seine Hand, schüttelte sie und ließ mich zu einem Ausflug überreden.

Frisch gewaschen und frisiert holte er mich ab. Ich hatte mich um nichts gekümmert. Zelt, Nahrungsmittel, Karte und sogar zwei Bizykel, klapprig, hatte er besorgt. Wir fuhren aber nicht in die Berge, sondern an den Alt nach Honigberg.

Das Zelt war überflüssig, ein rumänischer Schafhirte lud uns in seine Holzhütte ein, die erfüllt war vom Duft nasser Wollkleidung. Es war himmlisch. Wir feierten dies und jenes, wir tranken Ţuică und aßen sehr reifen Käse. Es war nicht zu glauben, dass etwas, das nur aus Milch hergestellt wurde, so gut schmecken konnte. In einer Ecke, weich gebettet auf zahlreichen Schaffellen, legten wir uns zum Schlafen. Doch schon bald spürte ich Hände. Es waren zärtliche Hände, geduldige. Da uns tiefe Dunkelheit umschloss, hätte ich mir einbilden können, es wären Petres Finger, die liebevoll mein Gesicht und meinen Hals erkundeten. Doch allein dieser Gedanke ließ mich hellwach werden. Ich flüsterte Sebastian zu, dass ich noch nicht so weit sei.

»Womit?«

»Mit der Glut und so.«

Zu Hause angekommen, rannte ich sofort in den ersten Stock, suchte nach meinem Geliebten. Vielleicht sieht er mein Verlangen, so hoffte ich, vielleicht erweicht ihn dieses Etwas in meinem hungrigen Blick. Petre war nicht in seinem Zimmer, nicht im Keller. Diese Enttäuschung, die nicht einfach nur eine Enttäuschung ist, sondern ein Schmerz, raubte mir das letzte bisschen Hoffnung. Es war so schlimm, dass ich ein Ende herbeisehnte. Ich wusste nicht, welches Ende ich mir wünschen sollte, mein Lebensende oder das der Liebe.

Auch im Sommer fuhr ich mit Sebastian weg. Seine Haare wurden weiß, die Sommersprossen gingen in einen satten Braunton über. Ich fand ihn süß, aber anstrengend. Ihn interessierten Berge und Bären und Pflanzen, besonders Blütenpflanzen. Natürlich kannte er ihre Vor- und Zunamen. Über die Tatsache, dass ich mir diese Zungenbrecher nicht merken konnte – irgendetwas Grünes mit giganteum am Ende und etwas Blaues mit Pulmonaria am Anfang –, schüttelte er seinen blonden Schopf, wirkte aber keineswegs enttäuscht. Nie ging er ohne ein Boot, einen Wanderstock, eine Angel. Freizeitaccessoires schienen ihm je nach Bedarf aus dem Körper zu wachsen. Er liebte die Bewegung wie ich die Ruhe, vielleicht weil er der ausgeglichenste Mensch war, den man sich vorstellen konnte.

Aus irgendeinem Grund hatte er mich als Freizeitpartnerin erwählt. Wenn man ihn fragte warum, geriet er in Erklärungsnot.

»Weil ich wunderschön bin«, half ich nach. »Weil ich sehr intelligent und belesen bin.« Er zuckte die Schultern. »Weil ich alles mitmache?«

Ja, das sei es, grinste er, »mit dir könnte man so herrlich alles machen.«

»Könnte, warum sagst du nicht kann, kann man alles machen?«

»Weil es nicht stimmt, leider.«

Verglich man unsere Beziehung mit einem Hefeteig, dann war sie weder locker noch süß. Aber wir mochten uns, und wir lachten viel. Sebastian wurde mein allerbester Freund, mit dem ich im Gras lag und Wolkenbilder deutete. Wir berührten uns, wir küssten uns, aber da war eine Grenze, die wir nie überschritten.

Keine wöchentlichen Briefe mehr. Und der Grundton ein anderer.

Liebes Spatzerl,
wir bestehen darauf, dass Du zur Eri zurückkehrst.
Tu es einfach, egal, ob Du es verstehst. Tu es für uns.
Stell Dir vor, es hat den ganzen August durchgeregnet.
Hast Du das Paket bekommen?
Der Kukuruz, stell Dir vor, ist giftgrün. Er trägt allerdings auch wenig Kolben. Schweinefutter, sagen sie hier. Den Ausdruck Kukuruz kennen sie nicht, nur amerikanischen Süßmais. Überhaupt sind sie kaptschulig auf alles Amerikanische, immer noch.

Plötzlich hatte ich eine unbändige Lust, mit meiner Mutter zu reden. Ich meldete ein Ferngespräch an. Diesmal würde ich sie nach meinem Großvater fragen. Es dauerte drei Stunden, bis eine Verbindung zustande kam. Dann endlich, die verschlafene Stimme von Mamusch. Es war spät geworden, und ich hatte vergessen, was ich sagen wollte. Ich hoffte, sie würde mir irgendetwas erzählen, etwas, das meine Sehnsucht vertrieb, doch sie gähnte nur unablässig. Bereits nach einer Minute stritten wir uns.

»Puscha ist immer für mich da«, schrie ich in den Hörer.

»Für mich war sie nie da.« Alter Groll rieselte durch den Telefonhörer. Sie redete von ihrem neuen Leben und dass alles gut wäre, wenn ich doch endlich nachkommen könnte. Dass ich nicht zu ihnen wollte, brachte sie zur Weißglut.

»Spatzerl, das kannst du uns nicht antun.«

»Aber ihr, ihr konntet mir das antun.«

»Das war etwas ganz anderes. Das mussten wir tun. Für dich.«

Sie weinte, und das fand ich tröstend.

»Vielleicht komme ich ja, wenn du herausfindest, wo der Otata lebt.«

»Na, das wäre ja noch schöner …«

Mitten im Satz entstand eine lange Pause. Die Vermutung lag nahe, dass die Leitung unterbrochen worden war, doch das war nicht der Fall. Mamusch rang um Fassung.

Von wem ich redete?, fragte sie. Ihre Stimme klang neu oder neu gestimmt. Mit wenigen Worten erklärte ich ihr, was ich wusste, und mit etwas mehr Worten, was ich herauszufinden gedachte. Wieder entstand eine Pause, dann endlich bezog sie Stellung. Nein, definitiv, sie hätte sich nie um ihren Erzeuger gekümmert, sie hätte keine Ahnung, ob er noch lebte und wenn ja, wo. Sowieso sei ihr das vollkommen wurscht. Wie sie dieses »wurscht« zischte, es war eine Freude, das mit anzuhören. Sie schien tatsächlich erst durch mich wieder an die Existenz ihres Vaters erinnert worden zu sein.

»Warum kümmerst du dich um alte Geschichten?«,

seufzte sie schließlich, »was hast du mit ihm zu schaffen? Was willst du bei einem alten Mann, der …?«

Ich unterbrach sie. Puscha sei an allem schuld, in diesem Punkt gäbe ich ihr recht. Sie hatte verhindert, dass wir Erwin Schuller kennenlernten. »Aber wenn du das in Ordnung bringst, vielleicht komme ich dann.«

Als sie auflegte, klickte es in der Leitung, kurz danach ein zweites Mal. Spätestens jetzt wussten die Geheimdienstleute, dass ihr Land ein begeistertes Mitglied der sozialistischen Jugendbewegung verloren hatte. Vielleicht auch bald eine Bürgerin. Dabei war ich mir ganz und gar nicht sicher, ob ich Rumänien wirklich verlassen wollte. Und selbst wenn ich mich dazu entschloss, der Staat konnte mir die Ausreise ohne Angabe von Gründen jahrelang, jahrzehntelang verweigern.

Der Teufel scheißt gern auf die gleiche Stelle. Aus irgendeinem Grund hatte er sich meine neue Familie dafür ausgesucht.

Es war Abend, ein Wochentag Anfang November. Im Schlafzimmer lief der Fernseher. Misch und Puscha, dicht nebeneinander auf dem Sofa sitzend, waren in einem tiefen Fernsehschweigen gefangen. Die Videokassette mit vier Folgen der amerikanischen Serie *Dallas* hatte der Kollege eines Freundes ins Land geschmuggelt. Wir kannten sie auswendig, und mir ging es inzwischen auf die Nerven, wie Pamela dastand, in einem bieder zugeknöpften Nachthemd, die Augen tränennass, die Schminke verwischt. Im Hintergrund sah man J. R., der durch die Badezimmertür schielte. Seufzend erhob ich mich, trat ans Fenster. Auch im Nachbarhaus lief der Fernseher. Selbst auf die Entfernung erkannte ich, dass eine Ansprache des Conductors übertragen wurde. Er saß, nein, er stand hinter einem Schreibtisch mit der immer gleichen Bücherwand im Rücken. Der gebildete Schuster. Er war dafür verantwortlich, dass das Fernsehen nur noch ein Zweistundenprogramm übertrug. Das war selbst für sozialistische Verhältnisse lächerlich wenig. Statt der ersehnten Spielfilme aus dem Westen zeigte man Propagandareden und Serien aus den Bruderländern. Letztere auch selten, meistens am Wochenende. Und warum kein Sport mehr übertragen wurde, wusste er allein. Er, der durch vielfältige Methoden in unsere Gedanken und Träume zu schlüpfen versuchte und nun durch die Antenne ins Nachbarhaus rieselte.

Als es am Tor klingelte, dreimal kurz hintereinander, war ich ungehalten über die späte Störung. Leo begann zu bellen, und ich fluchte, weil ich meine Stiefel nicht finden konnte. In der vergangenen Nacht hatte es zum ersten Mal geschneit. Ohne Eile ging ich zum Tor und begrüßte den späten Gast. Die blinde Popescu wollte zunächst nicht hereinkommen, dann kam sie doch. In der Rechten schwenkte sie eine Tasche, sie bot Honig zum Kauf an. Ich rief nach Großmutter, rief extra laut, damit sie das Video ausstellen und Ceauşescus Rede einblenden konnte. Alle strömten in die Küche. Frau Popescu fragte, was so traurig gewesen wäre, woraufhin Puşcha sich hastig ein paar Tränen von der Wange wischte und eine Erklärung stotterte. Wir brauchten eine Weile, um uns von dem Schock zu erholen. Eine Blinde, die Tränen erspüren konnte, war das nicht eine Marktlücke?

»Wein oder Wasser oder eine Limonade?«, überbrückte Misch das Schweigen. Nie kam jemand zu Puscha, ohne bewirtet zu werden.

Wir saßen noch nicht lange, da wurde die Außentüre mit Wucht aufgestoßen, gleich darauf ein weiteres Mal. Lautes Poltern war im Flur zu hören, danach Ruhe. Diese Ruhe war beängstigend. Leo hatte nicht angeschlagen, also konnte es sich nur um Petre handeln. Warum aber kam er nicht in die Küche, um Servus zu sagen? Mischs Augen wechselten die Farbe.

»Joi«, hilflos hob er die Hand, ließ sie wieder herabsinken. Seine Mundwinkel zuckten. Als Erste erholte sich Puscha, sie stand auf, ging nachschauen. Ich folgte ihr und erkannte im Dämmerlicht der Flurbeleuchtung Petre. Er saß auf einem Hocker und neben ihm, auf dem Boden kauernd, Mira. Sie waren gerannt. Heftig atmeten sie ein und aus. Und wir ahnten: Unter den dicken Wintermänteln saß die Angst.

»Was ist geschehen?, konnte Puscha noch fragen.

»Ein Kommilitone hat uns gesehen«, konnte Petre noch antworten. Dann läuteten sie Sturm. Jeder von uns wusste, dass sich soeben unser Leben veränderte. Unser aller Leben. Wie ein herannahendes Gewitter war die Katastrophe spürbar. In Fellschuhen schlurfte Puscha zum Gartentor, man hörte, wie sie Leo oder sich selbst wortreich beruhigte. Taschenlampen leuchteten auf, ein kurzes Gespräch, dann kam Puscha mit vier Männern zurück.

Sie trugen dunkle Hosen, dazu eng sitzende Blazer, grau, und ihr Erkennungsmerkmal, neue Lederschuhe. Angesichts der Außentemperaturen eine erstaunlich unpassende Arbeitskleidung, fand ich, wunderte mich gleichzeitig über die Gedanken, die mich beschäftigten.

Zunächst schauten sie sich suchend im Hof um. Als sie nichts Verdächtiges entdecken konnten, drangen sie ins Haus ein. Es war wirklich das Eindringen von Jagdhunden, die Witterung aufgenommen hatten. Bis auf den Ältesten, der einen gelangweilten Blick zu verbergen suchte, befanden sich die drei anderen im Jagdfieber. Die Augenbrauen zeigten steil nach oben, die Köpfe bewegten sich ruckartig hin und her, und ihre Nasen schnüffelten. Mit wenigen Blicken versuchten sie Ordnung in die kleine Menschenansammlung zu bringen, dann rissen zwei von ihnen Petre und Mira hoch. Sie schleiften sie vor die Haustür. Kein Wort war gefallen. Ich stand eingeklemmt zwischen dem Kapitän und der Nachbarin und konnte nur etwas sehen, wenn ich mich auf die Zehenspitzen stellte. Petres Augen streiften mich. Es war ein Abschiedsgruß. Ob ich etwas gesagt oder gar geschrien habe, weiß ich nicht mehr.

Woran ich mich deutlich erinnere: An den Kapitänsrücken, diesen breiten Männerrücken, nicht mehr jung, noch nicht richtig alt, der plötzlich nach vorne sackte, als hätte ihn ein schwerer Schlag getroffen. Mühsam stützte er sich auf seinen Stock, die freie Hand suchte am Türrahmen Halt.

Nie habe ich den Geschmack von Angst deutlicher auf den Lippen geschmeckt. Diese Angst glich einer stachligen Frucht, die man auszuspucken versucht, aber es geht nicht, sie sitzt fest. Meine Großmutter begann, auf die beiden verbliebenen Männer einzureden. Die blinde Popescu versuchte sich zu verdrücken. In ihrer rechten Hand schwankte ein Honigglas. Jeder tat irgendetwas Sinnloses. Eine laute Stimme forderte uns auf, in die Küche zu gehen, Platz zu nehmen. Wir gehorchten.

»Ihre Personalien werden geprüft.«

Jemand riss am Arm der Nachbarin. Das Honigglas fiel auf den Linoleumboden; gute, teure Bienenfracht, mit Zucker gestreckt, ging zu Bruch, und ich erwachte aus der Erstarrung.

Die Gelegenheit nutzend, hastete ich ins Freie. Weil ich keine Schuhe trug, bohrten sich spitze Steine in meine Fersen, auch ein abgebrochener Eiszapfen war dabei, scharf wie eine Glasscherbe. Doch das stellte ich erst sehr viel später fest. Weit war ich nicht gekommen, da riefen sie mich zurück. Doch ich eilte weiter, stand vor dem Hoftor und riss es auf. Dunkle Schatten umspielten die Häuserfronten, nur jede dritte Laterne brannte. Da sah ich den Wagen. Ein kleiner Dacia, grün oder gelb. Die Dunkelheit machte sich zum Komplizen der Geheimen. Einer der Männer stieß zuerst Mira, dann meinen Geliebten ins Innere. »Petre!«, schrie ich.

Im Einsteigen drehte er den Kopf. Doch den Ausdruck auf seinem Gesicht konnte ich nicht erkennen. Bestimmt war auch er gelähmt vor Angst. Vielleicht aber war er auch froh darüber, dass jetzt alles vorbei war. Sie fuhren ohne Licht davon. Erst als sie um die Ecke bogen, wurden die Scheinwerfer eingeschaltet. Der Schnee, unschuldig weiß, sammelte die Lichtpartikel und warf sie mir zu. Ich schüttelte mich und blickte Hilfe suchend um mich.

Obwohl das Gezeter meiner Großmutter bis zu mir drang, wurde in keinem der Nachbarhäuser ein Fenster oder eine Tür geöffnet. Niemand wollte etwas sehen, niemand wollte gesehen werden. Der Stein in meinem Hals löste sich, und als hätte man den Zugang freigelegt, kamen die Tränen.

»Petre!« Jetzt war es nur noch ein Schluchzen. Ich hatte vergessen, ihm zu sagen, wie sehr ich ihn liebte. Das war das eine. Das andere: Warum war Mira an seiner Seite?

Im Nachbarhaus lief immer noch Ceauşescus Rede.

> … *wegen mangelnder Erfüllung der Anforderungen ist der Energieminister, Genosse Ioan, bereits vor zwei Monaten aus dem ZK ausgeschieden, weitere Minister werden ihm nun folgen müssen, da* …

Also war doch ein Fenster geöffnet worden, also interessierte sich doch jemand für unser Schicksal.

Sie durchsuchten wieder den Keller, sie durchsuchten aber auch die Küche, das Badezimmer, die Schlafzimmer. Kein Brett blieb liegen, kein Kissen unversehrt, keine Schublade und kein Karton unbeachtet. Nach und nach belagerten immer mehr Geheimdienstler das Haus, insgesamt zwölf Leute. Sie machten ihre Arbeit, sie beschützten ihr Land, sie fühlten sich im Recht. Wir, die wir von einer Ecke in die andere geschubst wurden, waren Verräter, Abschaum.

Der Kapitän wurde als Erster verhört. Er durfte sich nicht hinsetzen, er durfte sich nicht einmal an eine Wand lehnen. Zitternd verharrte er neben der Kredenz.

Nein, er habe nichts zu sagen, stotterte er, von Protestbriefen wisse er nichts. Nein, dieses Dokument sei ihm unbekannt.

Der älteste der Männer hatte sich als Oberstleutnant Georghe Siminica vorgestellt und allen freundlich die Hand gereicht. Jetzt aber wechselte er das Kostüm, ein

Schauspieler, der in eine neue Rolle einsteigt. Mit gefletschten Zähnen hielt er dem Kapitän ein Schriftstück unter die Nase, sein Schnurrbart vibrierte.

»Das haben Ihr Sohn und seine Hurenfreundin verteilt.«

»Es tut mir leid, dazu kann ich nichts sagen, ich kenne es nicht.«

»Wir wissen aber, dass Sie ihm geholfen haben. Sie haben ihn gedeckt. Das alles hat er bereits zugegeben.«

»Mein Sohn ist weggebracht worden, woher wollen Sie wissen, was er gesagt hat?«

Den Einwand ließ Siminica nicht gelten. Alle würden sie reden, davon könne man ausgehen, außerdem lägen die Beweise auf der Hand. Eine Mitarbeit, noch besser ein Geständnis, würde Vieles erleichtern.

»Wo ist mein Sohn?«, fragte der Kapitän zurück. »Wo haben Sie ihn hinbringen lassen?«

»Halten Sie den Mund, ich stelle hier die Fragen.« Der Genosse befahl uns, die Küche zu verlassen.

Das Verhör wurde hinter verschlossener Tür fortgesetzt. Beim Hinausgehen sah ich, wie der Kapitän schwankte. Deutlich traten die Adern an seinen Schläfen hervor.

Das Gespräch dauerte eine Stunde, vielleicht auch länger. Danach kam Puscha an die Reihe, dann ich, dann die blinde Popescu. Erst um drei Uhr durften wir ins Bett.

Genosse Siminica stellte allen die gleichen Fragen, stellte sie wieder und wieder, ein Mantra, einstudiert während der Sekuritate-Ausbildung.

»Seit wann verteilen Herr Dobresan und seine Freundin antisozialistische Propaganda?«

»Wer hat ihm beim Drucken geholfen?«
»Wo fanden die Arbeiten statt?«
»Woher hatte er das Papier?«
»Wer hat die Tinte besorgt?«
Und wenn man immer wieder betonte, nichts von all dem gewusst zu haben, schrie der Genosse: »Wir wissen sowieso alles.«

Zum Abschied warf er uns ein kollektives: »Wir sehen uns noch …« zu. Sein dichtes Kopfhaar war ein wenig durcheinandergeraten, doch sein Gesicht wirkte ziemlich frisch, als gehörten nächtliche Einsätze zu seinem Alltag. »… wegen der Lebensmittel und natürlich wegen … Sie wissen schon.«

Er drohte uns, damit wir unsere Fragen hinunterschluckten, er stieß auch den letzten Stuhl um, damit wir auf Tage hinaus mit Aufräumen beschäftigt waren.

Ja, die Männer machten ihre Arbeit gründlich. Sie beschützten ihr Land, sie fühlten sich im Recht.

Das Haus glich einem Trümmerfeld. Puscha, der Kapitän und ich waren die Verwundeten, die in ihrem Schmerz, ihrer Ohnmacht auf dem Feld zurückgelassen wurden. An Petre wagten wir kaum zu denken. Aber: Wieder hatten sie nichts gefunden, nichts außer gehorteten Lebensmitteln, und davon auch nur einen Teil.

Die blinde Popescu. Als sie heimging, noch ein bisschen gekrümmter als sonst, noch ein bisschen langsamer als sonst, gab sie uns den Ratschlag, das Dielenbrett in der Kammer, unter dem die Westware lag, mit einem Nagel zu fixieren. Wir dankten ihr für den Tipp, bezahlten den zu Bruch gegangenen Honig und gaben ihr ein Päckchen Kent-Zigaretten. Schmerzensgeld und Schweigegeld in einem.

Ungläubig stand ich vorne am Pult, starrte auf die Vier. Mit einem roten Stift war sie unter den Test gekritzelt worden. Ich hatte sonst immer eine Zehn, mindestens eine Neun. Seit ich bei Puscha lebte, war ich nicht fleißiger geworden, dennoch hatten sich meine Zensuren erheblich verbessert. Als die Tränen kamen, trat Karin neben mich. Das hatte noch niemand gewagt. Besitzergreifend legte sie ihren Arm um mich und sah Herrn Honigberger streng an. Der starrte an uns vorbei, rief den nächsten Schüler auf. Als ich immer noch nicht gehen wollte, sagte er:

»Agnes, da war nichts zu machen, wirklich.«

»Aber sie hat gelernt«, mischte sich Karin ein.

»Hier wird nicht geprüft, ob man gelernt hat, sondern ob man etwas weiß. Das ist nicht dasselbe. Ich verstehe allerdings, dass es nicht immer leicht ist.«

Gar nichts verstand er.

Um halb sechs war ich aufgestanden und hatte mich auf den Weg gemacht. Der Vorteil schlecht geheizter Wohnungen: Man schlief in voller Montur, Unterwäsche, Hose, Jacke, Mantel. Die Straßen so leer. Leer von Lärm und von Menschen, die welchen hätten verursachen können. Keine Gerüche. Die Kälte hatte sie zu Boden gedrückt oder neutralisiert. Gott war mir in solchen Stunden sehr nah. An jenem Tag aber, zwei Tage nach Petres Verhaftung, kam Gott mir wie ein unerreichbarer Stern vor, irgendwo weit draußen im All.

Vielleicht war er bereits erloschen. Ab und zu drang das gleichmäßige Atmen von Erschöpften durch schlecht isolierende Fenster. Sehnlichst wünschte ich mir Unterstützung herbei. Wie war es möglich, dass Petre verhaftet worden war und niemand, niemand außer der nächsten Verwandtschaft davon wusste.

Das Gebäude der Staatssicherheit in der Angergasse, die Villa Popovici. Enteignet, umgebaut, verschmutzt. Jetzt ein Verwaltungsgebäude mit vergitterten Fenstern. Die ehemals helle Fassade blätterte ab, zeigte dunkle Wunden, unter denen das Mauerwerk sichtbar wurde. Das Gegenteil von Verkrustungen. Nicht weniger schäbig die Schwesternvillen rechts und links. Langsam, gleichmäßig wie eine Wanduhr pendelte ein Wachposten vor der Villa auf und ab. Unter der dicken Fellmütze suchte ich nach menschlichen Zügen, doch es war zu dunkel, ich konnte mein Gegenüber nicht erkennen. Dabei zauberte die Glut seiner Zigarette kleine Lichtsterne in die weiß gefrorene Nachtluft. Der Mann war ein Soldat, war nicht mehr, war nicht weniger.

Gestern hatten wir vergeblich versucht, von ihm oder seinem Kollegen vorgelassen zu werden. Selbst die Auskunft, ob Petre sich hier oder an einem ganz anderen Ort aufhielt, hatte man uns verwehrt. Die Mauer der Angst kann um eine Mauer des Schweigens erhöht werden.

Erschöpft und doch hellwach lehnte ich mich schräg gegenüber an eine Häuserwand und wartete. Um sechs Uhr sollte der Schichtwechsel stattfinden. Ein Kollege von Misch hatte uns geraten wiederzukommen, wenn Ion Tanase, ein Vetter von ihm, Dienst tat. Doch niemand kam. Der Schichtwechsel fiel aus irgendeinem

Grund aus. Ich pendelte nun ebenfalls, pendelte von rechts nach links, kämpfte dagegen an einzuschlafen und festzufrieren. Kurz vor acht Uhr löste Puscha mich ab, wir küssten uns kurz. So gerne, wenigstens jetzt, wenigstens in dieser schwierigen Situation, wollte ich mich einem Menschen ganz öffnen, doch ich war nicht offener, eher vorsichtiger geworden. Mit einem traurigen Lächeln nickte sie mir zu, dann ging ich in die Schule, erst langsam, als suche ich den Weg, schließlich eiligen Schrittes. Zitternd vor Kälte und Erschöpfung betrat ich das Schulhaus. Im Klassenzimmer angekommen, bekam mich eine Stunde lang niemand vom Kohleofen weg. Später erzählten sie mir, ich hätte einen verwirrten Gesichtsausdruck zur Schau gestellt, und die Befürchtung, ich könnte aus dem Fenster springen oder sonst etwas Unüberlegtes tun, hätte Frau Floranu davon abgehalten, dem Direktor Meldung zu erstatten.

»Zur Schau stellt man etwas, das nicht ernst gemeint ist«, betonte ich und drehte mich auf dem Absatz um.

Zu Hause erwarteten mich ein Zettel und ein paar kalt gewordene Piftelle. Puscha hatte Fleisch aufgetrieben. Auf dem Zettel die Nachricht, dass Misch die Nachmittagsschicht vor der Villa Popovici nicht übernehmen könne, ich solle kommen. Obwohl ich zum Umfallen müde war, machte ich mich sofort auf den Weg. Unterwegs aß ich mein Essen. Der Hunger war mir nicht vergangen, im Gegenteil. Rücksichtslos aß ich alle sechs Piftelle. Als ich in der Angergasse ankam, war Puscha nirgends zu sehen. Ein gutes Zeichen. Vielleicht hatte sie einen Termin beim Oberstleutnant bekommen. So gut das mit Handschuhen ging, drückte ich beide Daumen und wünschte mir, aus diesem Albtraum zu erwachen. Das war ein frommer Wunsch.

Um nicht verrückt zu werden, holte ich das Biologieheft hervor. Doch mir war so kalt, meine Hände zitterten so stark, dass es mir entglitt und in den festgetretenen Schnee fiel. Keine Schmutzränder, Gott sei Dank, aber nasse Stellen, die die Tinte an einigen Stellen in blaue Gletscherseen verwandelten. Herr Honigberger war so freundlich, jeden Test anzukündigen, und der Aufbau des Zellinneren hatte mich jetzt, genau jetzt zu interessieren. Ich wartete drei Stunden, ich las drei Stunden, ohne auch nur eine einzige Zeile zu verstehen. Immer wieder stellte ich mich zum Aufwärmen in die Sonne, doch von meinem Sonnenplatz aus konnte ich den Eingang nicht überblicken, daher pendelte ich zurück.

Dann endlich kam Puscha heraus. Sie lächelte mir zu. Doch daran, wie sie ging, daran, wie sie die Schultern nach vorne sinken ließ, wusste ich, sie hatte nichts erreicht.

Ja, Petre sei noch in Kronstadt, hätte man ihr mitgeteilt, doch wo, das wolle man nicht verraten, aus Sicherheitsgründen. Und Besuch sei nicht erlaubt. Für diese beiden Sätze hatte sie den ganzen Vormittag und den halben Nachmittag auf einer harten Bank im Flur der Villa Popovici ausgeharrt.

»Und … warum … wird er … festgehalten?« Mir war so eisig kalt, dass ich kaum sprechen konnte. Vielleicht war es auch die Angst vor der Antwort, die meine Zunge lähmte.

»Landesverrat.«

»Ist das schlimm?«

»Joi, wie auch immer sie es nennen, ich bin mir sicher, sie wollen ihm ein Gratisbillett nach Piteşti schenken.«

Hatte ich laut geredet? Als Karin mich endlich auf meinen Platz zog, erklärte Herr Honigberger:

»Bio, die Lehre vom Leben. Egal in welcher Reihe man ansteht, Biologie kann man immer lernen.«

Mein Bild in der Vitrine, Auszeichnung für gute Führung, Beweis, dass ich in Französisch, Marxismus-Leninismus und Mathe jeweils die Note 10 erreicht hatte, verschwand ein paar Tage später. Ein leerer Fleck blieb nicht zurück, es gibt immer Nachrücker und Gewinner.

Die Erinnerung an diese Zeit kehrte nie vollständig wieder. Einzelne Puzzleteile aber sind geblieben. Ich erinnere mich daran, dass Karin begann, mir jeden Tag einen Apfel in die Schule mitzubringen. Als wären sie Löschblätter, dazu geeignet, Ängste aufzusaugen. Ich erinnere mich an den Verfall von Misch. Drei Finger seiner rechten Hand konnte er nicht mehr bewegen, und er musste sich nicht mehr zweimal täglich rasieren. Immer öfter schlief er in Petres Zimmer. Puscha schimpfte. Sie erwarte nachts einen Mann in ihrem Bett vorzufinden, maulte sie. Kochen und Hemden bügeln müssten abgestreichelt werden, so sei das immer schon gewesen.

»Ich kann bei dir schlafen«, schlug ich vor und zog mit Sack und Pack in Puschas Doppelbett. Wenn der Kapitän zu Besuch kam, musste ich allerdings auswandern. In meine kalte Kammer, ins eisige Bett, in der ein

Wintermantel, drei Paar Wollsocken und eine Mütze immer noch nicht ausreichten, um durchzuschlafen.

Seit drei Wochen kein Lebenszeichen von Petre. Wir ahnten, die Wartezeit hatte erst begonnen.

Wie ein Gespenst saß er neben uns am Tisch. Wir schleppten ihn mit in die Arbeit und in die Schule, wir schliefen mit ihm. Der Kapitän und ich. Puscha ging die Dinge nüchterner an.

»Joi, so ist es, wenn man zu viel riskiert. Er ist nicht in der Spur geblieben. Kein Wunder also, wenn alles entgleist. Und wir sitzen mit im Waggon.«

»Wie kannst du so reden?«, wehrte sich der Kapitän, »er ist jung, er hat ...«

»Ja, ich weiß, er hat es für uns alle getan«, vollendete Puscha den Satz. Nachdenklich ging sie zum Wasserhahn, wollte ihr Glas füllen, doch die Leitung gab lediglich ein beleidigtes Gurgeln von sich.

»Wenn es wenigstens Sommer wäre. Wenn sie wenigstens mich geholt hätten«, jammerte der Kapitän. »Ich bin schon so weit, dass ich um ein Verhör bettle, nur damit ich mich nach ihm erkundigen ...«

»Jetzt iss doch endlich!«, unterbrach ihn Puscha. »Und kümmere dich endlich um einen Anwalt.«

»Ohne Rahm kriege ich das nicht runter. Bei meiner Mutter gab es dazu Rahm.« Unglücklich starrte er auf die trockenen Kartoffeln.

»Kruzitürken, lass mich mit deiner Alten in Ruhe. Glaubst du, dass Petre Rahm serviert bekommt?« Puscha merkte zwar, dass sie dieses Thema lieber hätte meiden sollen, sie war jedoch mächtig in Fahrt geraten, konnte nicht mehr bremsen. »Wie schrecklich naiv du bist. Immer noch denkst du, mit Freundlichkeit könne man in diesem Land etwas erreichen. Aber sie lügen, wenn sie den Mund aufmachen, sie können dir alles erzählen. Du hast keine Möglichkeit, ihre Antworten zu überprüfen.«

»Hör auf!«, wehrte sich der Kapitän. »Warum quälst du mich?«

»Na schau, mehr fällt dir nicht ein. Wir haben darüber gesprochen, was zu tun ist, aber es passiert nichts. Warum telefonierst du nicht mit einem Anwalt, warum schreibst du ihren Eltern keinen Brief?« Ihr Kopf deutete auf mich. Nie sprach Puscha von sich aus über meine Eltern. Jetzt aber schien es ihr wirklich wichtig zu sein. Sie wandte sich mir zu. »Die Briefe deiner Mutter liegen unbeantwortet neben deinen Unterhemden, willst du das nicht einmal ändern?«

»Was kann Mamusch schon tun?«

»Joi, kommst du nicht selbst darauf?« Tief beugte sie sich herab, zischte mir ins Ohr: »Sie weiß, wie es hier zugeht, aber sie braucht Namen. Jetzt geben wir ihr Namen. Petre Dobresan und Mira Soundso. Deine Mutter, die auch meine Tochter ist, sie soll die Namen im Radio veröffentlichen, in den Zeitungen, im Fernsehen. Von mir aus kann sie alle deutschen Politiker anschreiben. Herrgott, das kann sie doch tun. Für uns und für ihr Kind.«

Ein Schweigen wie nach einer ergreifenden Predigt. Puscha wäre vielleicht eine gute Anwältin geworden. Sie wäre bestimmt eine gute Kämpferin geworden. Was aber hatte sie all die Jahrzehnte über gemacht? Ceauşescu war seit 1965 an der Macht. Warum hatte sie diesen

Staat wachsen lassen, zu einem Geflecht, das alles überwucherte?

»Aber wie …?«

Wie ein Lokomotive stieß Puscha Luft aus, kurz und laut. Sie tippte sich auf den Mund, teilte mir stumm mit, dass ich schweigen solle.

Sorgsam legte der Kapitän das Messer aus der Hand, stand auf und bedeutete uns, ihm zu folgen. Sein Stuhl fiel donnernd zu Boden, so stark zitterte er. Dann fasste er nach meinem Arm und zog mich mit. Wir durchquerten den Flur.

»Wohin?«, wollte ich wissen, doch er ging auf meine Frage nicht ein. Erst oben im Bad begann ich zu begreifen.

»Na, was wolltest du fragen?«, wollte Puscha wissen, nachdem sie den Wasserhahn geöffnet hatte.

»Wie soll ich die Nachricht rausschmuggeln?«

»Schaut, sie weigert sich nachzudenken.« Puscha stieß Misch an. »Hat nicht Karin, ich meine, ihre Familie, den Pass bekommen?«

»Und wenn sie erwischt wird?« Ich biss mir auf die Lippen, »oder das Geheimnis verkauft?« Erinnerungen an Rosi, schmerzhaft wie Nadelstiche, drangen an die Oberfläche. Aber da war auch ein gewisser Trotz mit im Spiel. Warum verlangte sie von mir, dem Kind, schier Unmögliches.

Diesen Trotz muss Puscha gespürt haben, denn sie blies sich zur doppelten Größe auf. »In diesem Fall, Agnes«, belehrte mich meine Großmutter, würde sich das Risiko rentieren. Rentieren war immer schon eines ihrer Lieblingswörter gewesen, das *R* am Anfang hätte einen Lastwagen den Berg hinaufschieben können, so kraftvoll war es. »Jetzt ist es zu spät für eine höfliche Zurückhaltung, jetzt muss gehandelt werden.« Breitbeinig stand sie neben dem Waschbecken, während Misch sich auf dem Badewannenrand niedergelassen hatte. Puschas Armbänder funkelten, angestrahlt durch eine neue 60-Watt-Birne, die der Kapitän auf dem Schwarzmarkt ergattert hatte.

»Ich finde es nicht richtig, dass Petre uns nicht gewarnt hat«, fuhr sie fort, aber ins Jammern zu verfallen und nichts zu tun sei genauso blöd.

Nach kurzem Zögern nickte ich, nickte dankbar. Sie hatte recht, es musste etwas geschehen. So furchtbar ich ihre Art auch fand, sie spielte die Rolle der Antreiberin ausgezeichnet.

»Du hättest Dompteurin werden sollen«, warf ich ihr zu. »Aber ich schreibe den Brief erst, wenn ihr mir alles gesagt habt. Alles. Unter Landesverrat kann ich mir nichts vorstellen.«

Misch seufzte laut. Das Sprechen fiel ihm schwer.

»Petre hat alleine, wirklich alleine, Hunderte von Kopien hergestellt. Immer mit dem gleichen Inhalt:

```
Wer gegen die Politik von Ceaușescu
protestieren will, soll jeden Sonntag,
11 Uhr, auf den Marktplatz kommen.
```

Glaub mir, ich wusste nichts davon, bis zu dem Tag, als du im Keller herumgeschnüffelt hast.«

»Du musst aber einen Verdacht gehabt haben.«

»Nicht den geringsten«, seufzte der Kapitän, »sonst hätte ich ihn früher rausgeworfen.«

»Du? Ich dachte er sei wegen mir gegangen.«

Der Kapitän wischte sich die Augen trocken, betätigte sicherheitshalber die Toilettenspülung und erzählte, dass er damals alles entsorgt hätte, auch die Materialien, die für die Herstellung der, der …, er suchte nach einem Wort, … Schriftstücke nötig waren.

Hastig versuchte ich, mir die damaligen Geschehnisse in Erinnerung zu rufen. Nicht lange nach der ersten Hausdurchsuchung war der Kapitän zusammengeschlagen worden. Ob da ein Zusammenhang bestanden hätte, wollte ich wissen.

»Ein Zusammenhang?«, lachte Misch bitter. »Sie wollten Petre einen Denkzettel verpassen und haben den Falschen erwischt.« Traurig schaute er zu Puscha auf. »Oder den Richtigen, wer weiß das schon. Oft ist es wirkungsvoller, Hand an die Angehörigen zu legen. Da erst habe ich begriffen … wirklich begriffen und vor allem am eigenen Leibe gespürt, was für Schweine … ich meine, wie … wie gefährlich sie sind.« Er verhaspelte sich mehrmals beim Sprechen, doch seine Stimme war klar.

Mein Gott, warum er nicht früher alles erzählt hätte, fuhr ich ihn an, damit ich Petre besser …

»Was, beschützen oder kontrollieren?«, unterbrach uns Puscha. »Mach dich nicht lächerlich.«

Das sei meine Sache, widersprach ich, ob Petre wenigstens wüsste, dass ich den Keller nicht leergeräumt hatte.

»Nein, das weiß er nicht«, gab der Kapitän zu. Um das klarzustellen, hätte er Petre zur Rede stellen müssen, das aber habe er nicht gewollt.

»Wieso?«

»Aber das ist doch klar«, erläuterte Misch. »So egoistisch Petre auch gehandelt hat, er hat uns immer schützen wollen. Wenn du aber jemanden schützen willst in diesem Regime, dann musst du ihn anlügen. Das wollte ich ihm nicht antun. Ich dachte, nein, ich hoffte, die Sache sei ausgestanden. Aber anscheinend hatte Mira noch Exemplare.«

»Ein Mitschüler oder Kommilitone hat sie verraten, weißt du, wer es war?«

Der Kapitän schüttelte den Kopf.

Da sah ich es. Seine Haare waren grau geworden, nein, weiß, wie frisch gefallener Schnee.

8

Alles war schwer im Winter 1988/89. Aber wann immer es ging, besuchten Sebastian, Karin und ich das Kino oder das Theater. Die Räume waren sparsam geheizt und die Filme zum Davonlaufen schlecht, billige indische oder tschechische Produktionen. Doch immer brachte jemand einen kleinen Kohlegrill mit, Kohlen natürlich auch oder billige Holzspäne. Mit der Zeit bildeten sich warme Luftschichten, die emporstiegen und die kühlere Luft verdrängten. Wie Stalltiere genossen wir die Gesellschaft der anderen, rückten dicht an Fremde heran. Manchmal allerdings wurde der Rauch unerträglich, und wir mussten das Kino oder das Theater tränenblind und keuchend vor dem Ende der Vorstellung verlassen.

»Zum Kotzen, dieser Film.« Sebastian japste nach Luft, hielt sich an mir fest. »Aber die Dunkelhaarige hatte hübsche Beine.« Klar, er wollte mich aufheitern, er wollte mich aus der Reserve locken. Seit es so kalt war, hatte er keinen Zipfel Haut mehr von mir zu sehen oder zu spüren bekommen. Das lag auch daran, dass meine Gedanken immer bei Petre waren. Wie nach einem schlimmen Unfall durchlief auch ich verschiedene Phasen. Da war zuerst der Schock, der mich lähmte und meine Zensuren in den Keller fallen ließ. Dann kam der Schmerz und schließlich die Wut. Wut auf diese Verrückten, diese Größenwahnsinnigen und Machthungrigen, die sturzbetrunken, mit einem gestohlenen Wagen, den sie Regierung nannten, ohne Licht und mit überhöhter Geschwindigkeit, die sie Gesetze nannten, auf unser Leben zuhielten. Ich wurde gezwungen, der Wahrheit ins Gesicht zu schauen: Ich lebte in einer Diktatur, in der das Drucken von Flugblättern härter bestraft wurde als ein Mord. Wie war das möglich? War ich schuld? Ich und meine Eltern und Sebastian und alle, die schwiegen, die sich nicht trauten, die …

»Ach, Blödsinn«, fuhr ich Sebastian an, holte aus und verpasste ihm einen Klaps. »Wenn ich Nylonstrümpfe ohne Löcher hätte, wenn ich in einem warmen Raum herumstolzieren könnte, auf hochhackigen Schuhen, dann würdest du keinen Unterschied zwischen ihren und meinen Beinen feststellen.«

»Beweisen!«, rief er mir zu. »Wir fahren zu meiner Schwester, die hat alles.«

»Genau das ist es ja«, giftete ich ihn an. »Du verstehst gar nichts. Warum hat deine Schwester eine geheizte Wohnung, warum hat sie Nylonstrümpfe? Weil sie mit einem Funktionär verheiratet ist, deshalb.«

»Aber sie ist immer noch meine Schwester.«

Es war mein letzter Besuch bei Karin. Die Familie wohnte in einer Wohnung ohne Fenster, im Erdgeschoss eines großen Wohnblocks. Warum die Fenster vergessen worden waren, wusste niemand.

»Wie geht's?« Wir stellten die Frage gleichzeitig.

In der winzigen Küche standen zwei Stühle. Die Wände waren im Sommer frisch gestrichen worden, doch die Farbe zeigte bereits feine Haarrisse. Am Plafond hatte sich Eis gebildet. Weil der Backofen offen stand, um den Raum zu beheizen, tropfte Tauwasser auf den Tisch und den Fußboden. In der Wohnung roch es säuerlich.

»Warum besteht ein rumänischer Supermarkt aus drei Stockwerken?«, fragte ich Karin. »Ich sag's dir. Er ist wie euer Regal aufgebaut. Im Erdgeschoss verkaufen sie Mineralwasser, im zweiten Stock Dosenerbsen, im dritten Essig.«

Karin zog eine Schnute. »Das ist nicht witzig.«

»Du hast recht«, gab ich zu, und unser Gespräch verstummte. »Wo sind eure Möbel?«, fragte ich schließlich.

»Verkauft.«

»Und ihr fahrt wirklich?« Ich wusste nicht, wie ich ihr das mit dem Brief schmackhaft machen sollte. Warum sollte jemand, der dabei war, sich in Sicherheit zu bringen, das Risiko eingehen, an der Grenze aufgehalten zu werden? Welches Argument konnte ich vorbringen außer dem Appell an ihre Menschlichkeit?

Unruhig tastete ich nach meinem Mantel. Aus Furcht, kontrolliert zu werden, hatte ich eine Naht des Futters aufgetrennt und den Brief versteckt. Nicht sehr originell, aber mir war kein besseres Versteck eingefallen.

»Ist fast nichts Besonderes mehr«, antwortete Karin. »Alle fahren. Fast alle.«

»Aber ihr habt siebzehn Jahre gewartet.«

»Noch länger. Als meine Eltern das erste Mal die Ausreise beantragt haben, da war ich noch gar nicht auf der Welt.«

»Ha, dann kannst du froh sein, dass sie dich mitnehmen dürfen.«

»Setz dich«, forderte Karin mich auf. Ihr Vater sei in Bukarest, berichtete sie, die Ausbildungskosten müssten zurückgezahlt werden. Für Schule, Studium und so weiter. Das hätten sie nicht einkalkuliert, schlichtweg vergessen und plötzlich Geld gebraucht. »Du wirst das noch merken.«

»Was denn?«

»Wie teuer eine Ausreise ist und dass …«

Ich hörte ihr nicht zu, sondern jonglierte im Kopf mit Worten. Erst als Karin berichtete, ihr Vater sei in der Hauptstadt als Ausländer eingestuft worden und müsse im Hotel mit Devisen bezahlen, horchte ich auf.

»Als Nochrumäne darf er aber keine Devisen besitzen, es ist absurd. Am Ende werden sie ihn als Zechpreller dortbehalten«, vollendete Karin ihren Bericht. Es war nicht ersichtlich, ob sie sich wirklich Sorgen machte oder nicht. Egal, ich ergriff meine Chance. Ein Zechpreller, ach wie schön.

Rasch kramte ich den Brief hervor und hielt ihn ihr unter die Nase. Wenn sich ihr Vater sowieso am Rande der Illegalität bewegen würde, versuchte ich Karins Abwehr zu umgehen, und jeder wisse, dass es eine Kollektivbestrafung in Rumänien gebe, sie also im Falle einer Verhaftung ebenfalls angeschmiert sei, ob sie sich dann nicht vorstellen könne, eventuell und unter gewissen Umständen ebenfalls kriminell zu werden? Mit großen Augen starrte sie auf meine Hand, starrte auf den dargebotenen Brief. Sie wusste von Petres Verhaftung, doch damit sie das Ausmaß der Gefahr, in der er steckte, ermessen konnte, fütterte ich sie mit übertriebenen und erfundenen Schreckensmeldungen aus Piteşti.

»Karin, du musst ihm helfen. Nein, du musst ihm und mir helfen«, bettelte ich. »Wenn du den Brief nicht mitnehmen willst, lern ihn auswendig. Allerdings wird dann die Beweiskraft gemildert. Meine Großmutter sagt, du sollst ihn meiner Mutter schicken, aber ich glaube, die Liga für Menschenrechte ist verlässlicher. Die sitzt in Paris oder so. Das musst du herausfinden und denen dann alles berichten, was du weißt. Bitte.« Ich drängte, nachdem Angst und Abwehr in ihrem Blick an Intensität zugenommen hatten. »Weil du mich verlässt, ausgerechnet du, und mich ohne Trost zurücklässt.«

»Ja«, seufzte Karin und brachte mich zur Tür. »Aber die Äpfel sind jetzt sowieso alle weg. Übrigens, weißt du schon?«

Nein, ich hatte es nicht gewusst.

Den Brief nahm sie mir ab, wenigstens das, und über das Gehörte dachte ich den ganzen Heimweg über nach.

Auch Herr Honigberger, mein Lieblingslehrer, hatte einen Ausreiseantrag gestellt. Er durfte nur noch bis Ende des Schuljahres unterrichten. Dann wurde ihm eine neue Stelle zugewiesen. Als Lastwagenfahrer oder als Hausmeister. Ich stellte ihn zur Rede.

»Sie sind der einzige Lehrer an der Schule, der seinen Beruf liebt. Sie können nicht gehen, bevor ich fertig bin.«

Honigberger lachte, dabei hob er die Arme, als würde ich ihn mit einer Waffe bedrohen. Vertrauter Duft stieg von ihm auf, er wechselte seine Hemden nicht oft. Dann spielte er wieder dieses Spiel mit mir.

»Weißt du«, sagte er, »Honigbergensis grandiosus gibt es mehr, als man denkt. Ihre Zahl wird unterschätzt, weil sie viele Unterarten bilden, sich oft bis zur Unkenntlichkeit tarnen.«

»Das will ich jetzt nicht hören. Ich will, dass Sie bleiben. Sie haben Verantwortung.« Zu spät merkte ich, wie Mamuschs Worte aus mir herauspurzelten. Tata hatte sie damit nicht aufhalten können. Vielleicht aber schaffte ich es, Herrn Honigberger umzustimmen.

»Meine Eltern sind Lehrer, wie Sie wissen. Beide sind ohne Anstellung. Die neuen Nachbarn zeigen mit dem Finger auf sie. Im Westen wartet längst niemand mehr auf uns«, beteuerte ich. Doch sein Blick streifte mich mit dieser Art Nachsicht, die keinen Deut besser ist als Mitleid.

»Wann hast du zuletzt mit deinen Eltern gesprochen?«

Eine Antwort wollte er nicht hören. Da wusste ich, Kronstadt war ein Dorf. Meine Lügen hielten seinen Informationen nicht stand. Der Westen, selbst für Arbeitslose, versicherte er mir, sei immer noch tausendmal besser zu ertragen als das Gefängnis, das sich eine sozialistische Republik schimpfte. Wie zum Zeichen, dass unser Gespräch beendet war, fiel ein großes Mörtelstück von der Wand. Das Schulhaus, nein, das ganze Land, wartete auf eine Komplettrenovierung.

Den Abschied feierten Karin und ich am 21. Dezember. Es war reine Schikane, den Ausreisetermin so zu legen, dass sie in der Weihnachtszeit, in der niemand gerne arbeitete, auch im Westen nicht, in Nürnberg ankommen würden.

Ohne den Mantel auszuziehen, ließ Karin sich auf einem Küchenstuhl nieder, ich lehnte schräg gegenüber an der Anrichte. Mein Zimmer hatte ich aufgeräumt, doch man hielt es keine fünf Minuten darin aus, also waren wir wieder hinuntergegangen. Auf der Kredenz kühlte der Kuchen, Donauwellen, von mir selbst gebacken. Kakao hatte ich keinen ergattern können. Die Wellen glichen also einem einfarbigen Donaustrand.

»Für dich.« Dabei war mir klar, sie würde Berge von Kuchen bekommen, bald, mit Schokolade drin und drauf.

Mit Leidensmiene zeigte sie auf ihren Bauch.

»Seit ich weiß, dass ich fahre, stört mich das da.«

»Sonst plagen dich keine Sorgen«, lachte ich sie aus.

»Doch, Regelschmerzen. Ich wünsche mir, dass Frauen keine Regelschmerzen mehr haben, und was wünschst du dir?«

»Dass Petre freikommt und einen großen Teller Spaghetti.« Mit einer weitausholenden Handbewegung deutete ich die gewünschte Menge an. Sie erzählte, dass sie sich erkundigt hätte, in der neuen Heimat gäbe es zahlreiche ausländische Gastwirtschaften, vor allem italienische. So oft sie es sich leisten könne, würde sie hingehen.

»So wirst du nicht abnehmen«, drohte ich ihr.

Statt einer Antwort fragte sie mit Mutterstimme: »Wirst du schreiben? Wirst du nachkommen?«

»Ja zu Punkt eins, nein zu Punkt zwei. Du weißt, ich muss Petre helfen. Wenn wir ihn nicht freibekommen, bringe ich mich um.« Sofort hatte sich eine Schicht aus Eis um uns gelegt.

»Joi, wie blöd du redest!« Karin war aufgesprungen und nahm mich in die Arme, als müsse sie mich wärmen. Das dürfe man nicht sagen, erst recht nicht denken, jammerte sie, ob ich ihr die Freude verderben wolle?

»Nein. Ich meine, nicht so richtig«, entschärfte ich das Gesagte, »vielleicht ein Hungerstreik.«

»Meine Güte, hast du mich erschreckt.« Eng hielten wir uns umschlungen. Zum letzten Mal. Zuneigung und Trauer hüllten uns ein.

»Servus«, sagte Karin zum Abschied, und ich sagte nichts.

Einen Anwalt fand Misch in der Hauptstadt, Herrn Ionel Cherea. Ein kleiner Mann mit Glatze und perfekt sitzenden Maßanzügen. Was ihm an körperlicher Größe fehlte, steckte in seiner Stimme. Sie war laut und voller Tiefe. Vernahm man sie zum ersten Mal, schaute man sich unweigerlich um, weil man nicht glauben konnte, dass dieser kleine Resonanzkörper einen solchen Bass hervorbringen konnte. In Kronstadt war niemand bereit gewesen, Petre zu verteidigen. Aussichtslos, hatten die einen gesagt, viel zu gefährlich, die anderen.

Neun Wochen nach Petres Festnahme fand der Prozess statt. Zuschauer waren nicht zugelassen, und sowieso erreichte uns die Nachricht erst zwei Stunden vor Prozessbeginn. Auch Herr Cherea schien überrumpelt worden zu sein.

»Mit dem Nachtzug bin ich angereist«, teilte er mir um sechs Uhr morgens telefonisch mit. Da ich unten in der Küche geschlafen hatte, stand ich als Erste bibbernd neben dem Telefontischchen.

»Wer spricht da?« Es dauerte eine Weile, bevor der Schlaf von mir abfiel und ein Begreifen einsetzte. Nach einer kurzen Redepause entschuldigte er sich dafür, dass er zwischendrin und gleichzeitig Zähneputzen würde.

»Sind Sie bei Gericht?«

»Nein, nicht doch, wie kommen Sie darauf. In einem Hotel. Im ... ach, ich weiß nicht, wie es heißt. Das interessiert Sie bestimmt auch nicht, aber viel Neues habe ich leider nicht zu berichten, eigentlich gar nichts, weder Neues noch Altes. Es wird Zeit, dass ich mich anziehe, hätten sie ein Bildtelefon, sie bekämen immerhin Auskunft über das Muster meines Pyjamas.«

»Wie geht es Petre?«, unterbrach ich ihn.

»Gute Frage. Ich habe keine Ahnung«, klärte er mich auf und nuschelte, dass seine Anträge auf einen Gesprächstermin abgelehnt worden seien. Dennoch habe die Staatsanwaltschaft beschlossen, heute das Verfahren zu eröffnen. Entgegenkommenderweise dürfe er eine Stunde früher bei Gericht anrücken. Diese eine Stunde aber müsse reichen, um Petre kennenzulernen und die gemeinsame Strategie zu besprechen. Bei dem Wort Strategie verschluckte er sich und musste ausspülen. »Entschuldigen Sie. Also, drücken Sie uns die Daumen, wir werden alles Glück der Welt brauchen.« Sein Gerede stimmte mich nicht gerade zuversichtlich.

Unsere sorgsam wiederaufgebaute Normalität zerfiel zu Scherben. Puscha meldete sich das erste Mal in acht Jahren krank, der Kapitän nahm sich frei, und auch ich schwänzte die Schule. Wie Gipsfiguren saßen wir um den Küchentisch herum, es wurde nicht gesprochen. Allein Leo konnte unsere Teilnahmslosigkeit nicht verstehen und bellte eine Nachbarin herbei. Sie schimpfte uns aus, verlangte, dass wir das Tier sofort zum Schweigern bringen sollten, sonst würde sie es tun. Nachdem sich keiner der Erwachsenen rührte, ging ich ihn füttern.

Am Abend erfuhren wir: Die Verhandlung hatte achtunddreißig Minuten gedauert. Die Anklage lautete: Herstellung und Verteilung von Schriften mit antisozialistischem Hintergrund.

»Das gilt als Landesverrat«, klärte uns Herr Cherea auf. Und obwohl Petre alles zugegeben und die Schuld auf sich genommen hatte, um Mira zu entlasten, hatte die Staatsanwaltschaft fünfzehn Jahre gefordert.

Fünfzehn Jahre! Mir blieb das Herz stehen, und den anderen schien es ähnlich zu ergehen.

»Ja, aber der Richter hat doch hoffentlich …« Puscha verstummte. Mit Tränen in den Augen stand der kleine Mann vor uns. Setzen wollte er sich nicht, er sei zu aufgewühlt, behauptete er, und essen … »Um Gottes willen, essen kann ich nie, wenn ich mit denen zu tun hatte.«

Der Kapitän machte Zeichen, ruderte mit den Armen, wollte kundtun, dass dieser Raum eventuell verwanzt war, doch der Anwalt winkte ab. »Kommen wir zur traurigen Wahrheit, denn von einem glücklichen Ausgang kann man wirklich nicht sprechen.« Der Anwalt legte eine Pause ein, wischte sich mit einem riesigen honiggelben Taschentuch den Schweiß von der Stirn. »Meine Redezeit betrug acht Minuten, danach wurde das Urteil verkündet.« In der Küche hörte man eine Kakerlake seufzen, sonst war alles still. »Immerhin, der Richter ist unter der Forderung des Staatsanwalts geblieben, aber das ist immer so, damit man denkt, man wäre gut weggekommen. Also acht Jahre Freiheitsentzug, es tut mir leid.«

Ich weiß nicht mehr, was ich sagte oder tat, in meinem Ohr aber steckt die Erinnerung an einen heiseren

Schrei. Ausgestoßen wurde er von Puscha oder dem Kapitän, vielleicht auch von mir. Acht Jahre in einem rumänischen Gefängnis war wie lebenslänglich.

Für den privaten Hausbesuch berechnete Herr Cherea 3000 Lei. Zusätzlich zu den Hotelkosten und zusätzlich zu seinem Honorar, das etwa das Sechsfache betrug. Wir protestierten nicht, denn Vergleichswerte hatten wir nicht. In unserem Bekanntenkreis war Petre ein einsamer Held. Eine Revision, so erklärte uns Herr Cherea zum Abschluss, sei machbar, aber wenig erfolgversprechend. Allerdings das einzig mögliche Vorgehen. Dass er uns nicht anlog, stärkte unser Vertrauen in ihn. Betäubt durch das Unfassbare und die flutenden Tränen hörten wir ihm zu. Niemand zwinge uns aufzugeben, er werde sich wieder bei uns melden.

»Bedaure«, der Kapitän hüstelte und gab zu, dass er die Anwaltskosten leider nicht voll bezahlen könne. Höflichkeit hin oder her, nachdem er erfahren hatte, dass er seinen Sohn so gut wie verloren hatte, war er auf einen Stuhl gesunken. »Wenn Sie vielleicht ein wenig Geduld aufbringen könnten.« Er zeigte auf seine gebrochenen und krumm wieder zusammengewachsenen Beine. »Pfuscharbeit, aber teuer«, betonte er, »Sie wissen ja, wie das geht.«

»Verstehe.« Das Männlein wollte gehen.

»Halt, wo bringen sie Petre hin, ich meine, in welches Gefängnis?« Ich war überrascht, meine Stimme zu hören.

»Im Augenblick bleibt er hier, bis sie entschieden haben, ob eine Berufung infrage kommt. Aber wenn Sie kein Geld haben, hat sich das wohl erledigt.«

Am nächsten Morgen gab Puscha bekannt: »Joi, dann werde ich den Wagen eben verkaufen. Ich bin gar nicht so hartherzig, wie ihr immer behauptet, und am Geld soll es nicht liegen«, erläuterte sie und vergrößerte unser Staunen ins Unermessliche. Ihr matronenhaftes Äußeres passte sich ihren Worten an. Kerzengerade erhob sie sich vom Frühstückstisch. Unsere stolze Königin war immer für eine Überraschung gut.

Ein Auto? Der Kapitän hatte sich instinktiv ans Ohr gefasst.

»Von welchem Auto sprichst du?«

Doch wir kamen nicht dazu, Fragen zu stellen. Meine Großmutter drehte sich zur Kredenz um, entnahm der obersten Schublade einen uns unbekannten Schlüsselbund und verließ das Haus. Wenig später stellte sie einen hellblauen Opel, Baujahr 1977, top gepflegt, vor dem Tor ab und wartete auf Kundschaft. Es war ein alter Wagen, aber immerhin ein Westfabrikat. Wir staunten. Wie war es möglich, dass man den Besitz eines Autos für sich behielt? Und wozu? Wir, die unter Schock standen, nickten, ohne zu verstehen. Am Abend nahm der Kapitän die Hälfte der Einnahmen entgegen und rief den Anwalt an.

Danach weinten wir viel. Kummer- und Freudentränen vermischten sich. Einer Revision stand nun nichts mehr im Wege.

Die Berufungsverhandlung fand einen Monat später statt, im Februar. Immer noch war es bitterkalt. Nicht nur für Petre ging es ums Überleben. Ein Wunder, wir alle wünschten uns ein Wunder. Doch die zweite Verhandlung geriet noch kürzer, dauerte lächerliche sieben Minuten. Das Urteil wurde bestätigt. Diese bitteren kleinen Pillen verabreichte uns der Anwalt nach und nach, wie um unseren Zusammenbruch zu verzögern. Er ließ sich viel Zeit, erzählte zunächst alles, was ihm zur Französischen Revolution einfiel, erzählte von seinem jugendlichen Enthusiasmus und dem Grund, warum er sich für den Beruf des Anwalts entschieden hatte, berichtete auch von ähnlichen Rechtsfällen, und dann erst, nachdem ihm die Luft ausgegangen war, teilte er uns den Ausgang der Berufungsverhandlung mit. Die Tatsache blieb bestehen: Wir hatten Petre verloren, zumindest vorläufig. Seine Verlegung ins Staatsgefängnis Aiud stand fest. Aiud war das berüchtigtste Gefängnis überhaupt. Wenn man nur die Hälfte der Erzählungen glaubte, starb man vor Kummer.

Immerhin, Herr Cherea hatte erreicht, dass Petre bald Besuch erhalten durfte. Bei guter Führung in etwas weniger als zwei oder drei Monaten.

Die Wintersonne. Sie erreichte mein Zimmer, doch sie erreichte mich nicht. Zarte Vogelstimmen, ich hörte sie, doch ich schien vergessen zu haben, dass man sich darüber freuen konnte.

Es war doch nur die Sonne, es waren nur Vögel. Der Alltag war kein willkommener Besucher, dem man einen Stuhl anbot; eher glich er einem Minenfeld. Hand in Hand mit Puscha und dem Kapitän durchschritt ich es täglich. Zitternd. Obwohl keine Tretminen mehr hochgingen, hielten wir oft an, blickten verstört um uns. Verstört auch deshalb, weil alles um uns herum ganz normal funktionierte. Die Sonne und die Vögel und Leo und die Schule und Sebastian.

In der Schule war die Heizung ausgefallen, offiziell aber hatten wir wegen Prüfungen schulfrei, und das bereits seit mehreren Wochen. Sebastian war mit einem geliehenen Buch vorbeigekommen. Er las nicht gerne, aber um mich zu beeindrucken, borgte er sich meine Bücher.

»Was sind wir?«, fragte er nach einer Weile. Wir saßen nebeneinander auf meinem Bett. Es war kalt, und ich hatte gerade beschlossen, dass es sich bei den Gefühlen Glück und Zufriedenheit um Fiktionen handelte und dass das Leben daher nicht lebenswert sei. »Sind wir irgendetwas, das ich verstehen könnte? Hey, Agnes, hörst du mir zu? Du sitzt da, als wärst du von einer Kobra gebissen worden. Bitte«, fügte er hinzu und stieß mich an. »Könnten wir uns nicht einfach wie Verliebte benehmen, das tun, was sie tun? Du weißt schon«, neckte er mich, »so etwas in der Art von Hollywoodstars, ein bisschen küssen, ein bisschen erotisch sein?«

Seine hellblauen Augen strahlten mich an. Das gefiel mir und gefiel mir nicht.

»Kannst du nicht mal fünf Minuten ernst sein.«

»Ich bin ernst«, stellte er klar und ging nach Hause.

Kartoffeln, Kohl und Wasser. Das schrieb Petre nicht, weil er es nicht schreiben durfte, aber wir lasen es zwischen den Zeilen. Rumänische Gefängniskost wurde nicht nach neusten ernährungswissenschaftlichen Erkenntnissen zusammengestellt. Sein erster Brief, heiß begehrt, brachte uns Gewissheit und zum Weinen. Es ginge ihm gut, schrieb er, er sei zufrieden, es fehle ihm an nichts, dann aber kam die Liste mit den Dingen die er sich wünschte:

2 Stück Butter
½ kg Zucker
½ kg Honig
1 kg Zwiebeln
1 kg Knoblauch

Da ahnten wir, das Essen schmeckte grausam und war nur mit Zwiebeln und Knoblauch herunterzubekommen.

»Joi«, schluchzte Puscha, »er war doch schon so dünn. Wir werden ihn nicht wiedererkennen.«

Ein Wiedererkennen ist an ein Wiedersehen geknüpft, wollte ich sagen, ich sagte es nicht, verbiss mir jedes Wort. Die Besuchserlaubnis, für den 10. April ausgestellt, hatte der Kapitän nicht wahrnehmen dürfen. Wenige Tage vorher war der Termin per Telefon storniert worden.

Warum?, hatte Misch gefragt.

Kein Warum!, hatte ein Oberst geantwortet und dass es dem Herrn Sohn, also Petre, an nichts fehle und sich der Vater, also Misch, keine Sorgen zu machen brauche. Warum keine Briefe einträfen, auch darauf hatte der Oberst eine ausweichende Antwort gegeben. Aber immerhin, er schien veranlasst zu haben, dass dem Gefangenen Petre Dobresan Papier ausgehändigt worden war. Ich hielt ein staatliches Geschenk in Händen.

Ihr Lieben, bei den Mengen kommt es auf jedes Gramm an, denkt daran, es ist mein erstes Päckchen, bitte vermasselt es nicht. Auch die Adresse hat sich geändert. Ich bin jetzt in Piteşti. Dadurch darf ich mindestens einen Monat lang keinen Besuch erhalten. Sonst aber ist es sehr schön hier.

»Immer noch kein Besuchsrecht«, wiederholte ich, »warum machen sie das?«

Das Klima war nicht nur außerhalb der Häusermauern rau. Auch innerhalb der eigenen vier Wände blies ein kalter Wind. Puscha und der Kapitän nutzten jeden Anlass zum Streiten.

»Er war immer schon ein rebellischer Charakter«, sagte Misch, nachdem auch er den Brief gelesen hatte. »Bestimmt hat er wieder gegen Vorschriften verstoßen.«

»Schmarren«, widersprach Puscha. »Du redest, als wärst du nie beim Militär gewesen. Und jetzt addier, nein, multiplizier das Militär mal zehn, dann weißt du, wie es in einem solchen Gefängnis zugeht. Es reicht, wenn man die Bettdecke nicht stramm genug anzieht, es reicht, wenn man sich aufs Bett setzt, obwohl man stehen muss, oder wenn man zum Fenster hinausschaut, weil einen die Sehnsucht auffrisst.«

»Ach, und das alles weißt du?« Der Kapitän wischte sich mit dem Ärmel über die Augen.

»Weil ich nicht nur herumsitze und mich bemitleide«, fuhr Puscha ihn an. »Weil ich bei Familie Stoiau war. Mira ist nach knapp vier Monaten entlassen worden. Ihre Informationen sind aus erster Hand.«

Bislang hatte ich mich aus dem Streit herausgehalten, doch diese Nachricht ließ mich aufspringen.

»Warum hast du mir nichts gesagt?« Beleidigt schlug ich gegen die Tischkante.

Puscha, eine Hand im Haar, die andere am Mund, wie um weitere Worte abzufangen, drückte mich zurück auf den Stuhl und setzte sich neben mich. Ihre Schulter berührte meine Schulter. Doch das, was eine wirklich tiefe Freundschaft ausmacht, das Vertrauen, gehörte immer noch nicht zu unserer Beziehung.

»Mach kein Theater, du weißt, Petre hat die Schuld auf sich genommen. Hast du dich nicht deshalb in ihn verliebt, weil er ist, wie er ist, ein aufrechter Charakter. Schau mich nicht so an.« Dann wisperte sie: »Ob Mira ihm nur beim Verteilen geholfen hat oder auch bei der Produktion, geht uns nichts an. Ich jedenfalls kann mich darüber freuen, dass sie erst gar nicht angeklagt wurde und gut weggekommen ist.«

Verschimmeln hätte sie können, das war mein erster Gedanke. Mein Zweiter: Vielleicht sitzt sie jetzt daheim, so wie wir, hält einen Brief von Petre in Händen.

»Vier Monate sind ein Klacks«, wehrte ich mich gegen die demütigende Eifersucht. »Schließlich hat auch sie dem Staat geschadet. Vier Monate bekommt man, wenn man ein Flugblatt mit einem Streikaufruf aufhebt. Vier Monate klingt in meinen Ohren nach Mitarbeit. Keinen Fuß würde ich über die Schwelle ihrer Wohnung tun.«

Die künstlichen Augenbrauenbögen meiner Großmutter wanderten nach oben, sie verzog den Mund zu einem schmalen Strich, schaute sich um.

»Sonst noch jemand, der mir Ratschläge erteilen will?«, fauchte sie. Dann machte sie sich wieder daran, die vorrätigen Lebensmittel hervorzukramen. Den Rest würden wir auf dem Schwarzmarkt besorgen müssen.

»Nein«, brummte ich, »keine Ratschläge mehr. Es hat ja sowieso alles keinen Sinn. Ich meine, dieses ganze verdammte Leben.«

»Hört euch das an!« Ob ich wieder normal werden könne, wollte meine Großmutter daraufhin wissen, und ob ich, statt rumzumeckern, Petre eine Antwort schreiben könne. »Natürlich nur, wenn dein Seelenzustand das zulässt. Schließlich geht für andere das Leben weiter, ein noch beschisseneres womöglich.«

Trotz Puschas mahnenden Worten richtete ich mich im Unglück ein. Irgendwie passte es zu mir, wie ein maßgeschneidertes Kleid. Im Laufe der letzten zwei Jahre waren jede Menge Teile zusammengekommen, mein persönlicher Kummerkasten war gut bestückt. Auch die Eifersucht pflegte ich wie einen kostbaren Schatz. Obwohl Mira mehrmals bei uns anrief und einige Male Großmutter besuchen kam, schaffte ich es, ihr aus dem Weg zu gehen.

Mein achtzehnter Geburtstag rückte näher. Erstaunlicherweise erhielt ich drei Briefe, alle am selben Tag. Von meinem Westotata, einen von meinen Westeltern und einen von Petre. Ich wusste nicht, wie mir geschah, welchen sollte ich zuerst öffnen? Da Petres Brief an mich allein adressiert war, lief ich damit in den Garten.

Mein Blick wanderte in die rechte obere Ecke des Briefes. Dort prangten der Dienststempel und die Unterschrift eines Gefängnisangestellten.

Agnes, Drăguţa

wie geht es Dir? Hier vergehen die Tage langsam, aber bald darf ich in der Schusterei arbeiten, darauf freue ich mich. Auch ein Buch habe ich ausleihen können, Robinson Crusoe, *ich habe es bereits als Kind mehrmals gelesen. Vielleicht dürft Ihr mir noch ein paar schicken, gerne auch etwas Technisches, bitte nachfragen. Und wie geht es Dir, meinem Tata und Puscha? Ich denke oft an Euch.*
Gerne würde ich Dich umarmen, Dir zu Deinem Geburtstag gratulieren. In Gedanken tue ich es! und wünsche Dir eine schöne Feier.
Petre

P. S. Du darfst mir öfter schreiben, ich habe nachgefragt. Zwei Seiten pro Woche sind erlaubt.
Viele Küsse für Puscha, für Tata.

Neben mir stand Leo im schneefeuchten Aprilmatsch. Seine Ohren wackelten aufmerksam hin und her, als ich mich bückte und ihm den Brief laut vorlas, einmal und noch einmal. Von drinnen hörte ich Puschas Stimme, sie rief mich wiederholt zum Essen.

Gerne würde ich Dich umarmen, las ich erneut. *In Gedanken tue ich es!* Mit Ausrufezeichen. Alles Mögliche konnte man in ein solches Ausrufezeichen hineininterpretieren. Aber mir kam nur ein einziger Gedanke in den Sinn. Er liebt mich, er hat mich immer geliebt. Mein Herz, ich fühlte es wieder, auch dieses Kribbeln im Bauch.

Puscha, sie wartete auf mich, und wenn ich ihren Blick richtig deutete, tat sie es geduldig. Das war neu. Zunächst setzte ich mich hin, griff zum Besteck, tat, als sei rein gar nichts, doch dann konnte ich nicht anders, ich sprang auf, stolperte um den Tisch herum, schwang meine Arme um ihren immer noch schönen Hals und rieb meine Wange an ihrer Wange. Worte wollten mir nicht einfallen, weder intelligente noch passende, doch Puscha verstand auch so.

»Joi, in deinen Augen glüht das Fieber«, lächelte mich meine Großmutter an. »Vielleicht verstehst du mich jetzt.«

Nein, ich verstand nicht, wusste nicht einmal, worauf sie anspielte, doch das war egal. Nachdem ich mich aufgerichtet hatte, sah ich mir Puscha genauer an. In den zwei Jahren, seit wir uns kannten, war sie nicht gealtert. Ihre Haare waren immer sorgsam gefärbt und frisiert, zeigten lediglich am Ansatz weiße Stellen, kleine Zähne, die sich aus der Kopfhaut drängten. Es stimmte, ich kostete sie den letzten Nerv, und um Petre machte sie sich entsetzliche Sorgen, doch das sah man ihr nicht an.

»Hey.« Sie war mit einem ihrer Ohrringe in meinen Haaren hängen geblieben, wir lachten. Noch während wir, verhakt wie siamesische Zwillinge, nach einer Schere suchten, wollte sie wissen:

»Und was haben deine Eltern zu sagen?«

»Das interessiert dich wohl. Sie schreiben immer das Gleiche. Es gibt drüben keinen Schnee, nicht ein Fitzelchen, von allem anderen aber zu viel.« Und ein Päckchen sei unterwegs, berichtete ich. »Nach Petres Brief und dem deines ehemaligen Geliebten brauchst du aber nicht zu fragen, du musst schon selbst Briefe schreiben, wenn du Wissenswertes aus der Welt hören willst.«

Ich sagte es im Spaß, lächelte dabei, doch man konnte das Band ihrer Zuneigung förmlich reißen hören. Empört drehte sie sich zur Seite, an diesem Tag und die ganze folgende Woche sprach sie kein Wort mehr mit mir.

Otatas Brief. Ich hatte ihn zwischen meiner Geburtsurkunde und den Schulzeugnissen versteckt. Von irgendjemandem musste ich die schlechte Angewohnheit geerbt haben, in fremden Schubladen zu wühlen.

Hallo, Agnes.
Deine Mutter hat mir geschrieben. Wie ich mich gefreut habe, wenngleich der Ton unterkühlt war. Sie will mich nicht sehen. Nun, was soll ich dazu sagen? Es sei zu spät, schreibt sie. Als sie noch in Rumänien war, hätte sie sich gefreut, von mir zu erfahren, jetzt bin ich ihr egal. Aber Du willst Deinen Otata kennenlernen. Mein Gott, wann habe ich dieses Wort das letzte Mal gehört, es muss Jahrzehnte her sein. Hier sagt man Opa. Nicht dass mich jemand so nennen würde, denn ich habe keine Enkelkinder, leider. Deshalb stichst Du mit Deiner Grabgabel in brachliegende Erde. Nicht dass ich verhärtet wäre, das nicht, doch ein bisschen merkwürdig kommt mir das schon vor. Meine Frau wusste nichts von Deiner Mutter, natürlich auch nichts von Dir, daher gab es Probleme, die sind jetzt aber ausgestanden. Trotzdem ist es für mich nicht so einfach, der Vergangenheit entgegenzutreten. Jahrelang habe ich mich

darum bemüht, Deine Mutter kennenzulernen, jetzt scheint es …

An dieser Stelle war der Satz unterbrochen und mit einem schwarzen Kugelschreiber vollendet worden.

… tatsächlich zu spät zu sein. Im nächsten Jahr werde ich siebzig. Versteh mich nicht falsch, ihr Brief war sehr ablehnend, sie schrieb mir, dass sie einzig und allein den Kontakt gesucht hätte, um Dir einen Gefallen zu tun. Das ist schon sehr deutlich. Trotzdem, wenn Du nach Deutschland kommst, dann kannst Du zwei Tanten und zwei Onkel kennenlernen. Ich habe wunderbare Kinder. Die Jüngste, Beate, ist erst 34 Jahre alt. Vielleicht werdet Ihr Freundinnen.
In Zuneigung,
Dein Großvater

An manchen Tagen war ich nahe daran, Puscha diesen Brief zu zeigen. Insgeheim hoffte ich, sie würde ihn finden und mit mir darüber sprechen wollen. Ich verstand ihn nicht, verstand ihn wirklich nicht. Den Brief nicht, meinen Otata nicht.

Neue Otata-Briefe erreichten mich nicht, aber ein Paket mit Blümchenkarte. Er dachte an uns, immerhin.

Das Frühjahr kam verspätet. Ceauşescu aber sagte bereits neue Ernterekorde für das Jahr 1989 voraus. Achselzuckend hörte man ihm zu. Die Versorgung mit dem Lebensnotwendigsten hatte sich durch den schrecklichen Winter noch verschlimmert. Alle Vorräte schienen aufgebraucht. Mehl, Schmalz oder gar Fleisch wurden selbst auf dem Schwarzmarkt rar. Rumänien sollte schuldenfrei werden. Wir hungerten. Zwei Westpäckchen kamen gleichzeitig an. Beide von meinen Eltern. Wir aßen Knäckebrot, kochten Champignoncremesuppe, benutzten Milchpulver, um Grießbrei zuzubereiten. Die Westgaben mussten reichen, bis wieder Gemüse auf dem Markt angeboten wurde.

Meinen Eltern erzählte ich nichts von der Kälte, denn ich schämte mich, als wäre ich schuld daran. Von Petre hätte ich gerne berichtet, doch das durfte ich nicht. Stattdessen listete ich die Bücher auf, die ich mir aus der Bibliothek ausgeliehen hatte. Mutti verstand und schickte mir mit dem nächsten Besucher, der nach Kronstadt kam, verbotene Lektüre. In einer Eistasche hatte jemand doppelte Wände eingezogen. Dazwischen stapelten sich *Mexikanischer Tango* von A. Mastretta, *Die Wand* von Marlen Haushofer und zwei Bücher von Doris Lessing. Einer Verdurstenden gleich sog ich den Stoff auf, merkte, wie die Geschichten mich veränderten. Mit Petre über diese Bücher zu sprechen, wäre das Größte für mich gewesen. Daher gab ich sie dem Kapitän mit, als er seinen Sohn das erste Mal im Gefängnis besuchte. Doch die Bücher, im Vorfeld schriftlich abgesegnet, wurden konfisziert. Immerhin, der Kapitän hatte eine Stunde lang mit Petre reden dürfen. Joi, er sei dünn geworden, das ja, gab der Kapitän zu, aber er hätte gelächelt, die ganze Zeit über gelächelt.

Auf einen Zettel schrieb ich Dinge, die zu erledigen waren:

- Petre aus dem Gefängnis befreien
- Schnürsenkel besorgen
- Dem Westotata antworten

Weil Petres Briefe uns unregelmäßig erreichten, ahnten wir, dass er Schwierigkeiten hatte oder bestraft wurde. Zweimal kamen auch Pakete zurück. Der Kuchen, vom Mund abgespart, war verschimmelt. Wir mussten ihn Leo geben. Ich weinte viel und lachte viel. Ich war glücklich und traurig. Ich war nahe daran, die Schule vorzeitig zu beenden. Das Schlimmste war, ich konnte mit niemandem darüber reden, auch mit Sebastian nicht.

Er und ich, keine Ahnung, was wir damals waren. In der Natur kommt es immer wieder zu abnormalen Paarbildungen, hätte Herr Honigberger vielleicht gesagt. Wir waren mehr als gute Freunde und weniger als ein Liebespaar. Wenn ich Sebastian unter normalen Umständen traf, in der Schule oder zu Hause, dann küsste ich ihn auf die Wange, mehr nicht. Wenn wir zusammen in Urlaub fuhren, dann durfte er meinen Oberkörper erforschen, mehr nicht. Es war wie ein Spiel mit dem Feuer und eine gute Übung, so hoffte ich, für ein Wiedersehen mit Petre.

Wenn man die Sekuritate überlistet hat, dann ist man erwachsen. Karin hatte mir mit einem Westbesucher die Botschaft übermittelt, dass mein Bittbrief gut angekommen und weitergeleitet worden sei. Meinen achtzehnten Geburtstag feierte ich nicht. Es war nicht mehr nötig, mir irgendetwas zu beweisen. Meine Kindheit musste ich nicht umständlich wie ein zu eng gewordenes Kleid abstreifen, sie war mir bereits vor zwei Jahren entrissen worden, spätestens aber, seit mein Liebster im Gefängnis saß.

Von dem Zeitraum gibt es kaum Bilder in meinem Kopf. Die Zeit tröpfelte wie ein dünnes Rinnsal. Aber ich erinnere mich an eine innere Ungeduld, die sich in all meinen Beziehungen widerspiegelte. Ich ließ meine Eltern links liegen, was nichts Neues war, aber ich half auch Puscha seltener im Haushalt, und Sebastian diente mir nicht nur als Handlauf, sondern auch als Blitzableiter.

Der Juni kam, der Juli. Die ersten Wassermelonen türmten sich neben der Markthalle zu grünen Pyramiden. Kleine, eingeritzte Dreiecke kennzeichneten die reifen Früchte. Dieser Überfluss an Saft, an köstlicher Süße. Wenn es Melonen gibt, sollte die Welt in Ordnung sein.

Im Fernsehen zeigten sie Bilder vom Treffen der Warschauer-Pakt-Staaten. Erich Honecker war zur letzten Stütze Ceauşescus geworden. Und Petres Briefe wurden immer kürzer. Ich musste etwas tun, um mich abzulenken. In drei Tagen grub ich den gesamten Garten um. Und pflanzte Kartoffeln.

»Viel zu spät«, urteilte Puscha, »die werden nichts mehr.«

9

Aus Energiespargründen war der Störsender, der verhindern sollte, dass das rumänische Volk Nachrichten aus dem kapitalistischen Feindesland empfangen kann, abgeschaltet worden. In der ganzen Republik, schon seit Jahren, herrschte daher ein prima Empfang. Dennoch hatte ich den Bericht des amerikanischen Senders *Radio Freies Europa* nicht gehört.

Liane stand am Tag nach meiner Rückkehr von einem kurzen Badeurlaub mit Sebastian vor unserem Hoftor.

»Kann ich reinkommen?«

Wie es gelaufen sei, wollte sie wissen, und ob ihr Bruder sich anständig benommen hätte? Als ich unwirsch den Kopf schüttelte, zog sie mich in den Garten, legte den Finger auf den Mund. »Im Westrundfunk haben sie vom Fall Petre Dobresan berichtet«, wisperte sie mir zu, »und in schweizer Schulen sammeln sie Unterschriften für seine Freilassung.« Ich konnte es nicht fassen. Sie nannte Petres Namen im gleichen Atemzug mit den Namen berühmter rumänischer Schriftsteller.

Also hatte mein Brief tatsächlich Früchte getragen. Wenn das kein Wunder war. Es gab eine Welt außerhalb unserer Welt, und diese Welt hörte uns atmen und stöhnen. Nachdem Liane gegangen war, lief ich sofort zu Puscha und umarmte sie überschwänglich. Wir erschraken beide.

Zehn Monate flach gelebtes Leben. Plötzlich war es vorbei. Von einem gewissen Popescu, einem Sekuritate-Mann, mit dem wir noch nie zu tun gehabt hatten, erfuhren wir, dass Petre entlassen werden sollte. Doch bis es so weit war, vergingen weitere drei Wochen. Diese Wartezeit war die schlimmste von allen. Ich konnte nicht mehr schlafen, bekam keinen Bissen herunter. Wenn ich morgens in den Spiegel sah, erschrak ich. Dunkle Ränder unter den Augen mussten mit Puder kaschiert werden. Meine Haare waren erschreckend lang. Ich trug sie zumeist offen, was mein Gesicht zusätzlich in die Länge zog. Kein schöner Anblick, murmelte ich meinem Spiegelbild zu und beschloss, zum Friseur zu gehen. Auch Wimperntusche könnte ich mir bei Puscha leihen, auch ein bisschen Rouge, es gab keinen Grund, wie ein Gespenst auszusehen.

Schließlich war es so weit. Der Kapitän besorgte sich einen Wagen, um Petre abzuholen. Puscha und ich sollten zu Hause warten.

»Nicht gleich mit der Tür ins Haus fallen.« Rücksichtnahme seitens meiner Großmutter klang fremd in meinen Ohren, doch Puscha bestand darauf, ich durfte den Kapitän nicht begleiten. Wir kochten und backten, als stünde uns die Einquartierung einer ganzen Kompanie ins Haus. Puscha war zu ihrer Cousine nach Rosenau gefahren, um unsere Vorräte aufzufrischen.

Endlich hörten wir, wie eine Wagentür zugeschlagen wurde. Wir rissen die Schürzen ab, warfen sie auf den Boden, wischten die mehligen Hände an den Sonntagskleidern ab, rannten hinaus. Im Hoftor blieben wir stehen. Neben uns bellte Leo, er war mit uns um die Wette gelaufen, hatte sich gefreut. Nun zögerte auch er. Sein

Schwanz pendelte langsam, als sei er sich seiner Sache nicht sicher. Behutsam öffnete sich die Beifahrertür, doch es dauerte eine ganze Weile, bevor Petre sichtbar wurde. Wie ein seltenes Insekt entstieg er dem Wagen. Der Kapitän, selbst auf seinen Stock gestützt, musste ihm helfen. Wir konnten uns nicht von der Stelle rühren. Die Verwunderung hatte uns einzementiert. Puscha stand direkt neben mir und legte ihren Arm um meine Taille, als gälte es, mich zu beschützen. In ihren Augen spiegelte sich mein Entsetzen. Petre war kaum wiederzuerkennen. Er ging gebeugt. Er war vierundzwanzig Jahre alt.

Es war Leo, der die Situation rettete. Vorsichtig schnuppernd und mit hochgestellten Ohren näherte er sich Petre. Als dieser sich herunterbeugte und Leo ansprach, drangen kehlige Begrüßungslaute aus dem Hundemaul. Immer lauter wurde die Begrüßung, immer hektischer leckte Leo über Petres Hände und dessen Gesicht. Ich musste ihn zur Seite schieben, um meinen Geliebten zu umarmen. Auch Puscha hatte sich in Bewegung gesetzt, um das, was von dem schönen, starken und stolzen Petre übrig geblieben war, zu begrüßen.

»No, hattest du eine gute Fahrt?«, fragte meine Großmutter, als wäre er aus der Kur zurückgekehrt. Petre nickte und lächelte uns glücklich an.

Am Nachmittag kam Mischs Verwandtschaft angereist. Wir saßen draußen unter dem dicht beblätterten Nussbaum. Es gab frische Burezzen, Karfiolsalat, gefüllte Arde und vieles mehr. Und alle waren bester Laune. Tranken und aßen Unmengen. Nur einer nicht, die Hauptperson.

»Jesses Maria«, Puscha stieß Petre an, »jetzt haben

wir so viel kredenzt, und du genierst dich. Oder bist du heikel geworden?«

»Lass ihn«, unterbrach sie Misch, und seine Augäpfel zeigten zum Himmel. Unsere Vermutung, Petres Entlassung hätte etwas mit den Protesten im Ausland zu tun oder mit der Einsicht, dass er nicht gemeingefährlich war, erwies sich als falsch. Sie wollten ihn los werden. Man musste nicht gründlich hinschauen, um zu bemerken, dass er krank war. Aus seinem Gepäck holte er Röntgenunterlagen hervor, reichte sie herum wie Postkarten aus einem exotischen Urlaubsort. Ein Torso mit Rippen und inneren Organen war auf den Fotos zu erkennen. Unten, ganz klein, mit zittriger Hand geschrieben, das Wort TBC.

Hastig aßen wir weiter.

»Noch jemand Vinete?«, fragte Puscha. »Es sind die letzten ordentlichen Auberginen dieses Jahr, greift zu.« Dann, nach einer kurzen Pause, heftete sie ihren Blick wieder auf Petre. »Jetzt geiz nicht rum, sag endlich: Wie war es?« Im Garten wurde es still. Selbst die Vögel verstummten. Nur eine Gelse flog über den Tisch. Bald würde sie die Kerze erreicht haben. Wenn wir Glück hatten, plagten sie Selbstmordgedanken.

Petre schluckte, dann öffnete er den Mund, schloss ihn wieder, als hätte er es sich anders überlegt. Offenbar suchte er nach Worten.

»Es war sehr anders.« Ein Lächeln tauchte auf seinem Gesicht auf wie ein Blitz, danach wirkte sein Ausdruck wieder gleichgültig. »Die Zellentüren sind nur von außen zu öffnen. Licht gibt es von sieben bis acht Uhr und von achtzehn bis zwanzig Uhr. Ich glaube, ich habe mir die Augen verdorben.« Mehr sagte er nicht.

Er hob das Glas wie ein alter Mann, langsam, ohne Lust.

»Joi, sie haben Angst gehabt, dass du ihnen im Gefängnis abkratzt«, seufzte Puscha, und obwohl ich aufgesprungen war und ihr mit der Hand drohte, fuhr sie fort: »Deshalb durftest du gehen.«

»Nicht«, zischte ich und blickte Hilfe suchend zu Misch hinüber. Doch noch bevor er etwas sagen konnte, lenkte Puscha ein: »Ist ja gut, ich lass ihn. Wenn ihr wollt, dürft ihr nach oben gehen.« Dass sie mich wie ein Kleinkind behandelte, war nichts Neues, bei Petre hatte sie sich eine solche Einmischung bislang nicht erlaubt. Sie musste sich schon sehr um ihn sorgen. Bestimmt hatte sie deshalb vorgeschlagen, Misch solle ganz zu ihr ziehen. So hatte Petre wieder ein eigenes Zimmer.

Die Fremdheit in der Liebe. Während des Briefwechsels war sie nur schattenhaft zu spüren gewesen, jetzt aber drängte sie sich wieder in den Vordergrund. Eine ewige Begleiterin, die Petre und mir zusetzte. Das, was er erlebt hatte, was ich nicht erlebt hatte, es trennte uns, als stünden wir an gegenüberliegenden Ufern. Langsam, wie ein Reptil nach langem Winterschlaf, richtete Petre sich ein in der Welt der Normalität, die in Rumänien einen besonderen Geschmack besaß. Auf Fragen antwortete er selten. Nur ab und zu, wie aus Versehen, drangen Erinnerungssplitter aus ihm heraus.

»Die Regeln wurden ständig geändert«, sagte er einmal. »Von einem Tag auf den anderen durften wir die Fenster nicht mehr öffnen.« Irritiert schaute er sich um, sein Blick glitt in den Garten. Wo immer er sich aufhielt, musste wenigstens ein Fenster weit offen stehen. Kein Problem, es war erst September, doch wie sollte das in ein, zwei Monaten werden?

Man sollte es nicht für möglich halten. Petre hatte sich im Gefängnis zum starken Raucher entwickelt. Er rauchte und hustete, hustete und rauchte. Immer abwechselnd. Einmal brachte Puscha es auf den Punkt:

»Du brennst wie eine Grabkerze, ohne Pause. Ich kann nicht verstehen, wie man fast krepieren kann vor Hunger und sich von dem Wenigen, das man besitzt, Zigaretten kauft.«

Sie erhielt keine Antwort.

Auch ich hustete und bekam tränende Augen in Petres Nähe.

Als er den Zusammenhang endlich begriff, ging er zum Rauchen hinaus. Das war keine gute Idee. Da er Kettenraucher war, verbrachte er den ganzen Tag im Garten. Er saß mit leicht gebeugtem Rücken auf der Bank, den Blick an den jungen Nussbaum oder darüber hinaus geheftet. Er und Leo wurden die allerbesten Freunde. Wenn Petre sich vergaß, fiepte er wie ein Welpe, knurrte wie ein Wolf, lachte dann über Leos Reaktion, der die Ohren aufstellte wie ein kleines Kind. Einfachste Arbeiten strengten ihn an. Und nie nahm er ein Buch mit hinaus, dabei hatte er Bücher geliebt und alles darangesetzt, im Gefängnis welche zu ergattern.

Regelmäßig fuhr ihn der Kapitän ins Krankenhaus. Für das Benzin, das die Taxifahrer forderten, opferte Puscha die Ersparnisse, die ihr vom Autoverkauf geblieben waren. Daran sah man, sie liebte Petre. Zweieinhalb Wochen war er im Gefängniskrankenhaus isoliert worden. Die medikamentöse Behandlung konnte weitere

Monate, vielleicht sogar Jahre dauern. Mamusch schickte per Express verschiedene Antibiotika. Ein Cocktail war nötig, damit verspielte Bakterien keine Chance bekamen. Wenn die Therapie nicht anschlug, musste Petre stationär ins Krankenhaus. Oft genug vergaß er seine Tabletten, und Puscha musste ihn ermahnen. Das Argument mit dem Geld zog am besten, auf seine Gesundheit jedoch schien er zu spucken.

»Ob drinnen oder draußen, wir leben in einem Gefängnis. Ganz Rumänien ist umschlossen. Wer nicht fliehen kann, verschimmelt bei lebendigem Leib.« Sein Atem ging stoßweise, er rang nach Luft. »An klaren Tagen kann man die Gitterstäbe sehen.«

Ähnliches hatte er auch zuvor geäußert, vor seiner Inhaftierung, doch der Ton, vielleicht auch sein Ausdruck, war ein anderer gewesen.

In seiner Abwesenheit sprachen wir von Petre II.

Der alte Petre hatte heimlich Tagebuch geführt und seine Gedichte sorgsam versteckt. Jetzt verschenkte er sie großzügig. Wenn seine ausgestreckte Hand mir ein Blatt darbot, zuckte ich unwillkürlich zusammen. Und nahm es dennoch entgegen. Und bedankte mich. Das glaubte ich ihm schuldig zu sein. Ich rede von der Schuld, für die man nicht verantwortlich ist, sie klebt an einem, und man kann sie nicht tilgen.

Obwohl ich mit den Gedichten nichts anfangen konnte, übersetzte ich sie ins Deutsche und hob sie in einem Ordner auf. Nie hatten sie einen Titel, als wären sie herausgeschnitten worden aus etwas Größerem.

weil sie es wollten
nahmen sie mir das Papier
weg

ich schrieb in ein Buch
weil ich schreiben
musste

nachdem die Bücher verschwunden waren
lauschte ich der Morseerzählung meines
Zellennachbarn
tak tak

sie erschlugen meinen Nachbarn und ich
suchte nach Geschichten an den Wänden
Gefängniszeichen

sie übertünchten die Wände
und ich erinnerte mich an Kinderreime
ene mene

sie zerschlugen meinen Kopf
doch ich lernte zu fliegen
davonzufliegen

Mit einem Spaziergang hatte man Petre nie locken können. Er war ein Stadtmensch, auf rollende Fahrzeuge angewiesen. Zu Fuß gingen nur Bauern und Verrückte, seine Worte, nicht meine. Als die Tage kälter wurden und er nicht mehr im Garten sitzen konnte, begann er zu wandern. Leo bot ihm einen willkommenen Vorwand, täglich die Zinne hoch- und wieder herunterzuwandern. Oft legte er auch den Weg bis zur Schullerau zurück. Eine Stunde hin, eine Stunde zurück. Dicker wurde er dabei nicht.

»Wenn du nicht aufpasst«, schimpfte Puscha, »verwandelst du dich in einen Geist. Und hui, fliegst du davon. Nur noch Haut und Knochen bist du. Joi, werden die Engel sich freuen. Aber wir, sprich, Petre, willst du uns alleinlassen, hier im Elend?« Die Stimme meiner Großmutter war leise geworden, werbend, liebkosend. So sprach sie selten. Die rechte Handfläche hatte sie sich an die Wange gelegt, als wolle sie sich beschwichtigen, auch diese Geste wirkte höchst ungewohnt. Ihr Busen seufzte. Petre lächelte sie versöhnlich an und ließ sich eine weitere Brotscheibe kredenzen.

Ein neuer Winter kündigte sich an, und an den Zuständen in unserem Land hatte sich nicht das Geringste geändert. Die Versorgung mit Gemüse und Obst, im Sommer durch das Angebot aus kleinen und kleinsten Gärten verbessert, brach im Herbst zusammen. Im Rundfunk und im Fernsehen wurde von Ceauşescus Reisen berichtet. Der strebsamste Arbeiter des Landes kämpfte sich unermüdlich durch Staatsbankette.

Das Volk fror und hungerte geduldig.

»Joi, wo ist dieser Winter in die Lehre gegangen?«, stöhnte Puscha. »Es ist erst November, und schon hockt mir der Schmerz zwischen den Schulterblättern.« Morgens, wenn ich zur Schule ging, lagen die Spatzen steif gefroren auf dem Rücken. Ihre dünnen Beinchen zeigten pfeilgerade zum Himmel. Tagsüber tauten sie etwas auf, dann öffneten sich die Zehen wie dunkle

Blütensterne. Niemand hob sie auf. Fangen Italiener nicht Singvögel mit Netzen?

Es war eine sehr helle Vollmondnacht. Petre, der nicht mehr im Dunkeln schlafen konnte, hatte die Vorhänge nicht zugezogen. Auf dem Fußboden neben seinem Bett stand die kleine Nachttischlampe, sie tat ihr Bestes, um Helligkeit und Zuversicht auszustrahlen.

Vorsichtig hob ich die Bettdecke an. Ob er schlief? Ich wusste es nicht. Wusste nicht einmal, was ich mir wünschen sollte. Seltsam gekrümmt lag er da, und es war schwierig, einen Platz neben ihm zu finden. Wie auch immer ich es anstellte, stets bohrten sich irgendwelche Körperteile, Ellenbogen, Knie oder Hüftknochen in meinen Körper. Trotz der Kälte trug er einen kurzärmligen Schlafanzug aus Kunstseide.

Er war so dünn. Eine federleichte Hülle. Die Muskeln verschwunden, die Filetstücke also, in die ich meine Finger graben wollte. Seine Konturen hatten sich in mein Gedächtnis eingebrannt, ich suchte tastend nach Erinnerungen, vergeblich. Tastend suchte ich nach Begehren, auch das wollte nicht erwachen. Er blieb steif, gekrümmt.

»Haben sie dir Gewalt angetan?« Er streckte sich, seufzte. »Sag doch was«, bettelte ich. Und dachte, ein bisschen Reden würde ihm guttun. Doch es dauerte lange, bis er endlich antwortete, und von Ausführlichkeit konnte keine Rede sein.

»So einfach ist das nicht. Gewalt steckt nicht nur in Fäusten oder im Stahl von Rasierklingen. Es gibt versteckte Gewalt, die töten kann. So wie es einen Frieden gibt, der einem bewaffneten Krieg in nichts nachsteht.« Mehrmals holte er Luft, doch er sagte nichts mehr.

Nach einer halben Stunde schälte ich mich unter der Bettdecke hervor, strich ein letztes Mal über die zarte Linie zwischen seinem Haaransatz und dem Nacken und verließ wortlos das Zimmer.

Ende November wollte Petre an die Universität zurückkehren und sein Studium wieder aufnehmen. Doch der Zutritt wurde ihm verwehrt. Eine Gruppe Kommilitonen drängte ihn wortlos hinaus. Sie behandelten ihn wie einen Aussätzigen. Selbst diejenigen, die sich neutral verhielten, ließen sich bei uns zu Hause nicht blicken. Wenn er Besuch bekam, dann vom Geheimdienst. Männer in Zivil kamen, die wie Freunde an die Pforte klopften, gedankenverloren Leos Fell kraulten und über Puschas Obstbäume plauderten. Wie nebenbei erkundigten sie sich nach Petres Plänen für die Zukunft. So ein Studienplatz koste Zeit, sehr viel Zeit, erzählten sie bei einem Glas Wasser, vom Geld, das der Staat aufbringen müsse, ganz zu schweigen. Petre hörte sich ihre Ratschläge geduldig an. Früher wäre er explodiert.

Endlich. Er war von sich aus in mein Zimmer gekommen. An einem Samstagnachmittag. Ein zaghaftes Lächeln im Gesicht. Keine Erklärung. Draußen schien die Sonne, doch in der Nacht waren die Temperaturen erneut weit unter Null gefallen. Rumänien zitterte vor Angst. Noch einen Winter und noch einen Winter, wie viele Hunger- und Kältewinter galt es zu überstehen?

Wie ein Fremder stand er vor mir.

»Komm!« Ich zog ihn. »Du willst bestimmt Mittagsschlaf halten?«

Statt einer Antwort lachte er. Das Lachen hatte er nicht verlernt, aber es perlte nicht mehr wie bei einem frisch geöffneten Sekt, sondern klang verhalten, es war auf Kredit gekauft.

»Komm!«, wiederholte ich.

Er ließ sich ziehen. Schlagartig erkannte ich, dass unsere Karten neu gemischt worden waren. Ohne unser Zutun hatten wir die Positionen getauscht. Er war jetzt der Schwächere von uns beiden. Ein bitterer Geschmack legte sich auf meine Sehnsucht. Doch mein Körper wollte diese Erkenntnis nicht annehmen, sondern tat alles, um sinnliche Gefühle zu erzwingen.

Ich küsste seinen Hals, die Stelle oberhalb seines Pullovers. Tränen schossen mir in die Augen, und ich hielt ihn fest, ganz fest. Draußen zerrte ein hartnäckiger Novemberwind an den Dachziegeln. Der kleinste Windstoß drohte, Petre von mir fortzuwehen. Er lachte, als ich ihn immer enger umschloss.

»Ich ersticke«, lachte er und schob meine Arme sanft zur Seite.

»Aber ich will dich doch so sehr.«

»Ich bin nur zum Reden gekommen«, wehrte er ab. »Soll ich wieder gehen?«

»Nein«, rief ich und klammerte mich an ihn. Er kippte zur Seite. Wir balgten wie Kinder, kitzelten uns gegenseitig, rollten vom Bett auf den Boden. Halb lachend, halb weinend blieben wir unten liegen. Als es zu kalt wurde, stand ich auf und zog ihn wieder aufs Bett. Irgendetwas schien stärker zu sein als sein Verlangen. Dann also reden.

»Warum haben sie dich geschnappt?« Endlich traute ich mich, ihn zu fragen.

»Ein Kommilitone«, begann er zögernd, »er hat uns gesehen. Und er wusste, wo ich wohne.« Petre legte eine Pause ein, und ich sah, wie er sich mit der Zunge über die Lippen fuhr. »Obwohl wir einen Blumenstrauß mitgenommen hatten, glaubte er uns nicht.«

»Was?«

»Dass wir in der Gegend jemanden besuchen wollen.«

Mein Geliebter wand sich aus meiner Umarmung. Kalte Luft kam, trennte uns. Petre weinte nicht, er lächelte.

»Wir hatten nur noch 50 Stück. Es war unser letzter Block. Der Kerl ist jetzt ein Semester über mir.«

Dann weinte er doch, und ich konnte nichts tun. Ich fühlte mich so schrecklich hilflos. Vielleicht ahnte ich in jener Nacht schon etwas. Aber ich ließ nicht zu, dass der Verlust mich erreichte.

Am nächsten Tag fand ich wieder ein Gedicht.

erstens:
ich weiß nicht
ob wir
zweitens:
weil du
und ich sowieso
so verschieden

gespalten mehrfach
und unbegreifliche Persönlichkeiten
die den Weg noch suchen
drittens:
ob wir also
zusammen vielleicht
ein Stück ...
das weiß ich nicht
doch
da ist so ein Gefühl

Der Text, auf ein kariertes Blatt geschrieben und aus einem Schulheft herausgerissen, war unter der Tür durchgeschoben worden. Seit Jahren klammerte ich mich an einen Menschen, der mir wie eine Traumfigur nach dem Aufwachen entglitt. Warum schrieb er nicht einfach: Ich liebe dich. Warum?

Den ganzen Sonntag blieb ich im Bett, gab vor, krank zu sein. Vielleicht war ich ja krank. Krankheit ist Mangel an Gesundheit. Ist Mangel an Klarheit. Ich musste über so vieles nachdenken. Am Abend bewegte ich mich dann doch. Ich rief Sebastian an. Seit Petres Entlassung hatte ich ihn vernachlässigt, nein, das stimmte nicht, ich hatte ihn schlichtweg vergessen. Jetzt aber musste ich mit ihm sprechen. Er kam sofort, als hätte er nur auf ein Zeichen von mir gewartet.

Hellblond, blauäugig, ein unsicher grinsender Kobold, so stand er vor mir. Und sah, verglichen mit Petre, blendend aus. Kaum war er zur Tür hereingeschlüpft, warf ich mich ihm in die Arme.

»Was ist los?«, wollte er wissen.

»Ich bin so unglücklich.« Sebastian sagte nichts, deshalb fuhr ich fort. »Er ist meine große Liebe, aber du bist meine zuverlässige Liebe. Ich weiß nicht, was ich machen soll!«

In Sebastian versteifte sich alles, dann, nach einer furchtbar peinlichen Minute, löste er meine Hände und hielt mich auf Abstand.

»Kann es sein, dass du mich mit deiner allerbesten Freundin verwechselst?«, fragte er sichtlich verwirrt.

Mit solch einem Geständnis schien er nicht gerechnet zu haben. Aber hatte er gedacht, dass mir die Entscheidung leichtfallen würde? Was auch immer er erhofft hatte, ich schien eine Enttäuschung für ihn zu sein. Bitter, ja, seine Stimme nahm einen bitteren Ton an. Er sei sich sicher, sagte er, dass er sich mein Jammern nicht länger anhören wolle. Das sei mein Problem, nicht seins, gab er bekannt. Er wüsste schließlich, was er wolle.

Wie in Zeitlupe drehte er sich um und ging hinaus. Ohne zu kämpfen. Ohne Servus zu sagen. Er verschwand einfach aus meinem Leben.

Weder mit Puscha noch mit Petre sprach ich über diesen verunglückten Besuch. Das war auch nicht nötig. Puscha schien wie eine Hellseherin alle Vorgänge im Haus beobachten zu können. Und da sie keine Scham kannte, erfuhren es alle beim Abendessen:

»Schaut, wie mein Herzpinkel im Essen stochert. Sie hat einen Hofierer verloren. Glaub mir, wenn es eine Medizin gegen Dummheit geben würde, ich würde sie dir besorgen.«

Ich war zu schockiert, um angemessen zu protestieren. Petre war es, der mich in Schutz nahm.

»Sie ist erwachsen.«

»So, ist sie das?«

Wovon überhaupt die Rede sei, wollte Misch wissen. Er war vor vier Tagen entlassen worden. Endlich hatten sie einen konkreten Grund, ihn noch mehr zu demütigen. Seine Schwester hatte nämlich einen Ausreiseantrag gestellt. Vielleicht hatte Puscha einfach nur schlechte Laune und war in der Wahl ihrer Opfer eingeschränkt. Petre litt unter Auszehrung, Misch war krank vor Kummer und ich nur deprimiert. »Joi«, stöhnte Puscha theatralisch, »sie hat das einzig Richtige gemacht, sie hat endlich aufgeräumt und sich entschieden, doch jetzt plagen sie Zweifel.«

»Welche Zweifel?«, Misch verstand immer noch nicht.

Und Petre wurde unruhig, verließ kopfschüttelnd den Raum.

In mein Zimmer kam er nicht mehr. Da war mir klar, ich hatte nicht aufgeräumt und mich entschieden, wie Puscha so schön fabulierte, ich hatte alles verloren. Ganz allein stand ich da. Mit leeren Händen.

Es war Mitte Dezember und eisig kalt. Ein Anruf von Liane: »Komm zum Marktplatz, es gibt Watte.«

Ich ließ alles stehen und liegen, hastete zur genannten Apotheke. Bereits von Weitem erkannte man die Schlange aus zumeist sehr alten und sehr jungen Menschen, die sich entlang der Häuserreihen gebildet hatte. Immer wieder blieben Passanten stehen, schauten auf die Uhr, dann stellten sie sich hinten an, ohne zu fragen, was es zu kaufen gab. Man konnte einfach alles brauchen. Bereits nach wenigen Minuten merkte ich jedoch, dass das Anstehen nur ein Vorwand zu sein schien. Ein Tuscheln ging von Mund zu Mund. Merkwürdige Dinge waren geschehen. Ein Pfarrer in Temeschwar hatte Kritik an der Regierung geübt. Das Besondere daran war, dass seine Meinung ungehindert verbreitet wurde.

»Erzähl alles, was du gehört hast«, drängte ich Liane.

»Genaues weiß ich nicht, aber er soll im ungarischen Fernsehen über die wachsende Unmenschlichkeit des Regimes geredet haben. Stell dir vor, im Fernsehen!« Lianes Wangen hatten sich glühend rot verfärbt. Um nicht festzufrieren, traten wir auf der Stelle. Unsere Gesichtsfarbe hatte jedoch mit den Außentemperaturen nichts zu tun. Lianes Aufregung hatte sich auf mich übertragen.

»Weiter«, hakte ich nach.

»Aber jetzt geht's ihm an den Kragen. Er soll strafversetzt werden. Die Sekuritate bewacht ihn, weil seit Tagen Gläubige vor seiner Haustür protestieren.«

»Woher weißt du das?

Liane zuckte die Schultern. Ob ich Ungarisch verstehen würde, wollte sie wissen, dann könnte ich es im Radio hören. Der verbotene ungarische Sender dürfe wieder senden. Hinter uns teilten sich zwei Frauen ebenfalls ein Geheimnis, doch plötzlich verstummte ihr Gespräch. Wir drehten uns um und starrten in ertappte Gesichter. Vermutlich lag ihnen das gleiche Thema auf dem Herzen. Trotzdem dauerte es eine Weile, bevor ich Liane die nächste Frage zu stellen wagte.

»Sie haben die Abschiebung dieses Pastors bekanntgegeben, warum?« Dieses Detail war äußerst interessant. Warum sollten die Geheimen auch nur ein einziges Wort über ihre Pläne verlieren? Ich merkte, wie es in mir brodelte, etwas Neues, Ungeheuerliches lag in der Luft. Allein die Tatsache, dass Menschen in der Öffentlichkeit über Proteste sprachen, tuschelnd zwar, glich einer Sensation. Irgendetwas war aufgelodert, und nicht nur Liane, auch ich hatte das Gefühl, dass es sich lohnen würde, diese neue Flamme am Leben zu erhalten. Endlich, nach über einer halben Stunde, waren wir in den Laden aufgerückt, hinter uns schloss sich die Tür.

»Und was machst du?«, bohrte ich.

»Das willst du nicht wirklich wissen, oder.«

»Doch.«

»Ich fahre.«

»Du fährst?«

»Ja, morgen. Sebastian kommt auch mit.«

»Und die Schule?«

»Bravo, du denkst wirklich an alles«, machte sich Liane über mich lustig. »So eine Chance bekommen wir nicht noch einmal.«

Verdattert schluckte ich das Gehörte hinunter. Was wird Petre dazu sagen, schoss es mir durch den Kopf, wird er sich freuen, wird er aus seiner Traurigkeit erwachen?

Bis wir an die Reihe kamen, war das Wechselgeld in der Kasse ausgegangen. Die Apotheke schloss vorzeitig, obwohl noch drei Kartons mit Watte vorrätig waren. Natürlich war da die Enttäuschung, so wie jedes Mal, wenn man sich wieder einmal betrogen fühlte, doch meine Euphorie siegte, und lachend verabschiedete ich mich von Liane, versprach anzurufen, dann rannte ich nach Hause.

Vielleicht gibt es auch im Chaos Regelmäßigkeiten. Mein Leben jedenfalls war regelmäßig chaotisch.

Petre war daheim, das sah ich an den feucht schimmernden Winterschuhen, die im Flur standen. Zwei Stufen auf einmal nehmend, hastete ich nach oben. Ich klopfte an, doch lange bevor ich seine Stimme hörte, stürmte ich ins Zimmer. In dicker Felljacke und mit Mütze bekleidet, saß er am Schreibtisch und las. Seine Hände steckten in Handschuhen, für jedes Umblättern musste er den rechten oder linken Handschuh ausziehen, nach jedem Umblättern wieder anziehen. Atemlos erzählte ich ihm von den aufgeschnappten Neuigkeiten. Ich strahlte, ich glühte, ich schlug vor, dass wir morgen früh gemeinsam nach Temeschwar fahren sollten.

Mir war nicht aufgefallen, dass Petre weder begeistert aufgesprungen war noch sich sonst wie gefreut hatte, viel zu sehr war ich mit mir selbst beschäftigt gewesen. Dann aber nahm ich seine steife Haltung wahr und dass er mich traurig, fast mitleidig betrachtete.

»Und woher weiß Liane von der Geschichte?«, fragte er sachlich.

»Keine Ahnung, aber ist das nicht egal?«

Nein, das sei es nicht, beharrte er. Ob ich es nicht merkwürdig finden würde, hier in Kronstadt in der Schlange zu stehen und neben und hinter mir würden die Menschen von Protestaktionen im weit entfernten Temeschwar erzählen, als seien alle zur gleichen Zeit informiert worden?

Verständnislos starrte ich ihn an, denn ich wusste wirklich nicht, worauf er hinauswollte. Was war falsch daran, dass dieses Land endlich aus seiner jahrzehntelang anhaltenden Angst und Agonie erwachte? In Russland und in Ungarn hatten die Kommunisten abgedankt, selbst in der DDR war Honecker entmachtet worden.

»Was ist los, Petre? Hast du nicht Kopf und Kragen riskiert, um für die Meinungsfreiheit einzutreten?«

Ich sei naiv, warf er mir vor, ich hätte immer noch nicht begriffen, wie *die* arbeiten würden. Das Wort *die* spuckte er mir wie eine faule Frucht entgegen.

»Was, bitte, meinst du?«, wollte ich von ihm wissen.

Er stand langsam auf, schüttelte die Beine aus, die kalt und ohne jedes Gefühl zu sein schienen, dann gab er mir zu verstehen, dass wir im Bad weitersprechen sollten. Wir durchsuchten regelmäßig alle Zimmer nach versteckten Wanzen und glaubten, dass die Schlafzimmer nicht abgehört wurden, doch sicher war sicher.

Gemeinsam gingen wir hinunter, gemeinsam setzten wir uns auf den Badewannenrand. Nachdem er den Wasserhahn aufgedreht hatte, begann er zu erzählen: Ja, auch er hätte von dem Gerücht gehört, und er sei sich sicher, dass es mehr als ein Gerücht sei. Er wusste Namen und kannte Hintergründe.

»In bestimmten Zirkeln wird von nichts anderem gesprochen«, sagte er. Laszlo Tökes hieß der Pastor, seit über einem Jahr war er für seine regimekritischen Äußerungen bekannt. Weder die Sekuritate noch der Bischof hätten ihn zum Schweigen bringen können. Seine Predigten seien gut besucht. »Er verknüpft Religion und Politik«, erklärte Petre. »Aber ich kann nicht verstehen, warum die Proteste nicht unterdrückt werden. Ich traue dem Braten nicht. Vielleicht arbeitet dieser Tökes für den Geheimdienst.«

Ich drehte mich weg und sah dem Wasserstrahl dabei zu, wie er sich in den Abfluss stürzte. Für meinen Begriff sah Petre Gespenster. Doch konnte man ihm das verübeln? Sanft zog ich ihn zu mir herunter, fuhr mit den Fingern durch sein schwarzes Haar.

»Ich will nicht ohne dich fahren«, seufzte ich, und uns beiden war klar, dass ich nicht nur die Fahrt nach Temeschwar meinte.

»Drăguţa«, begann er, und ich biss mir auf die Lippen, denn er entzog sich meiner Berührung. Stockend, holpernd erklärte er mir, dass er Zeit brauchen würde, dass er die Einsamkeit der Zweisamkeit vorziehen würde. Und dass er mich nicht mehr lieben würde. Vorbereitete Sätze, so schien es mir, bahnten sich einen Weg. Die Hürden jedoch waren hoch, das Stolpern unvermeidlich. »Such dir einen anderen«, mit diesen Worten beendete er seine Erklärung, und ich konnte nicht anders, meine Hand holte aus, ich schlug ihn ins Gesicht.

Da schlug auch er. Seine Augen glühten. Funkelnde Kohlestücke, die mich verbrannten.

»Tu das nie wieder, Schneewittchen!«

»Du lügst!«, wehrte ich mich, genoss das Feuer auf meiner Wange. »Du willst mich schonen. Du liebst mich, das spüre ich. Ich liebe dich doch auch. Du fällst mir nicht zur Last. Ich will dich so, wie du bist.«

Meine Güte, war ich ein Schaf. Es lag doch auf der Hand, dass er nicht lieben konnte.

Seine Stimme, leiser als früher, wurde zu einem Wispern.

»Wenn du willst, werde ich dich begleiten. Als Freund. Aber merk dir, wir sind kein Paar mehr.«

Ich hatte immer noch keinen Sinn für die zahlreichen Möglichkeiten, die einem Verlust folgen können, keinen Instinkt für den Farbenreichtum des Leids. Ich war nur tief getroffen. Petres Ablehnung legte sich wie ein Schlagbaum quer vor mein Leben. Vorwärts konnte ich nicht mehr gehen. Zurück, wohin sollte ich zurück? Kann man Liebe zurückdrehen? Kurz dachte ich darüber nach, ein Schlagbaum sei eine Absperrung, die es zu unterlaufen oder zu überspringen gälte. Bestimmt erwartete Petre, dass ich um ihn kämpfte. Doch dann suchte ich Rat in seinen dunklen Augen. Mein Mut sank, und ich gab auf. Blieb stehen, mitten in der Liebe festgefroren. Und je länger ich ihn anstarrte, desto klarer wurde mir, die Traurigkeit, die ihm wie ein schlechter Geruch anhaftete, hatte auch etwas mit mir zu tun. Er hatte mich verloren, unterwegs, im Gefängnis, vielleicht lange davor. Ja, er und ich, wir waren kein Paar mehr.

»Wohin wollt ihr?« Puscha war entsetzt. Fassungslos zog sie die Augenbrauen hoch, während wir ihr wispernd von unserem Plan erzählten. »Die Welt ist verrückt geworden. Und ich soll euch ein Butterbrot schmieren, damit ihr nicht mit leerem Magen erschossen werdet. Ist eine Revolution nicht eine Nummer zu groß für euch?«

Puscha begann zu weinen. Weder Petre noch ich konnten sie beruhigen, sie stieß unsere Hände von sich und tobte durch das enge Bad. Handtücher fielen zu Boden, Schminkutensilien. Ihre Schuhsohlen hinterließen rote Zickzackspuren auf dem Linoleum. Misch hatte sich nach unten geflüchtet, man hörte ihn mehrmals laut seufzen. »Wenn Petre das Haus verlässt, werden sie euch folgen. Ihr seid verhaftet, bevor ihr den Bahnhof …«

»Wir ziehen früh los, bevor die erste Schicht der Geheimen beginnt. Zur Sicherheit werde ich so tun, als würde ich einkaufen gehen«, unterbrach Petre sie, »vertrau mir, ich weiß, wie man das macht. Ich werde Agnes nicht unnötig in Gefahr bringen.«

»Joi, aber es ist Dezember. Für eine Revolution sucht man sich eine warme Jahreszeit aus. Ihr werdet erfrieren, bevor sie euch erschießen können. Wo wollt ihr schlafen?«

»Sebastian und Liane fahren mit, sie haben eine Tante oder eine Cousine in Temeschwar.«

»Dann ist ja alles gut. Dann können die sich um die Überführung kümmern.«

So ging das den ganzen Abend. Puschas Kräfte waren gewaltig. Sie ließ keine Drohung aus, sie wollte mich enterben, sie ließ keine Erpressung aus, sie würde noch heute Nacht vor Kummer aus dem ersten Stock springen und sich alle Knochen brechen, sie ließ keinen Versuch aus, uns umzustimmen: »Wer weiß schon, was nach dem Kommunismus kommt«, lamentierte sie. An das kommunistische Elend habe man sich wenigstens gewöhnt. Ein kapitalistisches Elend könne unter Umständen noch jämmerlicher sein, aber das wüsste man immer erst im Nachhinein. Schließlich aber schmierte sie uns dicke Butterbrote, die sie mit Tränen würzte. Und ich zog mich in mein Zimmer zurück.

Sorgsam stellte ich den Sorgensack, der seit Petres Verhaftung immer schwerer geworden war, in eine freie Ecke des Raumes. Mit Tränen in den Augen spürte ich einer neuen Klarheit nach und wunderte mich. Die Liebe, an die ich mich so verzweifelt geklammert hatte, die Liebe zu einem Mann, der wohl nie zu mir gepasst hatte, war nicht größer geworden, sondern immer nur schwerer. Ungern erinnerte ich mich an Puschas Worte: »Von der Liebe, mein Kind, verstehst du weniger als nichts.« Es stimmte. Aber statt Empörung breitete sich Erleichterung wie eine schmerzstillende Medizin in mir aus. Und ich begriff: Mein Körper sehnte sich nach Ruhe und Heilung. Vielleicht war Rumänien im Begriff, sich zu verändern. Vielleicht sollte ich mich ebenfalls verändern.

Es war eine weite Reise in westlicher Richtung. Wir durchquerten verschneite Ortschaften und von Ruß bedeckte Städte, die aussahen, als trügen sie das Sterbekleid. Sebastian war nicht dabei. Als seine Schwester ihm mitteilte, Petre würde mitfahren, zog er es vor, zu Hause zu bleiben. Es gab keine Zugfahrkarten. Deshalb mussten wir mit Lastwagen mitfahren, die oft anhielten, um kleinere und größere Nebengeschäfte zu tätigen. Keiner der Fahrer fragte uns, was wir vorhatten, keiner wollte zu dem aktuellen Thema Stellung beziehen. Weil wir zu dritt waren, trennten wir uns, um schneller mitgenommen zu werden. Petre und ich kamen zwei Stunden nach Liane an. Nur kurz schauten wir bei ihren Verwandten vorbei, dann machten wir uns auf zum Haus des Pastors.

»Erös car a mi istentünk«, das Gotteshaus ist die größte Macht. Welche Enttäuschung. Es war Samstagnachmittag, und vor dem Backsteinhaus hatten sich lediglich ein Dutzend alte Männer versammelt. In ihren Händen, zitternd, hielten sie brennende Kerzen, und murmelnd bekräftigten sie ihren Glauben. Von Tökes war nichts zu sehen, aber ein paar Uniformierte standen im Garten des Pfarrhauses und blickten gelangweilt auf die Demonstranten. Die Szenerie auf dem Platz mutete feierlich an, aber ich vermochte in die christlichen Lieder nicht einzustimmen, und Petre und Liane erging es ähnlich. Trotzdem blieben wir. Und erlebten, wie sich der Marienplatz füllte. Es war unglaublich, meine Mundwinkel wollten gar nicht mehr nach unten wandern. Jetzt waren es nicht nur Alte, immer mehr Junge kamen. Und zu den Ungarn gesellten sich Deutsche, Serben und natürlich Rumänen. Aber auch die Zahl der Soldaten wuchs. Fast lautlos hatten sie sich angeschlichen. Petre kannte sich aus.

»Sie gehören zu den gefürchteten FOI-Truppen«, wisperte er uns zu. »Eine Militäreinheit, die erst nach den Unruhen in Kronstadt gebildet wurde.«

Inzwischen war es stockdunkel geworden, und wären die Temperaturen nicht wie durch ein Wunder gestiegen, statt wie üblich die Nullgrenze zu unterschreiten, wir hätten nicht mehr lange ausharren können. So aber blieben wir, in unserer Angst vereint, aber auch in einer bislang ungekannten Kampfeslust. Merkwürdig schmeckte dieser neue Mut, der durch fünfundzwanzig Jahre Diktatur nicht nur unseren Großeltern und Eltern, sondern auch den meisten von uns ausgetrieben worden war. Bewundernd betrachtete ich Petres Profil. Um wie viel mehr Courage hatte er als Einzelkämpfer aufbringen müssen. Mit sechzehn war ich zu jung gewesen, um das zu begreifen. Jetzt tat ich es.

Um uns zu unterstützen, hatten viele Bewohner der umliegenden Bürgerhäuser die Deckenlampen eingeschaltet, sodass die Ränder des Platzes in ein gespenstisches Licht getaucht wurden. Wenn man sich umschaute, erblickte man eine Perlenkette aus bewaffneten Soldaten, deren strahlend weiße Helme wie aufgefädelt wirkten. Doch da sich das Militär ruhig verhielt, wuchs meine Zuversicht. Wir waren viele, sie konnten uns unmöglich alle erschießen.

»Bestimmt kommen noch mehr Demonstranten«, beruhigte mich Petre, »und vielleicht haben sich auch an anderen Orten Menschen versammelt.«

Ein kämpferisches Glimmen war in seine Augen zurückgekehrt. Ich war so froh, dass er mitgekommen war, wenngleich ich den Verdacht nicht loswurde, dass er sein Misstrauen nur mir zuliebe unterdrückte.

»Erös car a mi istentünk«, skandierten die Gläubigen neben uns.

Endlich stellten die Menschen Forderungen. Ein Wunder geschah, und wir waren dabei. Und dann sang ich doch mit, sang laut, viel lauter, als für die Allgemeinheit gut war, ich sang christliche Lieder, deren Texte ich nicht verstand. Doch wie hatte Petre in seinem letzten Gedicht geschrieben: *Da ist so ein Gefühl.*

Ja! *Da war so ein Gefühl.* So etwas hatte ich noch nie gefühlt, während keines Gottesdienstes, während keiner Feier. Es gibt eine Solidarität, die stärker ist als die Angst. Und ich war stolz, zu den Mutigen zu gehören. Als eine Frau mit einem Bündel Kerzen vorbeikam, wollte Petre ihr eine abkaufen, doch sie wehrte das Geld ab. Stattdessen lächelte sie uns an, und ihre kleinen Augen füllten sich mit Tränen. Mir wurde klar, dass sie sich beschenkt fühlte, weil wir eine Kerze entzündeten. Petre stand dicht bei mir, nun rückte er noch ein bisschen näher heran. Liebevoll legte er seinen Arm um meine Schulter, und wir teilten uns die Kerze. Wir teilten uns auch einen viertel Quadratmeter Pflasterfläche, und ich konnte nicht anders, der Wunsch, mit diesem Mann zusammenzuleben, sprang mich erneut wie ein wildes Tier an. Doch die Kerze in meiner Rechten kam mir zu Hilfe. Sie war für den Frieden und für die Freiheit entzündet worden, wusste nicht, wohin mit ihrer Kraft, und fraß sich durch meinen Mantel. Ich roch die verbrannte Wolle, ließ von jedem anderen Gedanken ab und löschte rasch das entstandene Loch. Es war Puschas Mantel, und ich wünschte sie mir sehnlichst an meine Seite. Auch an meine Eltern dachte ich, allerdings kurz und ganz ohne Sehnsucht. Und Petre? Er war und blieb, was er war: meine erste große Projektion.

Hatte ich die Soldaten vergessen, war ich so naiv gewesen, dass ich dachte, sie würden die ganze Nacht über nur herumstehen? Ja und nein. Wir, und damit meine ich nicht nur unsere kleine Gruppe aus Kronstadt, fühlten uns unbesiegbar. Und es ging ja auch tatsächlich lange gut. Stundenlang beobachteten wir die Soldaten, stundenlang beobachteten sie uns. Selbst als der Pastor sich vor seinem Haus zu Wort meldete und uns bat heimzugehen und wir nicht wie empfohlen reagierten, sondern ihn freudig begrüßten und ihm unsere Unterstützung lautstark kundtaten, griffen die Truppen nicht ein. Fast schien es, als wären sie gekommen, um auf uns aufzupassen.

Stimmen waren laut geworden, die eine Absetzung Ceauşescus forderten und Freiheit für das rumänische Volk. Der Ruf *Libertate* setzte sich durch, addierte sich, bildete einen Stimmenstrom, der wie eine Welle über den Marienplatz schwappte. Die Sicherheitskräfte wurden unruhig, man hörte das harte Aufschlagen von Stiefeln. Liane hatte in der Menge ihren Cousin Mihály entdeckt. Er, ein einfacher Arbeiter, hatte erst vor einer Woche seinen Hungerstreik beendet, durch den er eine gerechtere Versorgung mit Lebensmitteln und bessere Arbeitsbedingungen in seiner Fabrik erzwingen wollte. Jetzt legte er seine ganze Kraft in seine Stimme und schrie nach Freiheit. Ein Bekannter von ihm war es, der die Menschen aufpeitschte und sie zu einem Protestzug durch die Stadt antrieb. Euphorisch folgten wir ihm, froh darüber, dass wir uns endlich bewegen konnten. Dabei übersahen wir die Panzer, die in den Nebenstraßen parkten und auf ihren Einsatz warteten.

Zunächst führte uns der Weg zum Universitätsgelände, doch dort war alles dunkel, die Studenten hatten sich hinter blickdichten Vorhängen verkrochen. Auf dem Weg in den Süden jedoch fielen uns Kerzen auf, die in die Fenster der Häuser gestellt worden waren. Wir wussten, dass wir, wenn auch zaghaft, damit unterstützt werden sollten. Im Arbeiterviertel Giroc schließlich erwartete man uns, und die Arbeiter strömten aus ihren Häusern, obwohl es nach zwei Uhr war. Die Parolen mitbrüllend, schlossen sie sich unserem Zug an. Ich war unglaublich stolz auf mein Heimatland.

Dann das Erwachen wie aus einem Traum. Der Marienplatz, auf den unsere Anführer zurückwollten, war abgesperrt worden. Zwei Militärfahrzeuge standen quer auf der Kanalbrücke, die den Opern- mit dem Marienplatz verband. Unschlüssig blieb unser Demonstrationszug, der inzwischen stark angewachsen war, stehen. Lauter noch als zuvor wurde die Parole wiederholt: *Nieder mit der Diktatur.*

»Jos dictatura!«

Neben mir brüllte ein etwa vierzigjähriger Mann besonders laut, ich hatte ihn vorher nicht gesehen, und irgendetwas störte mich an seiner Erscheinung. Er schrie ohne Überzeugung in der Stimme, ohne eigenen Antrieb. Die Anführer gehörten durchweg der Arbeiterschicht an, er aber trug einen dunkelbraunen Mantel aus Wolle. Als ich mich wenig später wieder nach ihm umdrehte, war er verschwunden, an seiner Stelle war ein anderer Mann aufgetaucht, ebenfalls im Wollmantel, und ich sah, dass er in der Hand einen Knüppel schwenkte. Noch bevor ich etwas tun konnte, sauste der Knüppel auf den Kopf des jungen Mädchens nieder, das zwei Reihen vor mir stand. Sie sank ohne Schrei zu Boden, aus einer Wunde an der Schläfe sickerte Blut. Wie auf Kommando griff das Militär ein und versuchte, die Demonstration durch gezielte Schüsse zu beenden. Mihály und Petre reagierten sofort. Sie, die Erfahrenen, erkannten die Gefahr. Geheimdienstler in Zivil hatten sich in die Kundgebung gemischt und die Proteste angeheizt. Jetzt aber schlugen sie zu. Mihály bedeutete uns, ihm sofort zu folgen. Inzwischen konnte man sie hören, die Panzer und Feuerwehrwagen, die sich dem Opernplatz näherten. Etliche Demonstranten schrien auf, rieben sich das Tränengas aus den Augen. Das alles bekamen wir nur am Rande mit, denn Mihály lotste uns souverän durch Nebenstraßen in den Westen der Stadt. Obwohl wir schnell waren, überholten uns zahlreiche Menschen, die Versammlung schien sich aufgelöst zu haben. Nur mit Mühe konnte ich mit den anderen Schritt halten. Auch Petre fiel zurück, nahm meine Hand und ließ sie nicht mehr los. Ich machte mir schreckliche Sorgen, um ihn, um mich.

Erst eine halbe Stunde später erreichten wir das Ziel, die Fabrik, in der Mihály arbeitete. Die Gebäude befanden sich in einem desolaten Zustand, das sah man sogar bei Kerzenlicht, doch da Mihály sich auskannte und uns ein sicheres Versteck zeigte, beruhigte ich mich. Petre hielt immer noch meine Hand.

»Was haben die Geheimen vor?« Endlich konnte ich meine Fragen stellen. »Habt ihr gesehen, dass sie wahllos Leute zusammengeschlagen haben, mit denen sie wenige Minuten vorher noch einträchtig nach Freiheit gerufen haben?«

Petre schwieg lange, wie um das Gesehene zu verarbeiten. »Im Gefängnis«, erzählte er schließlich stockend, »habe ich alle Facetten der Sekuritate kennengelernt.« Sein vertrauter Zellengenosse hatte sich als Verräter entpuppt, nachdem er ihn zum Ungehorsam angestachelt hatte.

»Aber was die Geheimen im Schilde führen, das kann ich dir auch nicht sagen. Ich weiß immer noch nicht, wer dieses Schiff auf Fahrt geschickt hat und wer es steuert. Wir, das Volk, sind es jedenfalls nicht.«

Eine hitzige Diskussion entspann sich. Sollten wir am nächsten Morgen wieder an den Protesten teilnehmen, oder sollten wir nach Kronstadt zurückfahren? Für Mihály und Liane stand fest, dass sie weitermachen wollten. In meinem Kopf verschwammen die Eindrücke.

Immer enger drückte ich mich an Petre. Er war meine Mauer, die mir Halt bot und hinter der ich mich und meine Angst verstecken konnte. Auf der anderen Seite spürte ich, dass er mit seinen Gedanken weit weg war. Er nahm mich kaum wahr.

Hunger, ich erinnere mich gut an dieses banale Gefühl, das stärker war als unsere Angst. Der Hunger lockte uns am nächsten Tag aus unserem Versteck und führte uns zurück in die Innenstadt. Es war Sonntag, in ganz Temeschwar hatte kein Geschäft geöffnet, doch wir machten einen derart armseligen Eindruck, dass eine alte Frau hinter uns herrief und uns in ihr Haus einlud. Sie teilte ihr Essen mit uns, und wir teilten die Neuigkeiten mit ihr. In der gesamten Stadt waren jetzt Menschen auf den Straßen, auch vor dem Milizquartier und dem Gebäude der Sekuritate. In der Nacht, so hatten wir erfahren, waren zahlreiche Demonstranten verhaftet worden, die Angehörigen forderten ihre Freilassung. Dass es Tote und Verletzte gegeben hatte, verschwiegen wir. Nicht zum ersten und auch nicht zum letzten Mal tauchte das Bild des jungen Mädchens vor mir auf, vielleicht war sie dreizehn, vielleicht vierzehn gewesen, und bestimmt hatte sie der Schlag schwer verletzt.

Still und in mich gekehrt folgte ich den anderen zum Opernplatz. Wieder kamen wir nicht über den Kanal. Wieder hatte die Miliz die Brücke abgesperrt, um den Zusammenschluss der verschiedenen Protestströme zu verhindern. Doch sie wagten nicht zu schießen, das war der Nährboden, auf dem unser Mut erneut wuchs und unser Durchhaltevermögen gedieh. Es war doch so einfach. Man musste nur trotzig genug sein und standhalten oder wiederkommen. Und das Wetter, spielte es nicht perfekt mit? Kein Schnee, kein Eis, die ungewohnt milden Temperaturen ließen uns seufzend Gott danken. Er wollte ein Wunder tun, und wir halfen ihm bei der Durchführung. Aber wir fühlten uns nicht mehr unbesiegbar.

Dann, vielleicht war es um sechzehn Uhr, vielleicht war es später, seit Stunden riefen die Menschen dieselben Parolen, ich hatte Durst, und meine Zunge lahmte, fielen wieder Schüsse. Zu Tode erschrocken sah ich mich um. Mein Blick blieb an einem Mann in Arbeiterkleidung hängen. Erst jetzt erkannte ich ihn. Seit einer halben Stunde etwa stand er neben Petre. Er war einer der Lautesten gewesen, seine Stimme hatte »Nieder mit dem Diktator!« gerufen, doch jetzt hielt er eine Pistole in der Hand, so wie er gestern einen Knüppel gehalten hatte. Ohne jeden Grund schoss er in die Menge. Wenige Sekunden später brach Panik auf dem Platz aus, weitere Schüsse hallten durch die Luft. Auch von Dächern und von Balkonen aus wurde geschossen, und das Geräusch der heranrollenden Panzer presste alle Gedanken aus meinem Kopf. Liane war in Panik geraten, sie griff nach meiner Hand, zog mich fort.

»Nein«, rief ich und versuchte, mich freizumachen, doch erst ein paar Meter weiter konnte ich meine Finger aus der Umklammerung lösen. Sie rannte weiter, rannte.

Inzwischen hatten die Panzer den Platz erreicht, aber einige Jugendliche schienen vorbereitet zu sein, sie warfen Molotow-Cocktails, schwarzer Qualm erfüllte den Platz, vermengte sich mit dem Angstschweiß der Demonstranten. Trotz der Schüsse, trotz der strotzenden Gewaltdemonstration des Militärs gingen die Freiheitsrufe weiter.

»Nieder mit dem Diktator!«

Lebensmüde Jugendliche erklommen die Panzer, zerrten Soldaten heraus. Der Protest ließ sich nicht mehr unterdrücken. Wie Stehaufmännchen erhoben sich viele vom Boden, schüttelten den Staub ab, formierten sich neu. Auch ich ging zu meinen Leuten zurück. Der Mann mit der Pistole war verschwunden. Ich atmete auf. Vielleicht weil ich gerade *Libertate* schrie, vielleicht weil gerade ein Hubschrauber über uns kreiste, vielleicht weil ich dachte, alles würde gut werden, trotz der Gewalt, die uns umzingelte, habe ich es zuerst nicht bemerkt. Petre stand mit Mihály zusammen, die beiden gaben ein schönes Paar ab. Sie hielten die Arme in die Luft, Petres Arm und Mihálys Arm bildeten ein umgedrehtes V. Wie Brüder hielten sie sich, Brüder im Kampf. Schaut her, wir sind nicht bewaffnet, aber wir kämpfen mit Worten und geben nicht auf, drückte ihre Haltung aus. Ich hörte nichts, weil sowieso alles um mich herum laut war, der einzelne Schuss jedenfalls wurde verschluckt, aber ich sah den Stoß, durch den Mihály plötzlich ins Wanken geriet, der ihn nach vorne beugte, fast zu Boden warf. Bereits im Fallen drehte er sein Gesicht, als suche er den Feind, seine Augen wanderten ungläubig über die Köpfe der Demonstranten. Dann löste sich seine Hand aus Petres Hand, der weiter schrie, der nach Freiheit rief, bis auch er merkte, dass etwas nicht stimmte, dass neben ihm ein Menschenleben zu erlöschen drohte.

Was in den folgenden Stunden, Tagen und sogar Wochen geschah, gleicht in meiner Erinnerung vielfarbigen Puzzleteilen, die ich nicht zu einem einzelnen oder gar homogenen Bild zusammenfügen kann. Zu viel Verdrängtes, Gehörtes, Dementiertes und selbst Erlebtes liegt auf dem Erinnerungstisch ausgebreitet.

Mihály war in die Brust getroffen worden. Befand sich das Herz rechts oder links, ich wusste es nicht mehr. Ein dünner Blutstrom hatte sich einen Weg durch die dick wattierte Jacke gebahnt, und ich verfolgte den Weg mit den Augen, bis er auf die Steinplatten traf. Hätte die Kugel nur vierzig Zentimeter weiter rechts die Menschenmenge durchtrennt, Petre läge jetzt auf der Erde. Während ich starr vor Schreck neben Mihály niedergesunken war, drehte Petre ihn vorsichtig auf den Rücken, sah, dass er bewusstlos war, kontrollierte den Puls, dann machte er mir ein Zeichen. Gemeinsam hoben wir den Verletzten auf. Zunächst versuchte ich es vorne, doch Mihálys Oberkörper war bleischwer, ich ging nach hinten. Liane war verschwunden, doch mir blieb keine Zeit, darüber nachzudenken. Taumelnd drängten wir uns rückwärts durch die Menschenmenge, vorbei an weiteren Verletzten, an hysterisch schreienden Demonstranten, an ängstlichen Alten. Es wurde immer noch geschossen. Doch die Soldaten ließen uns durch, und weil wir in der Aufregung nicht wussten, wohin wir gehen sollten, zeigten sie uns den Weg.

»Da lang«, sagte ein junger Soldat, »zur Klinik Nummer Zwei, das Kreiskrankenhaus ist zu weit weg.«

10

Das Regime darf man nicht gegen den Strich streicheln. Es knurrt, es beißt. So ähnlich hatte Puscha sich einmal ausgedrückt. Es war der 20.12.1989, als ich zum Postamt ging, um zu Hause anzurufen. Ich schwankte wie eine Betrunkene, mein Gesicht fühlte sich verquollen an, auch verhärtet, als hätte eine Salzkruste die Poren verstopft.

Nach über drei Stunden Wartezeit, die ich zumeist auf dem Fußboden neben der dritten Telefonzelle verbrachte, bekam ich endlich den erhofften Anschluss. Ich machte mir Gedanken um Puscha und Misch. Bestimmt sorgten sie sich um uns. *Radio Freies Europa* hatte von Hunderten von Verletzten berichtet. Als sie meine Stimme hörte, begann Puscha zu weinen. Allerlei Gefühle, sonst im Untergrund lebend, loderten in diesen Tagen an der Oberfläche. Liebe und Hass. Meine Großmutter liebte mich, das wurde mir erst in dieser Stunde bewusst. Noch bevor ich mehr als drei Worte sagen konnte, legte sie los:

»No, was machen deine Knochen, sind sie noch ganz? Wie auch immer, komm nach Hause«, flehte Puscha, »lass die anderen sterben, ich brauche dich.« Und dann erzählte sie, dass auch vor der Schwarzen Kirche Kerzen entzündet worden seien und dass auch in Bukarest …

Die Verbindung brach mitten im Satz ab. Ich wischte

mir über das feuchte Gesicht. Wie schön war es doch, am Leben zu sein und ihre Stimme zu hören.

Alle starrten in diesen Tagen nach Bukarest, Ceauşescu war von seiner Auslandsreise zurückgekehrt, und weil er das Ausmaß des Protestes immer noch nicht begriffen hatte, trommelte er am nächsten Tag parteitreue Arbeiter zu einer großen Kundgebung zusammen. Er versprach ihnen 50 Lei mehr Rente. Als kein Jubel seine Ohren erreichte, erhöhte er die Zusage auf 100 Lei. Statt Jubel nun Pfiffe. Ungläubig starrte der Diktator auf die Versammelten und rief: 200 Lei mehr Rente! Aus den Pfiffen entwickelten sich Sprechchöre, die seine Abdankung verlangten. Eilig wurde die Direktübertragung gestoppt, und der Fernsehsender spielte Marschmusik vom Band ein. Die Zuschauer sollten nicht erfahren, dass die Jubeldemonstration umgekippt war und sich in eine Protestkundgebung verwandelt hatte. Doch da war es bereits zu spät. Das Reich des Titanen bebte. Ihm und seiner Frau blieben nur noch wenige Tage.

Wie oft war ich vor Puscha gestanden, hatte auf irgendetwas gewartet, auf Trost, auf Zuneigung, auf Aufmunterung. Und immer hatte sie es geschafft, sich hinter einer Maske zu verstecken. Als wir aber aus Temeschwar zurückkamen, da schloss sie mich in die Arme und drückte mich so fest an sich, dass ich dachte, dies wäre mein schönster, aber auch mein letzter Tag. Keiner von uns sagte etwas, wir waren in einem zwitterhaften Glücks- und Kummerschweigen vereint. Hinter Puscha, im Türrahmen, tauchte Misch auf. Er trug sein Hemd offen, die Hose war nachlässig zugeknöpft, ein ungewohnter Anblick. Petre drängte sich an uns vorbei und schloss seinen Vater in die Arme.

Ja, wir feierten unser Wiedersehen. Und wir feierten das Ende des rumänischen Kommunismus. Aber Puscha sollte recht behalten, der Anfang schmeckte nicht nur ungewohnt, sondern auch bitter. Dieser bittere Geschmack verließ uns nicht. Demokratie buchstabiert sich anders, das hatten Petre und ich in den Straßen von Temeschwar begriffen.

»Joi, tu mir das nicht mehr an.« Nun kamen sie doch, Puschas Vorwürfe. »Die Augenbrauen habe ich mir ausgerupft, die Haare jede Woche färben lassen müssen. Du bist der Grabstein, der sich auf meine alte Brust senkt.«

Wir lachten sie aus. Welche Augenbrauen, lachten wir, wie viele Wochen sollen wir weg gewesen sein?

Meine Großmutter ließ sich nicht beirren, erschöpft wie nach einem Marathon sank sie auf einen Küchenstuhl und setzte zu einer langatmigen Aufzählung an. Schlaflose Nächte kamen darin vor und Appetitlosigkeit, aber auch Selbstvorwürfe, weil sie dieses Regime mitgetragen hatte. »No, hätte ich gewusst, wie dieses Geschwür sich ausbreitet, no, hätte ich gewusst, dass ihr einmal so darunter leiden müsst, ich hätte vor zwanzig Jahren zu den Waffen gegriffen, das könnt ihr mir getrost glauben.«

Ihre Körperhaltung aber drückte mehr aus als alle Worte. Sie schien unglaublich erschöpft, am Rande eines Zusammenbruchs. Sie liebte mich mehr als ihr Leben.

11

Es war ein seltsames Gefühl, spätabends in dem ungeheizten Klassenzimmer zu stehen, in dem ich einen Großteil des letzten Jahres zugebracht hatte. Durch Zufall waren Petre und ich auf unserem Weg durch die Stadt an der Honterusschule vorbeigekommen. Die vordere Tür war mit Holzdielen verriegelt worden, doch die Hintertür hatte der Hausmeister nicht richtig verschlossen. Während Petre sich aufs Pult setzte, schaute ich mir den Schaden an. Der hohe Raum mit den Bogenfenstern wirkte fremd und gespenstisch. Während der Protestaktionen waren Demonstranten eingedrungen, hatten sinnlos das Mobiliar verschoben und teilweise zerstört. Bänke waren umgestoßen und Stühle zu einem Turm aufgeschichtet worden. Mit Kreide waren Anti-Ceauşescu-Parolen an die Tafel, aber auch an die Wände gekritzelt worden.

»Endlich werden sie renovieren müssen«, sagte ich und nahm neben Petre Platz. Die Deckenlichter waren intakt, daher saßen wir im hellen Schein einer Neonröhre.

»Du meinst, jetzt wird alles anders?« Ein feines Zittern ging durch Petres Körper. Ich wusste, dass er nicht glücklich war. Die Revolution war gründlich schiefgegangen.

»Die Grenzen sind offen«, versuchte ich ihn aufzuheitern, »die Freiheit, von der du geträumt hast, ist da. Zumindest kannst du jetzt endlich nach Paris fahren.«

»Von welchem Geld? Misch hat nicht nur seine Arbeit verloren. Sie haben ihm auch den Rentenanspruch gekürzt. Aber du kannst fahren, deine Eltern warten auf dich.«

Erschrocken sah ich ihn an. Was wollte er, wollte er, dass ich mich im Westen in Sicherheit brachte?

»Weißt du«, stammelte ich, »mir kommt es so vor, als sei ich seit Jahren auf dieser immer gleichen Dorfstraße unterwegs. Man kann ewig weit gucken, da ist nichts, was mich lockt, aber ich gehe weiter, immer weiter. Meine Eltern haben mich an dieser Straße ausgesetzt. Wenn sie gewollt hätten, dass ich im Westen lebe, hätten sie mich mitgenommen.« Die letzten Worte klangen ungewollt dumpf. Dabei hatte ich vermutet, der Verbitterung längst entwachsen zu sein.

»Denk genau nach, du bist auch abgebogen.« Jetzt war Petres Stimme klar und voller Ironie. Der Schelm in ihm versuchte mich zu necken, vielleicht auch zu trösten. »Du hast Puscha und uns mit deinem Besuch beehrt. Dann hast du dich an mich herangemacht, und schließlich hast du dich sogar zu einer Jeanne d'Arc entwickelt.«

Eine Pause trat ein, ich musste an Mihálys Beerdigung denken. Auf dem Heimweg hatten uns Lastwagen mit westdeutschen und österreichischen Kennzeichen überholt. Ein Novum. Aber inzwischen stapelten sich in ehemaligen Fabrikhallen gebrauchte Kleidung, Kühlschränke, defekte Zahnarztstühle.

»Ich war nie richtig politisch«, grübelte ich und ergriff Petres Hand, doch er entzog sie mir sofort. Eine kleine Ohrfeige, die mir einen heftigen Stich versetzte. Meine Sehnsucht würde mich wohl nie verlassen.

»Von Politik habe ich auch nicht gesprochen. Ich habe vom Freiheitskampf gesprochen. Die Politik, nein, die Macht verbiegt Menschen wie unter Feuer. Ich muss das erst nach und nach begreifen. Weder die Studenten- noch die Arbeitergruppen werden nach ihrer Meinung gefragt. Plötzlich sind da Vereinigungen, von denen man noch nie gehört hat. Die alten Schergen haben sich zusammengerottet und sich einen neuen Mantel umgehängt. Mein Volk ist nicht befreit worden, ein paar Mächtige haben lediglich beschlossen, dass ihnen die Macht in einer sogenannten Demokratie besser schmecken könnte.« Petre war auf sein Lieblingsthema gestoßen. Ich wartete, bis er sich beruhigt hatte, dann wies ich ihn darauf hin:

»Du hast mein Volk gesagt. Ich gehöre wohl nicht mehr dazu.« Weil er lange nicht antwortete, stellte ich gleich die nächste Frage: »Wohin gehöre ich, zu Puscha, zu meinen Eltern, zu dir?«

Er drehte sich zu mir, eine Haarsträhne war ihm über das Gesicht gerutscht, dennoch sah ich es: Er lachte mich aus. Nichts anderes hatte ich erwartet.

»Die Frage ist absurd. Du gehörst dir allein. Ich will nicht wieder von der Freiheit beginnen, aber jetzt, wo die Grenzen geöffnet sind, für dich mehr als für mich, stehen dir alle Möglichkeiten offen.«

»Liane und Sebastian sind bereits ausgewandert.«

»Ich weiß.« Petre dehnte und streckte sich. Es war spät. »Wir sollten nach Hause gehen.«

»Fährst du jetzt mit mir nach Paris oder nicht?«, wollte ich wissen und erhob mich.

»Weiß nicht, es gibt hier so viel zu tun.«

»Das stimmt, man könnte zum Beispiel aufräumen.«

Petre betrachtete mich wie jemanden, den man für nicht ganz normal hält. Ob ich freiwillig ein Klassenzimmer aufräumen möchte, wollte er wissen. Er spreche von den großen Dingen, von der jungen Republik, die von den alten Stinktieren gesäubert werden müsse. Doch als er sah, dass ich es ernst meinte, stand auch er auf. Wir zogen uns die Jacken aus, hängten sie an den Kartenständer, dann stellten wir einen Tisch nach dem anderen auf. Ich gab die Zwischenräume vor und hängte die Stühle auf die Tischplatten. Aus einem Nebenraum holten wir Besen und Kehrschaufel und begannen, den Boden zu fegen.

»Seit gestern weiß ich, wie der Kleiderschrank von Eleana Ceauşescu aussah«, erzählte Petre, während ich mich bückte, um die Glasscherben aufzufegen. »Sie haben Bilder im Fernsehen gezeigt. Also, ihr Kleiderschrank lag entlang der Calea Mosilor. In der Villa Calea Mosilor 122 hatte sie ihre Schuhe untergebracht, in der Villa Calea Mosilor 124 ihre Tagesgarderobe und in der Villa Calea Mosilor 126–128 ihre Abendroben.«

»Das ist ein uralter Witz. Sein Bart reicht von Kronstadt bis zum Schwarzen Meer.«

»Ja, aber seit gestern weiß ich, dass er wahr ist.«

Das Schulhaus hatte sechzehn Zimmer. Als die schweren Glocken der Schwarzen Kirche viermal anschlugen, waren wir fertig.

»Ich glaube, ich verschiebe die Parisreise auf später«, gab Petre auf dem Heimweg bekannt, »wie du weißt, war ich ein miserabler Revolutionär, aber zum Aufräumen könnte ich doch taugen, was meinst du?«

Ich nickte und spürte der Bitterkeit in meinen Gedanken nach. Wie ich ihn beneidete. Er hatte ein Ziel, während ich keine Ahnung hatte, was ich mit meinem Leben anfangen sollte. Er wollte nicht im alten und nicht im neuen Dreck leben, war bereit, dafür zu kämpfen, aber wo war meine Aufgabe?

Schweigend überquerten wir die Burggasse. Petre war in Gedanken versunken, unerreichbar für mich, dabei hätte ich ihn so vieles fragen wollen. Wie Wasser war die Müdigkeit von mir abgeperlt. Das erste Licht des Tages verfing sich in den abblätternden Fassaden der Patrizierhäuser. Kronstadt würde sich verändern. Viele Deutschstämmige würden auswandern. Alle. Nur ein paar Alte würden zurückbleiben. Puscha zum Beispiel. Und ein paar Junge, um sie zu umsorgen. Ich zum Beispiel.

Glossar

Arde	Paprika
Bizykel	Fahrrad
Buchteln	mit Marmelade gefülltes Hefegebäck
Burduf	Schafskäse
Burezzen	Pilze
Ciorbă de perişoară	gesäuerte Suppe mit Fleisch-Reisklößchen
Drăguţa	Liebling
Eiskasten	Kühlschrank
Eistasche	Kühltasche
Gelse	Stechmücke
Gogoşar	eingelegte grüne Tomaten
Greiwenhiewes	salziges Speckgebäck
Hetschenpetschmarmelade	Hagebuttenmarmelade
Ikre	Fischrogencreme
kaptschulig	verrückt

Karfiol	Blumenkohl
Kasten	Schrank
Keff	Fest, Party
keffen	feiern
kottern	suchen (umgangssprachlich)
Kredenz	Anrichte
Kren	Meerettich
Krispindel	sehr hagerer Mensch
Kukuruz	Mais
Liesskochbuch	Martha Liess, Siebenbürgisches Kochbuch
Marillenkompott	eingelegte Aprikosen
Paradeis	Tomate
Paraplutch	bestimmter Teil einer Gesellschaft oder Gemeinschaft, negativ gemeint
Pischalter	Windelalter
Piftelle	Hackfleischbällchen
Piteşti	Gefängnis für politische Gefangene
pletschen	schlagen
Reindel	Kochtopf
Schwarze Kirche	bedeutendste gotische Kirche Südosteuropas
Sekuritate	berüchtigter rumänischer Geheimdienst
spritzen	mit Parfüm besprühen, alter Osterbrauch

Tokană	Kartoffelgulasch
Tschapperl	Dummkopf
Ţuică	Pflaumenschnaps
UTM	Verband der Werktätigen Jugend Rumäniens
Vinete	Brotaufstrich aus gegrillten Auberginen
Zgârcitul e totdeauna sărac	»Der Geizige ist immer arm« (Sprichwort)
Zinne	Hausberg Kronstadts

Literatur

Gabanyi, Anneli U.: Die unvollendete Revolution. München, 1990

Kennel, Herma: Es gibt Dinge, die muß man einfach tun. Der Widerstand des jungen Radu Filipescu. Freiburg, 1995

Lippet, Johann: Protokoll eines Abschieds und einer Einreise oder: Die Angst vor dem Schwinden der Einzelheiten. Heidelberg, 1990

Müller, Herta: Der König verneigt sich und tötet. München, 2008

taz ARCHIV